Von Agatha Christie sind erschienen:

Alter schützt vor Scharfsinn nicht
Auch Pünktlichkeit kann töten
Der ballspielende Hund
Bertrams Hotel
Der blaue Expreß
Blausäure
Das Böse unter der Sonne oder Rätsel um Arlena
Die Büchse der Pandora
Der Dienstagabend-Klub
Ein diplomatischer Zwischenfall
Auf doppelter Spur
Elefanten vergessen nicht
Das Eulenhaus
Das fahle Pferd
Fata Morgana
Das fehlende Glied in der Kette
Feuerprobe der Unschuld
Ein gefährlicher Gegner
Das Geheimnis der Goldmine
Das Geheimnis der Schnallenschuhe
Die großen Vier
Hercule Poirot's größte Trümpfe
Hercule Poirot schläft nie
Hercule Poirot's Weihnachten
Die ersten Arbeiten des Herkules
Die letzten Arbeiten des Herkules
Sie kamen nach Bagdad
Karibische Affäre
Die Katze im Taubenschlag
Die Kleptomanin
Das krumme Haus
Kurz vor Mitternacht
Lauter reizende alte Damen
Der letzte Joker
Der Mann im braunen Anzug
Die Mausefalle und andere Fallen
Die Memoiren des Grafen
Mörderblumen
Mördergarn
Die Mörder-Maschen
Die Morde des Herrn ABC
Mord im Pfarrhaus
Mord im Spiegel oder Dummheit ist gefährlich
Mord in Mesopotamien
Mord nach Maß
Ein Mord wird angekündigt
Morphium
Mit offenen Karten
Poirot rechnet ab
Der seltsame Mr. Quin
Rächende Geister
Rotkäppchen und der böse Wolf
Die Schattenhand
Das Schicksal in Person
Schneewittchen-Party
16 Uhr 50 ab Paddington
Das Sterben in Wychwood
Der Todeswirbel
Der Tod wartet
Die Tote in der Bibliothek
Der Unfall und andere Fälle
Der unheimliche Weg
Das unvollendete Bildnis
Die vergeßliche Mörderin
Vier Frauen und ein Mord
Vorhang
Der Wachsblumenstrauß
Wiedersehen mit Mrs. Oliver
Zehn kleine Negerlein
Zeugin der Anklage

Agatha Christie

Der Wachsblumenstrauss

Scherz
Bern – München – Wien

Überarbeitete Fassung der Übertragung aus dem Englischen
von Lola Humm
Titel des Originals: »After The Funeral«
Schutzumschlag von Heinz Looser
Foto: Thomas Cugini

19. Auflage 1989, ISBN 3-502-51097-0

Gesamtherstellung: Ebner Ulm

1

Der alte Lanscombe schlurfte auf wackeligen Beinen von Zimmer zu Zimmer und zog die schweren Brokat- und Samtvorhänge auf. Ab und zu blickte er mit tränenden, blinzelnden Augen durch die Fenster.
Bald würden sie alle von der Beerdigung zurückkommen. Er versuchte, seine müden Knochen etwas rascher zu bewegen. Da waren noch so viele Fenster.
Enderby Hall war eine große viktorianische Villa, die an ein gotisches Bauwerk erinnerte. Zu den wertvollen, reichbestickten Vorhängen passend waren einige Zimmer mit Seidentapeten ausgestattet. Im grünen Salon blieb der alte Butler einen Moment vor dem Bild stehen, das über dem Kamin hing: Cornelius Abernethie, der Erbauer von Enderby Hall. Cornelius Abernethies brauner Bart reckte sich aggressiv dem Betrachter entgegen, die Hand des alten Herrn lag besitzergreifend auf einem Globus – ob auf Wunsch des Malers oder auf Wunsch des Porträtierten, ließ sich nicht mehr sagen.
Ein höchst kämpferisch aussehender Gentleman, hatte Lanscombe immer gefunden, und war froh, ihn nicht mehr persönlich kennengelernt zu haben. *Sein* Herr war Mr. Richard gewesen. Ein guter Herr! Und alles war so plötzlich gekommen, auch wenn er sich schon seit längerer Zeit in ärztlicher Behandlung befunden hatte. Aber der Herr hatte sich einfach nicht mehr von dem Schock über den Tod des jungen Mr. Mortimer erholt. So war es.
Der alte Mann schüttelte betrübt den Kopf. Während er, so schnell er konnte, durch die Verbindungstür ins Weiße Boudoir trippelte. Schrecklich, was da geschehen war, eine richtige Tragödie. So ein feiner junger Herr, so kräftig und gesund. Niemand hätte je daran gedacht, daß ihm so etwas widerfahren könnte. Traurig war das, furchtbar traurig. Und Mr. Gordon war im Krieg gefallen. Eins kam zum andern. So war das heutzutage. Und das

war einfach zuviel gewesen für den Herrn. Jetzt war er selbst dahingegangen, vor einer Woche.
Der dritte Vorhang im Weißen Boudoir weigerte sich, so zu funktionieren, wie er sollte. Er bewegte sich nur ein Stückchen und stockte dann. Die Zugfedern waren ausgeleiert, waren alt – sehr alt, wie alles in diesem Haus. Und heutzutage ließen sich diese alten Dinge auch nicht wieder ersetzen; es gab sie einfach nicht mehr. Zu altmodisch, sagten einem die Verkäufer in den Geschäften, wobei sie die Köpfe schüttelten und den Kunden mit einem halb nachsichtigen, halb spöttischen Lächeln ansahen – als ob die alten Dinge nicht ein gut Teil besser waren als der neumodische Kram! *Er* konnte ihnen da einiges erzählen! Kein anständiges Material mehr, keine solide Handwerksarbeit; man nahm etwas in die Hand – und schon war's kaputt. O ja, er, Lanscombe, hatte seine Erfahrungen.
Aber dieser Vorhang widerstand hartnäckig seinen Bemühungen. Es blieb ihm wohl nichts anderes übrig, als die Leiter zu holen. Sehr unangenehm – ihm wurde in letzter Zeit immer so leicht schwindlig beim Hinaufklettern. Nun, er würde den Vorhang erst mal so lassen. Da das Weiße Boudoir nicht nach vorne hinausging, wo die Wagen nach der Beerdigung vorfahren würden, machte es im Moment nichts weiter aus. Im übrigen wurde der Raum zur Zeit sowieso kaum benutzt. Es war ein Damenzimmer, und eine Hausherrin gab es nun schon seit langer Zeit nicht mehr auf Enderby.
Zu schade, daß Mr. Mortimer nicht geheiratet hatte. Immer war er zum Fischen in Norwegen, zum Jagen nach Schottland oder zum Wintersport in die Schweiz gefahren anstatt sich nach einer hübschen Lady umzuschauen und eine Familie mit ihr zu gründen. Wann waren zum letzten Mal Kinder durch dieses Haus getollt?
Der treue Alte schüttelte wieder traurig den Kopf; seine Gedanken weilten in einer lang zurückliegenden Zeit, die klar und deutlich vor seinen Augen stand – viel deutlicher

als die letzten zwanzig Jahre, an die er sich nur verschwommen erinnerte. Er wußte nicht mehr genau, wer in dieser Zeit gekommen und gegangen war, noch wie die einzelnen ausgesehen hatten. Aber an die alten Tage und die Menschen damals erinnerte er sich noch sehr gut.
Mr. Richard Abernethie – wie ein Vater hatte er für seine jüngeren Brüder und Schwestern gesorgt. Vierundzwanzig war er, der Älteste, erst, als der Vater starb. Sofort hatte er das Geschäft übernommen, war Tag für Tag pünktlich und gewissenhaft seiner Arbeit nachgegangen und hatte das Haus in traditionell großzügigem Stil weitergeführt. Ein fröhlicher Haushalt war das gewesen mit all den jungen, heranwachsenden Menschen. Die Gouvernanten hatten oft ihre liebe Not mit den übermütigen Ladys und Gentlemen! Geistlose Kreaturen, diese Gouvernanten – Lanscombe hatte nie viel für sie übrig gehabt. Er war immer auf seiten der jungen Leute gewesen. Vor allem Miss Geraldine hatte es ihm angetan, auch Miss Cora, obwohl sie nicht so klug war wie ihre ältere Schwester...
Und wo waren sie jetzt alle? Mr. Leo war tot, Miss Laura auch; Miss Geraldine irgendwo in Übersee gestorben, Mr. Gordon im Krieg gefallen und Mr. Timothy ein Invalide. Obwohl Mr. Richard der älteste von ihnen war, hatte er sie alle überlebt – oder genauer gesagt, fast alle, denn der bemitleidenswerte Mr. Timothy lebte ja immerhin und auch die kleine Miss Cora, nur hatte er die seit ihrer Mesalliance mit einem Kunstmaler nicht mehr gesehen.
Wie lange war das jetzt her? Fünfundzwanzig Jahre mußte das sein. Ein zwar nicht hübsches, aber frisches junges Mädchen war sie gewesen, als sie mit diesem Kerl auf und davon ging – und nun hätte er sie kaum wiedererkannt, eine stämmige Frau in einem unangenehm auffallenden Kleid.
Franzose oder so was war ihr Mann gewesen – na ja, das konnte ja nicht gutgehen! Aber Miss Cora war schon

immer ein bißchen... einfältig gewesen, in jeder besseren Familie gab es so jemanden.
Sie dagegen hatte ihn, Lanscombe, sofort erkannt. »Ach, da ist ja Lanscombe!« hatte sie gesagt und schien sehr erfreut zu sein, ihn wiederzusehen.
Ach, die Kinder hatten ihn gern gehabt in jenen Tagen! Wenn eine große Gesellschaft gegeben wurde, waren sie zu ihm hinunter in den Anrichteraum geschlichen, und er hatte ihnen von der Apfeltorte mit Schlagsahne gegeben. Alle hatten sie den alten Lanscombe gekannt, und jetzt war kaum noch jemand übriggeblieben, der sich an ihn erinnerte... Nur die Jüngeren, für die er aber nichts war als ein Butler, der eben schon lange in diesem Haus war. Ein Haufen Fremder, hatte er gedacht, als sie alle zur Beerdigung ankamen – ein ziemlich schäbiger Haufen noch dazu!
Mit Ausnahme von Mrs. Helen allerdings, Mr. Leos Witwe – die war anders, die war eine wirkliche Dame. Elegant gekleidet und frisiert – die sah nach was aus. Der Herr war immer sehr angetan gewesen von ihr. Ein Jammer, daß Mr. Leo und Mrs. Helen keine Kinder hatten...
Lanscombe gab sich einen Ruck. Hier stand er rum und träumte von alten Zeiten, und dabei gab es so viel zu tun. Jede Minute konnten die Herrschaften kommen.
Unten war jetzt soweit alles in Ordnung, und er hatte Janet nach oben geschickt, um die Schlafzimmer fertigzumachen. Natürlich waren Janet, die Köchin und er auch zur Totenmesse in der Kirche gewesen, aber dann waren sie nach Hause zurückgefahren, um alles für den Lunch herzurichten, während die Trauergäste ins Krematorium gegangen waren.
Natürlich nur ein kalter Lunch – Schinken, Huhn, Zunge und Salat. Und zum Nachtisch eine Zitronenspeise und Apfelkuchen. Vorher allerdings noch eine heiße Suppe – und es war wohl besser, mal in der Küche nachzuschauen, ob Marjorie schon alles vorbereitet hatte.

Bevor Lanscombe das Zimmer verließ, glitt sein Blick wie beiläufig über das Bild, das in diesem Raum die Wand über dem Kamin schmückte – das Pendant zu dem Gemälde im grünen Salon, aber weit weniger eindrucksvoll, was die dargestellte Person anging: Das einzig wirklich Wertvolle an der sonst in jeder Hinsicht mittelmäßigen Mrs. Cornelius Abernethie war ihr Name – Coralie.
»Wertvoll« vor allem auch durch seine enge Verbindung zu Coral Cornplasters, jene vorzüglich wirksamen Hühneraugenpflaster, die nicht nur das Fundament dieses neogotischen Palastes bildeten, sondern auch sieben Söhnen und Töchtern ein angenehmes Leben ermöglicht hatten, und es Richard Abernethie erlaubte, vor drei Tagen als schwerreicher Mann das Zeitliche zu segnen.

In der Küche wurde Lanscombe höchst ungnädig empfangen. Denn Marjorie, die Köchin, erst siebenundzwanzig Jahre alt, war Ermahnungen gegenüber ausgesprochen störrisch. Für Lanscombe dagegen war sie eine ständige Irritation – entsprach sie doch so gar nicht dem, was er sich unter einer properen Köchin vorstellte. Sie besaß weder Würde noch Achtung vor seiner, Lanscombes, Position. Das Haus nannte sie nur »ein richtiges altes Mausoleum« und beklagte sich ständig über diesen »Ballsaal« von Küche und die immensen Entfernungen zwischen Küche, Keller und Vorratsräumen, die jeweils nur in anstrengenden »Tagesmärschen« zu bewältigen seien. Sie war nun seit zwei Jahren in Enderby und vor allem deshalb geblieben, weil die Bezahlung wirklich gut war – aber auch, weil Mr. Abernethie ihre Kochkünste wirklich zu schätzen wußte. Und Berufsehre besaß Marjorie.
Janet, das Hausmädchen, das neben dem Küchentisch stand und sich gerade mit einer Tasse Tee erfrischte, hatte zwar auch so manche Auseinandersetzung mit

Lanscombe, aber als ebenfalls der älteren Generation angehörend, stand sie im Prinzip auf seiner Seite, wenn es um die »Junge« ging.
Das Kleeblatt in der Küche wurde vervollständigt durch Mrs. Jacks, die nicht im Hause wohnte, sondern zur Aushilfe kam, wann immer oder wofür auch immer man sie brauchte. Von der Beerdigung war sie völlig begeistert.
»Es war wunderschön«, schniefte sie und füllte ihre Tasse von neuem. »Neunzehn Wagen, und die Kirche voll bis auf den letzten Platz, und der Pfarrer hat so schön gesprochen – wirklich. Ein ehrenvoller Tag für ihn. Ach, der arme Mr. Abernethie, es gibt nicht viele auf der Welt wie ihn. Von allen geachtet, das war er.«
Marjorie drehte das Gas unter dem großen Suppentopf kleiner – die Geflügelcremesuppe war fertig.

Ein Wagen nach dem anderen fuhr vor. Etwas unsicher gingen die Leidtragenden in ihren schwarzen Kleidern durch die Halle in den großen grünen Salon, wo in dem riesigen Kamin ein Feuer loderte. Herbstliche Kühle machte sich schon unangenehm bemerkbar, namentlich, wenn man bei einer Beerdigung ewig lange auf dem Friedhof stehen mußte.
Lanscombe trat ein und bot auf einem silbernen Tablett Sherry an.
Mr. Entwhistle, der Seniorchef der angesehenen alteingesessenen Anwaltsfirma Bollard, Entwhistle, Entwhistle & Bollard, wärmte sich den Rücken am Feuer, nahm ein Glas Sherry und betrachtete die Anwesenden.
Lanscombe ist recht hinfällig geworden, der arme alte Kerl, er muß ja auch bald neunzig sein, dachte Mr. Entwhistle. Nun, er bekommt eine hübsche Rente, er braucht sich also keine Sorgen zu machen, die treue Seele. Heutzutage gibt es keine so guten Dienstboten mehr. Eine traurige Welt. Vielleicht war es ganz gut für Richard, daß er so früh gestorben war, er hatte nicht mehr viel vom

Leben zu erwarten.
Mr. Entwhistle mit seinen zweiundsiebzig Jahren fand, daß Richard Abernethie mit achtundsechzig vorzeitig gestorben sei. Er, Entwhistle, hatte sich vor zwei Jahren zur Ruhe gesetzt; da aber Richard einer seiner ältesten Klienten und ein persönlicher Freund von ihm gewesen war, sah er es als Pflicht und Ehre zugleich an, selbst die Testamentseröffnung vorzunehmen, und so hatte er auch die weite Reise nicht gescheut.
Kritisch musterte er die einzelnen Hinterbliebenen und dachte dabei an die Testamentsbedingungen.
Helen, die Witwe von Richards Bruder Leo, kannte er am besten. Sie war eine reizende Frau, und Schwarz stand ihr besonders gut. Bewundernd ruhten seine Blicke auf ihrer immer noch schlanken Figur. Ihr gut geschnittenes Gesicht, das aus der Stirn gestrichene, an den Schläfen schon grau werdende Haar und die lebhaften blauen Augen, die einst wie Kornblumen geleuchtet hatten, bezauberten ihn auch heute noch.
Wie alt mochte Helen jetzt sein? Ungefähr einundfünfzig, nahm er an. Merkwürdig, daß sie nach Leos Tod nicht wieder geheiratet hatte. Eine gutaussehende Frau! Aber die beiden hatten einander sehr geliebt.
Seine Blicke richteten sich nun auf Maude, die Frau von Richards einzigem überlebenden Bruder, Timothy; er kannte sie nicht besonders gut.
Ihr stand Schwarz nicht – zu ihr paßten ländlich derbe Tweedkostüme. Sie war eine große, vernünftige, tüchtige Frau und eine gute Gattin, die wie eine Glucke über Timothys Gesundheit wachte.
Allerdings machte sie seiner, Entwhistles, Ansicht nach zu viel Wesens um ihn; denn Timothy war, soviel er wußte, ein ausgesprochener Hypochonder. Finanziell mußte es ihm gutgehen, er war nie ein Verschwender gewesen; dennoch würde ihm das, was er nun erbte, nicht ungelegen kommen – so teuer wie heutzutage alles war.

Entwhistle wandte jetzt seine Aufmerksamkeit George Crossfield zu, dem Sohn von Richards verstorbener Schwester Laura.
Laura hatte einen etwas zwielichtigen Typ geheiratet, von dem niemand Genaueres wußte. Er selbst hatte sich als Börsenmakler bezeichnet.
Der junge George arbeitete in einem Anwaltsbüro – keinem sehr angesehenen. Er sah gut aus, wirkte aber wenig vertrauenswürdig. Materiell war er bestimmt nicht auf Rosen gebettet, denn Laura hatte ihr Vermögen sehr unbedacht angelegt und bei ihrem Tod vor fünf Jahren so gut wie nichts hinterlassen. Sie war hübsch und romantisch gewesen, doch ohne jeden Sinn für Geld.
Nun betrachtete er die beiden jungen Frauen. Die eine, die gerade die Wachsblumen auf dem Malachittisch begutachtete, war Rosamund, Geraldines Tochter; eine hübsche Frau, fast schön, aber ein Puppengesicht! Sie war Schauspielerin und hatte einen Schauspieler namens Michael Shane geheiratet. Er war ebenfalls hier und schien sich auf sein Aussehen nicht wenig einzubilden. Mr. Entwhistle hielt nicht besonders viel von Schauspielern und blickte ihn eher mißbilligend an.
Susan, Gordons Tochter, würde sich auf der Bühne besser machen als Rosamund, denn sie besaß Persönlichkeit – fast etwas zu viel für den Alltag.
Mr. Entwhistle spähte verstohlen zu ihr hinüber. Sie hatte dunkles Haar, haselnußbraune, große Augen mit goldenem Schimmer und einen eigensinnigen, hübschen Mund.
Neben ihr stand ihr vor kurzem angetrauter Gatte, Gregory Banks, von Beruf Apotheker, wie man ihm gesagt hatte.
Der unscheinbare junge Mann schien sich in seiner Haut nicht recht wohl zu fühlen. Mr. Entwhistle überlegte warum und kam mitleidig zu dem Schluß, daß ihn wahrscheinlich soviel Verwandtschaft seiner Frau auf einmal irritierte und unsicher machte.

Zuletzt blieben Mr. Entwhistles Blicke auf Cora Lansquenet haften. Cora war die jüngste der Geschwister, ein richtiger Nachzügler. Als sie das Licht der Welt erblickte, war ihre Mutter bereits fünfzig Jahre alt.
Arme kleine Cora! Ihr ganzes Leben lang war sie überall unwillkommen gewesen; pummelig und linkisch, hatte sie stets falsch reagiert und unpassende Dinge gesagt.
Niemand hatte geglaubt, daß Cora je heiraten würde. Sie war alles andere als eine Schönheit gewesen, und die plumpen Avancen, die sie den Männern machte, hatten eher noch zusätzlich abschreckend gewirkt.
Dann hatte sie auf der Kunstschule, wo sie Malunterricht nahm, Pierre Lansquenet, einen halben Franzosen, kennengelernt, und war eines Tages mit der Neuigkeit nach Hause gekommen, sie wolle ihn heiraten.
Richard Abernethie war von Pierre Lansquenet keineswegs begeistert; er hatte ihn im Verdacht, ein Mitgiftjäger zu sein. Doch während er noch Nachforschungen über sein Vorleben anstellte, war Cora mit dem jungen Mann schon durchgebrannt.
Richard hatte daraufhin seiner Schwester eine großzügige Rente ausgesetzt, von der das Paar lebte, wie Mr. Entwhistle annahm, denn er glaubte nicht, daß Lansquenet je eigenes Geld verdient hatte bis zu seinem Tod vor zwölf Jahren.
Und da war nun seine dickliche Witwe, in billiges Schwarz gekleidet, mit Rüschen und Jettperlen geschmückt, wieder im Haus ihrer Kindheit. Sie ging im Zimmer umher und stieß kleine Freudenschreie aus, wenn sie etwas wiedererkannte.
Sie trug keinen Kummer über den Tod ihres Bruders zur Schau – es war nie ihre Art gewesen, etwas vorzutäuschen.
Lanscombe, der jetzt hereinkam, meldete halblaut, wie es sich für den traurigen Anlaß schickte: »Es ist angerichtet.«

2

Nach einer ausgezeichneten Geflügelcremesuppe und viel kaltem Fleisch, zu dem es einen exquisiten Chablis gab, hob sich die Stimmung.
Keiner der Hinterbliebenen war über Richard Abernethies Tod ernsthaft traurig, denn niemand von ihnen hatte eine innige Beziehung zu ihm gehabt. Sie hatten sich alle dem Anlaß entsprechend benommen – außer der freimütigen Cora, die unverhohlen vergnügt gewesen war –, aber nun fanden sie, daß dem Anstand Genüge getan sei und man sich zwanglos unterhalten könne.
Mr. Entwhistle ermutigte diese Haltung; und er wußte schließlich am besten, wie man sich nach Beerdigungen zu benehmen hatte.
Nach dem Essen servierte Lanscombe den Kaffee in der Bibliothek, denn er glaubte, daß es nun soweit sei, zum Geschäftlichen überzugehen, das heißt, das Testament zu eröffnen, und fand, daß die Bibliothek mit den vielen Bücherregalen und den schweren Samtvorhängen den angemessenen Rahmen dafür böte.
Nachdem er Kaffee eingeschenkt hatte und verschwunden war, blickten alle Mr. Entwhistle erwartungsvoll an. Der zog seine Uhr hervor und erklärte: »Ich muß unbedingt den 3-Uhr-30-Zug erwischen.«
Es ergab sich, daß auch noch einige andere diesen Zug nehmen wollten.
»Wie Sie wissen«, fuhr Mr. Entwhistle fort, »bin ich Richard Abernethies Testamentsvollstrecker...«
»Das habe ich nicht gewußt«, unterbrach Cora Lansquenet ihn strahlend. »Hat er mir etwas hinterlassen?«
Der alte Anwalt warf ihr einen zurechtweisenden Blick zu und sprach weiter: »Noch vor einem Jahr war sein Testament einfach; außer einigen Legaten hinterließ er das gesamte Vermögen seinem Sohn Mortimer.«
»Der arme Mortimer«, unterbrach Cora ihn wieder, »so eine Kinderlähmung ist etwas zu Schreckliches.«

»Mortimers Tod war für Richard ein entsetzlicher Schlag. Er brauchte mehrere Monate, um sich einigermaßen davon zu erholen. Ich riet ihm dann, ein neues Testament zu machen, und er stimmte mir zu. Zunächst wollte er aber seine jüngeren Verwandten etwas besser kennenlernen.«

»Er ließ uns hier zur Besichtigung antreten«, warf Susan lachend ein. »Erst George, dann Greg und mich, und schließlich Rosamund und Michael.«

»Hat er mir etwas hinterlassen?« fragte Cora wieder.

Mr. Entwhistle hüstelte und fuhr kühl fort:

»Ich schlage vor, daß ich Ihnen allen je eine Kopie des Testaments zuschicke. Ich könnte es Ihnen, wenn Sie wünschen, jetzt vorlesen, aber die juristische Terminologie wird Ihnen recht unverständlich sein.

Kurz gesagt, läuft es auf folgendes hinaus: Nach Abzug einiger kleiner Legate und einer stattlichen Rente auf Lebenszeit für Lanscombe wird das Vermögen in sechs gleiche Teile geteilt.

Je einer fällt nach Zahlung der Erbschaftssteuern an Richards Bruder Timothy, seinen Neffen George Crossfield, seine Nichte Susan Banks und seine Nichte Rosamund Shane. Die zwei restlichen Teile sollen treuhänderisch angelegt und verwaltet werden. Die Nutznießung dieses Kapitals haben Mrs. Helen Abernethie, die Witwe seines Bruders Leo, und seine Schwester, Mrs. Cora Lansquenet, auf Lebenszeit. Nach deren Tod wird das betreffende Kapital unter den vier anderen Erbbegünstigten oder deren Nachkommen aufgeteilt.«

»Das ist sehr schön«, erklärte Cora Lansquenet zufrieden. »Eine Rente für mich! Wie hoch ist sie?«

»Ich kann es noch nicht genau sagen – vermutlich drei- bis viertausend Pfund im Jahr.«

»Wie herrlich!« rief Cora. »Dann gehe ich nach Capri.«

Helen Abernethie bemerkte sanft:

»Wie großzügig von Richard. Ich entnehme daraus, daß er mich gern hatte.«

»Er hatte Sie sogar sehr gern«, bestätigte Mr. Entwhistle. »Leo war sein Lieblingsbruder, und nach seinem Tod hat sich Richard immer gefreut, wenn Sie ihn besuchten.«
»Es tut mir wirklich leid«, sagte Helen bedauernd, »daß ich nicht ahnte, wie krank er war – ich war noch kurz vor seinem Tod bei ihm; ich wußte zwar, daß es ihm nicht besonders ging, hatte seinen Zustand aber nicht für so ernst gehalten.«
»Es stand schon seit langem schlecht um ihn«, erwiderte Mr. Entwhistle, »doch er wollte nicht, daß man darüber sprach, und es glaubte wohl auch niemand, daß sein Ende so nahe bevorstand. Auch der Arzt war ganz überrascht, als er es mir mitteilte.«
»›Ganz plötzlich verstarb auf seinem Gut ...‹, hieß es in der Zeitung«, sagte Cora. »Ich war auch sehr überrascht.«
»Es war ein Schlag für uns alle«, erklärte Maude Abernethie, »es hat meinen armen Timothy schrecklich aufgeregt. ›So plötzlich‹, sagte er immer wieder, ›so plötzlich.‹«
»Man hat es aber gut vertuscht, nicht wahr?« fragte Cora.
Alle starrten sie erstaunt an, was sie sichtlich verlegen machte, und sie fügte hastig hinzu:
»Ich finde, ihr habt ganz recht – vollkommen recht. Ich meine, es wäre für uns alle höchst unangenehm gewesen, wenn man es publik gemacht hätte. Es muß unbedingt unter uns bleiben.«
Mr. Entwhistle beugte sich vor. »Ich verstehe wirklich nicht, Cora, was Sie meinen.«
Sie sah überrascht, mit weitgeöffneten Augen von einem zum andern und neigte ihren Kopf wie ein Vögelchen zur Seite.
»Aber er ist doch ermordet worden, oder nicht?« sagte sie schließlich.

3

Während Mr. Entwhistle in einem Erster-Klasse-Abteil nach London fuhr, dachte er voll Unbehagen an Coras verblüffende Behauptung. Cora war allerdings ungemein dumm; schon als Mädchen war sie wegen der unliebsamen Wahrheiten, die sie von sich zu geben pflegte, berüchtigt gewesen. Wahrheiten war allerdings nicht der richtige Ausdruck, »taktlose Bemerkungen« kam der Sache entschieden näher.
Er ließ sich noch einmal die unmittelbaren Folgen dieser kühnen Behauptung durch den Kopf gehen.
Als sie das unverhohlene Entsetzen der andern sah, war Cora klargeworden, daß sie etwas Ungeheuerliches gesagt hatte.
Maude hatte gerufen: »Aber, Cora, wirklich!«
George: »Aber, ich bitte dich, Tante Cora!«
Ein anderer: »Was willst du denn damit sagen?«
Daraufhin hatte Cora kläglich gestammelt: »Oh, es tut mir leid, ich habe es natürlich nicht so gemeint – Es war wirklich dumm von mir, aber nach dem, was er mir gesagt hat, habe ich gedacht... ja, ich weiß schon, es ist alles in Ordnung, aber sein Tod kam so plötzlich – bitte, vergeßt, was ich dahergeredet habe – ich weiß, ich sage immer das Falsche...«
Dann hatte sich die allgemeine Empörung gelegt, und man war zu praktischen Fragen über die Aufteilung von Richard Abernethies persönlichem Eigentum übergegangen.
Coras unglückselige Behauptung war bald vergessen, denn schließlich wußte man ja, daß sie, wenn auch nicht gerade schwachsinnig, so doch, gelinde gesagt, peinlich einfältig war.
Mr. Entwhistle überlegte, warum er sich so unbehaglich fühlte. Waren es Coras lächerliche Bemerkungen, die in seinem Unterbewußtsein hafteten, vor allem die beiden Sätze: »Nach dem, was er mir gesagt hat, habe ich

gedacht...« und: »aber sein Tod kam so plötzlich...«? Was hatte sie damit sagen wollen?
Es stimmte, Richards Tod war etwas plötzlich gekommen. Er hatte mit Richard selbst und auch mit dessen Arzt gesprochen, und der Arzt schien keineswegs mit einer möglichen plötzlichen Verschlimmerung seines Gesundheitszustandes zu rechnen.
Der Arzt hatte sich geirrt. Aber alle Ärzte sagen, daß es vor allem auch darauf ankommt, wie stark der Lebenswille eines Menschen ist.
Und Richard Abernethie hatte, obwohl er noch kräftig und rüstig gewesen war, keinen starken Lebenswillen mehr gehabt. Sein innig geliebter Sohn war gestorben, und es gab keinen Nachkommen mehr, der den Namen Abernethie trug. Wer sollte sein Vermögen erben?
Entwhistle wußte, daß diese Frage den alten Herrn sehr beunruhigt hatte. Sein einziger überlebender Bruder war schwer krank; es blieb also nur die jüngere Generation.
Obwohl er nie mit ihm darüber gesprochen hatte, wußte Entwhistle, daß Richard unter den jungen Leuten einen Universalerben gesucht hatte. Daher waren im vergangenen halben Jahr nacheinander sein Neffe George, seine Nichte Susan und deren Mann sowie seine Schwägerin Helen Abernethie für einige Zeit bei ihm zu Besuch gewesen.
Das Resultat war das Testament, das der Anwalt in der Aktentasche trug – eine gleichmäßige Verteilung des Vermögens, aus der man schließen mußte, daß ihm weder sein Neffe noch eine seiner Nichten oder deren Ehemänner sonderlich gefallen hatten.
Soviel Mr. Entwhistle wußte, war Cora Lansquenet nicht eingeladen worden, und das erinnerte den Anwalt wieder an ihre erste unverständliche Bemerkung:
»Aber nach dem, was er mir gesagt hat, habe ich gedacht...«
Was hat Richard gesagt? Und wann hat er es gesagt? Da Cora nicht in Enderby gewesen war, mußte er sie in dem

Künstlerdorf in Berkshire, wo sie ein Häuschen besaß, besucht haben. Oder bezog sie sich auf etwas, das Richard ihr geschrieben hatte?
Mr. Entwhistle runzelte die Stirn.
Cora war eine sehr dumme Frau. Sie konnte leicht eine Bemerkung mißverstanden oder deren Sinn verdreht haben. Aber er hätte gern gewußt, was für eine Bemerkung das gewesen war...

In einem Dritter-Klasse-Abteil desselben Zuges sagte Gregory Banks zu seiner Frau Susan:
»Tante Cora ist wohl völlig verrückt?«
George Crossfield, der ihnen gegenüber saß, bemerkte scharf:
»Man muß dafür sorgen, daß sie nicht länger solchen Unsinn quatscht. Sie könnte sonst die Leute auf komische Ideen bringen.«
Rosamund Shane, die damit beschäftigt war, den schöngeschwungenen Bogen ihrer Lippen rot nachzuziehen, murmelte:
»Ich glaube nicht, daß irgend jemand auf das hört, was so eine alte Schachtel sagt. Diese lächerlichen Kleider und Rüschen und Jettkugeln!«
»Also ich bin der Ansicht, daß man ihr den Mund stopfen muß«, beharrte George.
»Gut, mein Lieber«, stimmte Rosamund ihm lachend zu, steckte den Lippenstift in die Handtasche und betrachtete sich zufrieden im Spiegel. »Tu es. Aber wenn Onkel Richard wirklich ermordet worden ist, wer hat es dann getan?«
Vier Gesichter starrten sie verblüfft an. während sie sinnend um sich blickte.
»Sein Tod kam uns allen sehr gelegen«, fuhr sie bedächtig fort. »Michael und ich waren total pleite, jetzt sind wir obenauf. Wir könnten sogar ein eigenes Stück finanzieren. Ich weiß eins mit einer wunderbaren Rolle...«
Die andern hörten Rosamunds begeisterten Ausführun-

gen nicht zu, sie machten Pläne für ihre eigene Zukunft.
Um ein Haar wär's schiefgegangen, dachte George. Jetzt kann ich das Geld auf die Bank zurückbringen, und kein Mensch wird etwas merken – aber es war wirklich höchste Zeit.
Gregory schloß die Augen und lehnte sich zurück. Jetzt bin ich unabhängig, dachte er.
Susan sagte mit ihrer klaren Stimme: »Es tut mir um den guten Onkel Richard leid, aber schließlich war er ja auch schon sehr alt.«
Ihre harten Augen wurden weicher, während sie das nachdenkliche Gesicht ihres Mannes betrachtete. Sie betete Greg an. Unbestimmt spürte sie, daß ihm weniger an ihr lag, als ihr an ihm – doch das steigerte nur ihre Leidenschaft. Greg gehörte ihr. Sie würde alles für ihn tun. Alles...

Während Maude Abernethie sich umzog – sie wollte in Enderby übernachten –, überlegte sie, ob sie nicht länger bleiben sollte, um ihrer Schwägerin Helen beim Ordnen des persönlichen Nachlasses, vor allem der Papiere und Briefe, zu helfen.
Aber sie mußte wirklich so schnell wie möglich zu Timothy zurück. Er hatte es gar nicht gern, wenn sie nicht da war und für ihn sorgte. Sie hoffte, daß er sich über das Testament freuen und nicht ärgern würde; denn eigentlich hatte er damit gerechnet, Universalerbe zu werden – schließlich war er der einzige überlebende Abernethie.
Ja, wahrscheinlich würde Timothy sich ärgern, und das schadete seiner Verdauung. Er konnte so leicht außer sich geraten... Sie überlegte, ob sie mit Dr. Barton darüber sprechen sollte. Diese Schlafpillen... Timothy hatte in der letzten Zeit viel zu viele genommen, es waren fast keine mehr in der Schachtel.

Helen Abernethie saß am Kamin im grünen Salon und wartete auf Maude.
Sie blickte sich im Zimmer um und dachte an die alten Zeiten, als Leo und all die andern noch gelebt hatten.
Es war immer so gemütlich gewesen bei Richard, aber in ein solches Haus gehören Menschen, gehören Kinder und viel Personal; große Gesellschaften müssen gegeben werden, im Winter müssen in allen Zimmern lustige Feuer in den Kaminen lodern.
Wer würde wohl das Haus kaufen? Vielleicht würde es abgerissen werden, vielleicht aber auch in ein Hotel oder Internat umgewandelt werden. Der Gedanke stimmte sie traurig. Dieses Haus, die vielen glücklichen Stunden, und Richard und Leo – all das war so schön gewesen, und nun war es für immer vorbei. Immerhin, mit der Rente, die Richard ihr ausgesetzt hatte, konnte sie ihre Villa auf Cypern behalten und sich alles leisten, was sie wollte.
Sie hatte in der letzten Zeit gelegentlich Sorgen gehabt wegen der enormen Steuern und einiger Fehlinvestitionen. Nun war das, dank Richards Geld, vorbei.
Der arme Richard. Aber im Schlaf zu sterben, wie er, war wirklich ein großes Glück.
»Ganz plötzlich – am zweiundzwanzigsten...«, stand in der Zeitung, und das war es wohl, was Cora diese Idee in den Kopf gesetzt hatte.
Cora war ja schon immer unmöglich gewesen. Helen erinnerte sich, wie sie sie einmal in Frankreich getroffen hatte, kurz nach ihrer Heirat mit Pierre Lansquenet. Sie gab sich damals unerträglich albern, neigte immerzu den Kopf zur Seite und redete dummes Zeug über Malerei.
Helens Blick blieb auf einem Strauß Wachsblumen ruhen, der auf dem runden Malachittisch stand. Neben diesem Tisch hatte Cora gesessen, als sie alle hier darauf warteten, zur Kirche zu fahren. Seit sie das Haus betreten hatte, schwelgte sie in Erinnerungen und geriet immer wieder aufs neue in Entzücken, wenn sie irgend-

ein altes Familienstück entdeckte, so sehr, daß sie völlig vergaß, welch trauriger Anlaß sie hierhergeführt hatte.
»Aber er ist doch ermordet worden, oder nicht?«
Wie sie alle Cora entsetzt, ja empört angestarrt hatten! Und der trotzdem so unterschiedliche Ausdruck auf den Gesichtern!
Und plötzlich, als Helen diese Szene so lebhaft im Geiste vor sich sah, runzelte sie die Stirn.
Irgend etwas stimmte da nicht. Etwas? – Jemand? – War es die Art, wie einer der Anwesenden reagiert hatte? Die Regung in einem Gesicht vielleicht, die – wie sollte sie es ausdrücken – irgendwie nicht paßte?
Sie wußte nicht, was – sie konnte es nicht fassen –, aber etwas, irgend etwas hatte nicht gestimmt.

Inzwischen aß im Bahnhofsrestaurant von Swindon eine mit Jettperlen behängte Dame in billiger Trauerkleidung Rosinenkuchen, trank Tee dazu und dachte an ihre Zukunft. Sie dachte nicht an drohendes Unheil. Sie war glücklich.
Diese Fahrten auf Nebenlinien waren wirklich ermüdend. Es wäre leichter gewesen, über London nach Lytchett St. Mary zu fahren und gar nicht viel teurer. Ach, Geld spielte jetzt für sie ja keine Rolle mehr. Aber sie hätte dann mit der Verwandtschaft fahren und wahrscheinlich den ganzen Weg lang reden müssen, und das wäre ihr zu anstrengend gewesen.
Wie eingebildet diese Menschen waren – und wie scheinheilig. Wie sie sie alle angeglotzt hatten, als sie von Mord sprach! Aber es war richtig gewesen, es zu sagen. Zufrieden mit sich selbst, nickte sie: Ja, sie hatte recht gehabt.
Sie sah auf die Uhr. Noch fünf Minuten bis zur Abfahrt des Zuges. Sie trank den Tee aus, obwohl er nicht sehr gut war. Ein paar Sekunden lang träumte sie vor sich hin. Herrliche Zukunftsbilder tauchten vor ihr auf. Sie lächelte wie ein glückliches Kind. Endlich würde sie

noch einmal das Leben genießen können ... Eifrig Pläne schmiedend, ging sie auf den Bahnsteig.

4

Mr. Entwhistle verbrachte eine unruhige Nacht und war am Morgen so müde und fühlte sich so schlecht, daß er nicht aufstand.
Seine Schwester, die ihm den Haushalt führte, brachte ihm das Frühstück ans Bett und machte ihm Vorwürfe, daß er in seinem Alter und bei seiner schwachen Gesundheit eine so anstrengende Reise unternommen hatte.
Er erwiderte nur, daß Richard Abernethie nun mal ein guter alter Freund von ihm gewesen sei.
»Beerdigungen!« entgegnete seine Schwester mit tiefster Mißbilligung. »Beerdigungen sind ausgesprochen gefährlich für einen Mann in deinem Alter. Du wirst eines Tages ebenso plötzlich sterben wie dein kostbarer Mr. Abernethie, wenn du nicht mehr acht gibst auf dich.«
Bei dem Wort »plötzlich« zuckte Mr. Entwhistle zusammen und schwieg. Er wußte sofort, warum ihn das Wort erschreckt hatte.
Cora Lansquenet!
Was sie angedeutet hatte, war vollkommen verrückt, aber er wollte genau wissen, warum sie es gesagt hatte. Ja, er würde zu ihr nach Lytchett St. Mary fahren. Er konnte ja vorgeben, er müsse sie wegen des Testaments sprechen. Sie sollte nicht merken, daß er ihrer dummen Äußerung irgendwelche Bedeutung beimaß.

Gegen Viertel vor sechs läutete sein Telefon; er hob den Hörer ab.
James Parrott, ein jüngerer Partner der Firma Bollard, Entwhistle, Entwhistle & Bollard, war am Apparat.

»Hören Sie, Entwhistle«, sagte Parrott, »eben hat mich die Polizei aus Lytchett St. Mary angerufen.«
»Aus Lytchett St. Mary?«
»Ja. Anscheinend ...« Parrott schwieg einen Augenblick, er schien irgendwie unsicher zu sein. »Es handelt sich um Mrs. Cora Lansquenet. Ist sie nicht eine der Erbinnen von Richard Abernethie?«
»Ja. Ich war gestern auf der Beerdigung mit ihr zusammen.«
»Oh – sie war bei der Beerdigung?«
»Natürlich. Was ist los mit ihr?«
»Ja ...«, Parrotts Stimme klang noch unsicherer. »Sie ist – es ist wirklich höchst merkwürdig – sie ist – ermordet worden.«
»Ermordet?«
»Ja – ja – leider ist es so.«
»Wie kam die Polizei dazu, sich an uns zu wenden?«
»Durch ihre Gesellschafterin oder Haushälterin, eine Miss Gilchrist. Die Polizei hatte sie nach dem Namen von Verwandten oder des Anwalts gefragt, und da nannte sie uns.«
»Wieso glaubt man, daß sie ermordet wurde?« fragte Mr. Entwhistle.
Parrott war die nun folgende Mitteilung hörbar unangenehm. »Es scheint kein Zweifel zu bestehen. Es ist mit einem Beil oder so etwas Ähnlichem geschehen – ein grauenhafter Mord.«
»Raubmord?«
»Man nimmt es an. Ein Fenster ist zerschlagen, einige Schmucksachen fehlen. Schubladen sind herausgerissen, und so weiter.«
»Um wieviel Uhr ist es passiert?«
»Am Nachmittag zwischen zwei und vier.«
»Wo war die Haushälterin?«
»In Reading, sie hat Bücher in der Leihbibliothek umgetauscht. Als sie gegen fünf Uhr zurückkam, fand sie Mrs. Lansquenet tot vor. Die Polizei will von uns wissen, ob

wir eine Ahnung hätten, wer sie ermordet haben könnte. Ich antwortete«, Parrotts Stimme klang beleidigt, »daß von uns aus gesehen gar keine Anhaltspunkte vorlägen.«
»Das kann man wohl sagen.«
»Es muß irgendein Schwachsinniger aus der Gegend gewesen sein – der einbrechen wollte, dann den Kopf verlor und sie umbrachte. Das ist die einzige Möglichkeit – meinen Sie nicht auch, Entwhistle?«
»Ja – ja...«, meinte Mr. Entwhistle geistesabwesend. Parrott hat recht, sagte er sich. Die einzige Möglichkeit...
Aber er hatte noch immer Coras muntere Stimme im Ohr: »Er ist doch ermordet worden, oder nicht?«

Mr. Entwhistle und Inspektor Morton blickten einander prüfend an.
In seiner klaren, präzisen Art hatte Mr. Entwhistle dem Inspektor alles Wissenswerte über Cora Lansquenet mitgeteilt, über ihre Kindheit, ihre Heirat, ihre Witwenschaft, ihre finanzielle Lage, ihre Verwandten.
»Mr. Timothy Abernethie, der einzige überlebende Bruder, ist ihr nächster Verwandter, aber er lebt völlig zurückgezogen, ist sehr krank und nicht imstande, das Haus zu verlassen. Er hat mich bevollmächtigt, alles für ihn zu erledigen.«
Der Inspektor nickte. Es war eine Erleichterung für ihn, mit diesem erfahrenen alten Anwalt zu tun zu haben.
»Wie ich von Miss Gilchrist hörte«, sagte er, »hat Mrs. Lansquenet einen Tag vor ihrem Tod an der Beerdigung ihres Bruders teilgenommen?«
»So ist es, Inspektor. Ich war auch dort.«
»Hm... Ihr Benehmen hatte nichts Ungewöhnliches an sich? Nichts Seltsames – nichts Ängstliches?«
Mr. Entwhistle hob scheinbar erstaunt die Brauen.
»Ich verstehe nicht recht, Inspektor.«
»Es ist auch nicht leicht zu verstehen, Mr. Entwhistle.

Jemand muß beobachtet haben, wie diese Miss Gilchrist gegen zwei Uhr das Haus verließ, ins Dorf ging und den Bus bestieg. Der Betreffende nimmt dann das Beil aus dem Holzschuppen, zerschlägt damit das Küchenfenster, dringt ins Haus ein, schleicht die Treppe hinauf und schlägt Mrs. Lansquenet mit der Axt nieder, schlägt wild drauflos. Sechs bis acht Schläge hat sie erhalten.«
Mr. Entwhistle zuckte zusammen.
»Ja, es ist ein bestialischer Mord. Dann zieht der Eindringling einige Schubladen heraus, klaut ein paar Schmuckstücke, höchstens ein paar Pfund wert, und verschwindet.«
»Sie lag im Bett?«
»Ja. Sie ist anscheinend am Abend zuvor spät von der Reise zurückgekommen, war müde und aufgeregt. Sie hatte gerade eine größere Erbschaft gemacht, wie ich hörte.«
»Ja.«
»Sie schlief die Nacht schlecht, wachte am Morgen mit schlimmem Kopfweh auf, trank mehrere Tassen Tee, nahm einige Schmerztabletten und bat dann die Haushälterin, sie vor dem Lunch nicht zu stören. Da es ihr auch dann noch nicht besserging, nahm sie zwei Schlaftabletten und schickte Miss Gilchrist in die Leihbibliothek von Reading, Bücher umzutauschen. Sie muß bereits schlaftrunken gewesen sein oder fest geschlafen haben, als der Einbruch geschah. Der Kerl hätte nehmen können, was er wollte, wenn er sie bedroht oder geknebelt hätte. Es ist merkwürdig, daß das Beil offensichtlich von draußen mitgebracht wurde. Dabei scheint alles darauf hinzuweisen, daß sie im Bett lag und schlief, als der Mörder sie überfiel.«
Mr. Entwhistle rutschte unbehaglich auf dem Stuhl hin und her.
»Man hört öfters von solch bestialischen, sinnlosen Morden«, sagte er schließlich.
»Ja, es wird sich auch in diesem Fall als ein solcher

herausstellen. Wir lassen die ganze Gegend nach verdächtigen Individuen absuchen, in den Wirtschaften sind schon die nötigen Nachforschungen angestellt worden. Die meisten Leute sind zu dieser Tageszeit auf Arbeit. Allerdings liegt das Haus außerhalb des Dorfes, man kann also leicht ungesehen hinkommen.«

Der Inspektor schob nun über den Schreibtisch eine Brosche in Form eines Kleeblatts mit kleinen Perlen, eine Amethystbrosche, eine kleine Perlenkette und ein Granatarmband.

»Das sind die Stücke, die aus ihrem Schmuckkasten genommen wurden. Man hat sie ganz in der Nähe des Hauses gefunden, unter einer Hecke.«

Mr. Entwhistle runzelte die Stirn.

»Das ist aber sehr merkwürdig«, sagte er. »Vielleicht hat der Mörder Angst bekommen – oder er hatte den Diebstahl nur vorgetäuscht.«

»Ja, es gibt verschiedene Möglichkeiten – auch Miss Gilchrist könnte es getan haben. Zwei Frauen, die allein zusammenleben – man weiß nie, was da für Mißgunst, Streitigkeiten oder Gott weiß was entstehen können. Wir haben also auch diese Möglichkeit in Betracht gezogen; aber sie scheint nicht in Frage zu kommen. Nach allem, was wir gehört haben, sind die beiden recht gut miteinander ausgekommen.«

Er hielt einen Augenblick inne, ehe er fortfuhr.

»Wie Sie sagten, zieht niemand einen Vorteil aus Mrs. Lansquenets Tod?«

Der Anwalt rutschte wieder unbehaglich hin und her.

»Ganz so habe ich es nicht ausgedrückt. Sie konnte über das Kapital nicht verfügen – sie hatte nur auf Lebenszeit die Nutznießung. Nach ihrem Tod wird gemäß den Testamentsbestimmungen das betreffende Kapital unter die fünf anderen Erben verteilt.«

Der Inspektor zuckte die Achseln.

»Ich glaube nicht, daß da ein Motiv zu suchen ist. Wir müssen also weitersehen.«

»Wann fand Miss Gilchrist die Leiche?«
»Gegen fünf Uhr. Sie kam mit dem 4-Uhr-50-Bus aus Reading zurück, ging durch die Haustür in die Küche und setzte Teewasser auf. Dann sah sie das zerbrochene Küchenfenster: Die Scherben der Scheibe lagen auf dem Boden, aber sie dachte, ein Junge hätte einen Ball oder so etwas geworfen. Danach ging sie hinauf und trat leise in Mrs. Lansquenets Zimmer, um zu sehen, ob sie aufgewacht sei. Sie wurde fast ohnmächtig, dann schrie sie und rannte zum nächsten Nachbarn. Ihre Geschichte scheint zu stimmen, man fand auch weder in ihrem Zimmer noch im Bad oder an ihren Kleidern Blutspuren. Ich glaube nicht, daß die Haushälterin etwas mit dem Mord zu tun hat. Der Arzt kam gegen sechs; er sagt, der Tod sei nicht später als vier Uhr, wahrscheinlich bald nach zwei Uhr eingetreten. Es scheint also, daß der Täter nur gewartet hat, bis Miss Gilchrist das Haus verlassen hatte.«
Im Gesicht des Anwalts zuckte es.
Inspektor Morton sagte: »Die Leiche ist in der Totenhalle – wenn Sie sie sehen wollen.«
Mr. Entwhistle stimmte ohne Begeisterung zu.
Einige Minuten später sah er die irdischen Reste von Cora Lansquenet vor sich. Sie war wüst zugerichtet, das hennagefärbte Haar war steif von geronnenem Blut. Seine Lippen zitterten, er blickte entsetzt zur Seite.
Arme, törichte Cora. Was für schöne Pläne mochte sie für die Zukunft geschmiedet haben! Wieviel dumme Sachen hätte sie tun können – und wieviel Freude hätte sie daran gehabt – mit all dem Geld.
Aber merkwürdig war das, was sie gesagt hatte. Sehr merkwürdig! Zu merkwürdig, um es Inspektor Morton mitzuteilen. Vielleicht, wenn er mit Miss Gilchrist sprach – vielleicht konnte Miss Gilchrist, obwohl es unwahrscheinlich war, etwas Licht auf das werfen, was Richard zu Cora gesagt hatte ...
»... nach dem, was er mir gesagt hat, habe ich gedacht ...«
Was hatte Richard ihr gesagt?

Ich muß Miss Gilchrist sofort aufsuchen, entschied Mr. Entwhistle.

Anne Gilchrist war eine magere, welke alte Jungfer mit kurzem, eisgrauem Haar; sie hatte eines jener ausdruckslosen Gesichter, das Frauen über fünfzig oft eigen ist. Sie begrüßte Mr. Entwhistle herzlich.
»Ich bin so froh, daß Sie gekommen sind, Mr. Entwhistle. Ich weiß so wenig von Mrs. Lansquenets Verwandtschaft und habe natürlich noch nie etwas mit einem Mord zu tun gehabt. Es ist entsetzlich!«
Mr. Entwhistle ging mit ihr ins Wohnzimmer, in dem es stark nach Ölfarben roch. Das Haus war überladen, weniger mit Möbeln als mit Bildern; dunkle, vor Patina kaum erkennbare Ölgemälde bedeckten die Wände.
»Mrs. Lansquenet pflegte sie auf Auktionen zu kaufen«, erklärte die Haushälterin. »Sie interessierte sich so sehr dafür, die arme liebe Dame. Sie ging zu allen Auktionen. Ich selbst habe in meiner Jungend auch Aquarelle gemalt und habe eine leise Ahnung vom Malen; das war angenehm für Mrs. Lansquenet, so konnte sie mit mir über Malerei sprechen. Die gute, arme Seele, sie liebte die Kunst so sehr.«
»Sie hatten sie gern?«
»O ja«, antwortete Anne. »Wir kamen sehr gut miteinander aus. In mancher Beziehung war sie wie ein Kind. Sie sagte alles, was ihr in den Sinn kam. Ich weiß nicht, ob das immer gut war.«
»Sie war nicht ausgesprochen intellektuell«, meinte Mr. Entwhistle.
»Nein – nein, das wohl nicht; aber sie war sehr schlau, Mr. Entwhistle, wirklich sehr schlau. Ich staunte oft, wie sehr sie den Nagel auf den Kopf traf.«
Mr. Entwhistle blickte die Haushälterin interessiert an. Er fand, daß auch sie nicht dumm sei.
»Sie sind schon seit einigen Jahren bei Mrs. Lansquenet?«

»Seit dreieinhalb Jahren!«
»Sie waren ihre Gesellschafterin – und – und kümmerten sich um den Haushalt?«
Augenscheinlich hatte er einen delikaten Punkt berührt – sie errötete leicht.
»O ja, natürlich. Ich kochte fast immer – ich koche sehr gern – und wischte Staub und tat die leichtere Hausarbeit. Nicht die grobe, natürlich.«
Ihr Ton drückte ein festes Prinzip aus. Mr. Entwhistle, der keine Ahnung hatte, was »nicht die grobe Arbeit« bedeuten sollte, murmelte etwas Zustimmendes.
»Mrs. Panter aus dem Dorf besorgte dies regelmäßig zweimal in der Woche. Ich hätte mich kaum bereit erklärt, als Dienstmädchen herzukommen. Am Mißerfolg meiner kleinen Teestube – was für eine Katastrophe! – war der Krieg schuld. Sie war so entzückend! Ich hatte sie ›Zum Weidenbaum‹ genannt. Das Porzellan – chinesisches Porzellan natürlich – hatte ein blaues Weidenmuster – es war wirklich ganz reizend. Und mein Gebäck war ausgezeichnet – ich hatte schon immer eine Hand fürs Backen. Kekse, Kuchen, Torten – mir gelang immer alles. Ja, es lief gut, mein Geschäft, aber dann kam der Krieg mit all den Verboten und Rationierungen … Und schließlich verlor ich auch noch das kleine Vermögen, das mein Vater mir hinterlassen hatte, und mußte mich nach einer Stellung umschauen. Einen richtigen Beruf hatte ich ja nie gelernt. So kam ich zu Mrs. Lansquenet, und wir waren uns von Anfang an sympathisch. Ihr Mann war ja ein Künstler, ein Maler, gewesen.«
Miss Gilchrist stockte einen Moment und meinte dann traurig sinnend: »Wie sehr ich meine kleine Teestube geliebt habe. So nette Leute pflegten zu kommen, wirklich nett!«
Während Mr. Entwhistle Miss Gilchrist zuhörte und sie dabei diskret, aber intensiv musterte, sah er plötzlich ein Bild vor sich: Hunderte von mehr oder weniger jungen Damen, die ihm in all den zahllosen »Weidenbäumen«,

»Chinesischen Pavillons« oder »Japanischen Kirschblüten« begegnet waren, alle ausstaffiert mit blauen, rosa oder orangefarbenen Kitteln und Tabletts mit chinesischem Tee und leckeren kleinen Kuchen in der Hand. Miss Gilchrist hatte eine geistige Heimat – den kleinen, vornehmen Teesalon, frequentiert von einer entsprechenden Klientel.

Es mußte eine ganze Menge Miss Gilchrists geben, dachte der Anwalt, überall im Lande, und alle hatten sie diesen milden, geduldigen Gesichtsausdruck, diese eigensinnige Oberlippe und dieses etwas widerspenstige graue Haar.

Miss Gilchrist sprach unterdessen weiter:

»Aber ich sollte nicht über mich reden. Die Polizei war sehr nett, sehr einfühlsam. Dieser Inspektor Morton – wirklich außerordentlich verständnisvoll. Er wollte es sogar für mich arrangieren, daß ich bei Mrs. Lake, die Straße weiter unten, übernachten könnte, aber ich habe gesagt: ›Nein.‹ Es sei meine Pflicht, hier im Haus zu bleiben, bei all den schönen Dingen von Mrs. Lansquenet...«

Miss Gilchrist schluckte ein wenig, aber schon floß der Redestrom weiter.

»Den Körper – die Leiche – haben sie natürlich fortgebracht und die Schlafzimmertür abgeschlossen, und der Inspektor hat mir gesagt, daß ein Polizist die ganze Nacht in der Küche Wache halten würde – wegen des zerbrochenen Fensters. Heute morgen ist es wieder repariert worden – Gott sei Dank –, und so hab ich dem Inspektor versichert, daß ich recht gut in meinem Zimmer bleiben könnte – obwohl ich gestehen muß, daß ich einen Eimer Wasser auf die Fensterbank gestellt und die Kiste mit Bildern vor die Tür gezogen habe. Man weiß schließlich nie – und wenn es wirklich ein Verrückter war...«

Atemlos hielt sie inne und gab damit Mr. Entwhistle die Chance, rasch eine Frage einzuflechten.

»Ich habe die Tatsachen in groben Zügen von Inspektor

Morton erfahren. Aber wenn es Sie nicht zu sehr mitnimmt, würde ich gern eine Darstellung des Ablaufs der Dinge von Ihnen selbst hören. Hat Mrs. Lansquenet Ihnen von der Beerdigung erzählt?«

»Ein wenig. Sie sagte, wie voll es in der Kirche gewesen sei und daß es eine Unmenge Blumen und Kränze gegeben habe. Und sie sagte, wie traurig sie sei, ihren anderen Bruder nicht gesehen zu haben – Timothy heißt er, nicht wahr?«

»Ja, Timothy.«

»Sie sagte, daß sie ihn seit über zwanzig Jahren nicht mehr gesehen habe und daß sie gehofft hätte, ihn auf der Beerdigung zu treffen, aber seine Frau sei dagewesen, die sie allerdings noch nie habe ausstehen können – o je, ich bitte Sie um Entschuldigung, Mr. Entwhistle –, das ist mir einfach so herausgerutscht – ich habe es aber nicht so gemeint –«

»Natürlich nicht. Natürlich nicht«, meinte Mr. Entwhistle begütigend. »Außerdem gehöre ich nicht zur Verwandtschaft. Im übrigen hat Cora ihre Abneigung gegenüber ihrer Schwägerin sehr gut zu verbergen gewußt.«

Nach einer kurzen Pause hakte er noch einmal nach:

»Und weiter – sagte sie nichts, was Ihnen besonders aufgefallen wäre?«

»Sie hat nichts geahnt, Mr. Entwhistle, wenn Sie das meinen. Da bin ich sicher. Sie war wirklich in erstaunlich guter Stimmung, abgesehen von ihrer Müdigkeit und der – der Trauer um ihren Bruder. Sie fragte mich, wie ich es fände, wenn wir nach Capri gingen. Nach Capri! Natürlich sagte ich, das wäre zu schön, das hätte ich mir nie träumen lassen, und sie beschloß: ›Wir werden hingehen.‹ Genau so. Die Arme! Ich bin nur froh, daß sie wenigstens noch die Vorfreude gehabt hat.«

Anne seufzte und murmelte sehnsüchtig: »Ich glaube nicht, daß ich nun je nach Capri kommen werde.«

»Und am nächsten Morgen?« unterbrach Mr. Entwhistle sie, ihre Enttäuschung überhörend.

»Am nächsten Morgen fühlte sich Mrs. Lansquenet gar nicht gut. Sie sah sehr schlecht aus und klagte, sie habe kaum geschlafen. Sie nahm ihr Frühstück im Bett und blieb den ganzen Morgen liegen. Mittags sagte sie mir, daß sie immer noch nicht geschlafen habe. ›Ich bin so unruhig‹, erklärte sie. ›Ich denke und denke und zerbreche mir den Kopf.‹ Dann sagte sie, sie würde ein paar Schlaftabletten nehmen und versuchen, am Nachmittag zu schlafen, ich solle mit dem Bus nach Reading fahren und in der Bibliothek dort zwei Bücher umtauschen. So bin ich kurz nach zwei Uhr fortgegangen und das – und das – war das letzte Mal...«

Sie schluchzte auf.

»Sie muß geschlafen haben. Sie kann nichts gehört haben, und der Inspektor versichert mir, daß sie nicht gelitten hat. Er glaubt, daß schon der erste Schlag sie getötet hat. O Gott, es macht mich ganz krank, nur daran zu denken.«

»Bitte, bitte. Sie brauchen mir das alles nicht noch einmal zu erzählen.«

Er machte eine kleine Pause, bevor er die nächste Frage stellte.

»Sie erzählte von keinem ihrer Verwandten etwas Besonderes?«

»Nein, ich kann mich jedenfalls nicht erinnern.«

»Sie sprach nicht über den Tod ihres Bruders – über die Ursache?«

»Nein. Er war seit langem krank«, antwortete Miss Gilchrist vage, »obwohl ich sagen muß, daß ich überrascht war. Er sah so rüstig aus.«

Mr. Entwhistle warf schnell ein: »Sie haben ihn gesehen – wann?«

»Als er Mrs. Lansquenet besuchte. Warten Sie einmal – das war vor ungefähr drei Wochen. Sie hatten sich seit Jahren nicht mehr gesehen, wie sie mir erzählte. Sie war ganz aufgeregt, freute sich auf ihn, und war sehr traurig, daß er so krank war...«

»Sie wußten, daß er krank war?«

»Ja, ich erinnere mich sehr gut. Denn ich überlegte, nur so für mich, verstehen Sie – ob Mr. Abernethie vielleicht an Gehirnerweichung leide. Eine Tante von mir...«

Mr. Entwhistle schob die Tante geschickt beiseite:

»Hatte irgend etwas, das Mrs. Lansquenet Ihnen erzählte, Sie veranlaßt, an Gehirnerweichung zu glauben?«

»Ja. Mrs. Lansquenet sagte so etwas wie ›Armer Richard. Mortimers Tod hat ihn alt gemacht. Er scheint direkt senil zu sein. All diese Phantasien von Verfolgungen und daß jemand ihn vergiften will. Alte Leute werden leicht so.‹ Das ist, wie ich weiß, nur zu wahr. Diese Tante, von der ich Ihnen gerade erzählte...«

Mr. Entwhistle hörte der Geschichte von Annes Tante mit tauben Ohren zu. Er war bestürzt. Richard Abernethie war keineswegs senil gewesen, er war im Vollbesitz seiner geistigen Kräfte gewesen. Er war nicht der Mensch, der an Verfolgungswahn litt.

Es war erstaunlich, daß er zu seiner Schwester so gesprochen haben sollte. Aber vielleicht hatte Cora in ihrer eigenartigen kindischen Schlauheit etwas aus seinen Worten herausgehört oder sich auch nur etwas zusammengereimt.

Er ließ es dabei bewenden, hatte aber das Gefühl, daß Anne mehr wußte, als sie zugab.

Geschickt wechselte er das Thema und fragte nun, ob Cora Lansquenet ein Testament gemacht habe.

Und Miss Gilchrist antwortete prompt, daß Mrs. Lansquenets Letzter Wille in einem Banksafe ruhe.

Eigentlich wußte Mr. Entwhistle nun alles, was er vorerst wissen wollte, aber bevor er gehen konnte, bestand Miss Gilchrist darauf, ihn durch das Haus zu führen und ihm verschiedene Bilder des späten Pierre Lansquenet zu zeigen, die die Wände des kleinen Eßzimmers bedeckten und Mr. Entwhistle heftig erröten ließen. Stellten sie doch vor allem Akte dar, die sich zwar durch gänzlichen Mangel an Meisterschaft, aber um so mehr Vergnügen am Detail auszeichneten.

Er kam auch nicht darum herum, einige kleine Ölbilder von romantischen Fischerhäfen zu bewundern, die Cora selbst geschaffen hatte.
»Polperro«, erklärte Miss Gilchrist stolz. »Wir waren dort letztes Jahr, und Mrs. Lansquenet war ganz begeistert von dem malerischen Ort.«
Mr. Entwhistle, der Polperro von Südwesten, von Nordwesten und von allen anderen möglichen Punkten des Kompasses her im Bild erleben durfte, mußte zugeben, daß Mrs. Lansquenet in der Tat sehr enthusiasmiert gewesen sein mußte von diesem Fleckchen Erde.
»Mrs. Lansquenet hat mir ihre Skizzen versprochen«, sagte Gilchrist. »Ich habe sie wirklich sehr bewundert. Auf dieser hier kann man richtig sehen, wie sich die Wellen am Ufer brechen, nicht wahr? Auch wenn sie in ihrem Testament vergessen haben sollte, es zu erwähnen – könnte ich dann wohl wenigstens *ein* Stück zur Erinnerung behalten? Was meinen Sie?«
Ihre Stimme klang ganz sehnsüchtig.
»Ich bin sicher, daß sich das machen läßt«, meinte Mr. Entwhistle freundlich.
Beim Abschied bestand er darauf, daß sie einen kleinen Betrag für laufende Ausgaben annahm, und sagte ihr, er würde sich wieder mit ihr in Verbindung setzen; einstweilen möchte sie im Haus bleiben, bis sie eine neue Stellung gefunden habe.

5

Am Abend wurde Mr. Entwhistle von Maude Abernethie angerufen.
»Gott sei Dank, daß ich Sie endlich erreiche, Mr. Entwhistle! Timothy ist in einer entsetzlichen Verfassung. Die Nachricht von Coras Ermordung hat ihn furchtbar aufgeregt.«

»Das kann ich verstehen«, erwiderte Mr. Entwhistle.
»Mit einem Beil, schreiben die Zeitungen. Das klingt doch unglaublich. Ich mache mir wirklich große Sorgen um Timothy. Ich habe ihn jetzt zu Bett gebracht, aber er will unbedingt, daß ich Sie bitte, zu uns zu kommen. Er will hundert Dinge wissen – ob eine Leichenschau stattfindet, wann die Beerdigung sein wird, ob Geld da ist, ob Cora verbrannt werden soll oder was, und ob ein Testament da ist...«
Mr. Entwhistle unterbrach sie, ehe die Liste allzu lang wurde.
»Ja, ein Testament ist da. Timothy ist Testamentsvollstrecker, aber mein Büro wird alles Geschäftliche erledigen. Das Testament ist sehr einfach: Sie hinterläßt ihre eigenen Skizzen und eine Amethystbrosche ihrer Haushälterin, Miss Gilchrist, und alles andere Susan.«
»Susan? Das verstehe ich nicht. Sie hat doch Susan nie gesehen – höchstens, als sie in den Windeln lag!«
»Wahrscheinlich hat sie das verfügt, weil sie gehört hatte, daß die Familie von Susans Heirat nicht gerade begeistert war... Aber ich glaube, nach Abzug der Schulden werden kaum mehr als fünfhundert Pfund bleiben.«
Nach einer kurzen Pause fuhr er fort: »Und eine Leichenschau wird natürlich stattfinden. Sie ist auf nächsten Donnerstag angesetzt. Ich befürchte, daß der Mord viel Staub aufwirbeln wird – unter den gegebenen Umständen.«
»Wie gräßlich! Und das ist Gift für Timothy! Könnten Sie nicht herkommen, Mr. Entwhistle? Ich wäre Ihnen unendlich dankbar. Ich glaube, es würde Timothy sehr beruhigen, wenn er mit Ihnen sprechen könnte.«
Mr. Entwhistle schwieg einen Augenblick; die Aufforderung kam ihm nicht ungelegen.
»Da haben Sie sicher recht«, gab er dann zu. »Und da Timothy Testamentsvollstrecker ist, brauche ich für einige Dokumente seine Unterschrift. Ja, ich glaube, es würde ganz gut sein.«

»Das ist ja wunderbar, und es beruhigt mich sehr. Morgen? Sie übernachten doch bei uns? Der beste Zug ist der um elf Uhr dreißig ab St.-Pancras-Station.«
»Leider kann ich erst am Nachmittag kommen«, entgegnete Mr. Entwhistle, »am Morgen habe ich noch Verschiedenes zu erledigen.«

George Crossfield begrüßte Mr. Entwhistle herzlich, war aber sichtlich erstaunt über den Besuch.
Mr. Entwhistle sagte erklärend, obwohl es nichts erklärte: »Ich komme gerade aus Lytchett St. Mary.«
»Tante Cora? Was für eine furchtbare Geschichte! Und was gestohlen wurde, ist doch so lächerlich wenig!«
»Der Wert des Geldes ist relativ«, gab Mr. Entwhistle zu bedenken, »es kommt immer darauf an, wieviel man braucht.«
»Ja – ja – da haben Sie wohl recht.«
»Wenn Sie dringend zehn Pfund brauchen, sind fünfzehn mehr als genug, und umgekehrt, wenn Sie hundert Pfund brauchen, sind fünfundvierzig völlig nutzlos.«
George sagte mit einem plötzlichen Flackern in den Augen: »Immerhin, heutzutage kommt einem jede Summe gelegen. Wir haben es alle schwer.«
»Aber nicht verzweifelt schwer«, erwiderte Mr. Entwhistle, »die Verzweiflung ist das Entscheidende.«
Er hielt inne und fuhr dann fort:
»Es wird einige Zeit dauern, bis die Auszahlung der Erbanteile erfolgen kann. Hätten Sie gern einen Vorschuß?«
»Ich wollte gerade mit Ihnen darüber sprechen. Ich war heute morgen auf meiner Bank und verwies sie an Sie; die Leute würden mir einen Kredit einräumen.«
Wieder kam dieses Flackern in seine Augen, Mr. Entwhistle entging es nicht.
Er war sicher, daß George, wenn auch nicht verzweifelt, so doch dringend Geld benötigte. Es schien sich zu bestätigen, was er die ganze Zeit über geahnt hatte: daß

George in Gelddingen nicht zu trauen war, und der alte Richard als guter Menschenkenner hatte das gewiß auch bemerkt.
Das Schweigen des Anwalts offenbar mißdeutend, erklärte George mit gezwungenem Lachen:
»Um die Wahrheit zu sagen, ich hatte in letzter Zeit nicht besonders Glück mit meinen Investitionen. Ein gewisses Risiko trägt man immer, aber diesmal ist es richtig schiefgegangen. Ich war mehr oder weniger blank; aber jetzt kann ich die Sache in Ordnung bringen. Mit etwas Kapital ist alles zu deichseln.«
Mr. Entwhistle überlegte, ob George mit seinem eigenen Geld oder dem von Klienten spekuliert hatte. Wenn George den Staatsanwalt fürchten mußte...
»Ich hatte versucht, Sie am Tag nach der Beerdigung zu erreichen, aber Sie waren anscheinend nicht im Büro.«
»So? Niemand hat mir etwas gesagt. Ich war zum Rennen nach Hurst Park gegangen. Setzte zweimal auf Sieg. Entweder alles oder nichts! Wenn man Glück hat, dann hat man es. Es waren nur fünfzig Pfund, aber es hilft.«
»O ja«, stimmte Mr. Entwhistle zu, »alles hilft. Und jetzt bekommen Sie infolge Tante Coras Tod noch zusätzliches Geld.«
George blickte bekümmert drein.
»Arme Cora«, sagte er, »hat sie nicht Pech? Wahrscheinlich machte sie gerade große Pläne, wie sie sich mit dem Geld amüsieren würde.«
»Hoffentlich findet die Polizei den Mörder«, bemerkte Mr. Entwhistle.
»Ich bin überzeugt, daß sie ihn finden wird. Unsere Polizei ist sehr tüchtig. Sie wird alle verdächtigen Individuen der Gegend aufstöbern, und die müssen nachweisen, was sie zur Zeit des Mordes getrieben haben.«
»Nicht so leicht nach einer gewissen Zeit«, entgegnete Mr. Entwhistle, verschmitzt lächelnd, womit er einen Witz ankündigen wollte. »Ich zum Beispiel war um 3.30 Uhr des betreffenden Tages in der Buchhandlung Hat-

chard. Würde ich das zehn Tage später, wenn die Polizei mich fragte, noch wissen? Ich bezweifle es. Und Sie, George, Sie waren in Hurst Park. Würden Sie sich – sagen wir – nach einem Monat noch erinnern, an welchem Tag Sie beim Rennen waren?«
»Oh, ich würde es wegen der Beerdigung wissen – einen Tag danach.«
»Das stimmt – das stimmt. Und dann haben Sie mit zwei Gäulen Glück gehabt. Noch eine Hilfe für das Gedächtnis. Man vergißt selten den Namen eines Pferdes, das einem Geld gebracht hat. Welche waren es übrigens?«
»Einen Moment bitte ... ›Gaymarck‹ und ›Frogg II‹. Ja, ich werde sie nicht so bald vergessen.«
Mr. Entwhistle lachte trocken und verabschiedete sich.

»Wie reizend, Sie zu sehen«, sagte Rosamund ohne sichtliche Begeisterung. »Aber ist es nicht noch schrecklich früh?«
Es war elf Uhr.
»Wir hatten eine tolle Party gestern abend. Michael hat sich einen ausgewachsenen Kater eingefangen.«
Michael Shane erschien im selben Augenblick wie aufs Stichwort, gähnend, eine Tasse mit schwarzem Kaffee in der Hand. Seine schlanke, hochgewachsene Gestalt umhüllte ein eleganter Schlafrock, der ihm ausgezeichnet stand, und sein Lächeln war charmant wie immer.
Rosamund schien außer einem schwarzen Rock und einem ziemlich schmuddeligen gelben Pullover nichts anzuhaben.
Dem korrekten und soliden Anwalt sagte die Art, in der das Paar hauste, keineswegs zu. Die ziemlich schäbige Wohnung im ersten Stock eines Hauses im Künstlerviertel Chelsea, die überall herumstehenden (und liegenden) Flaschen und halbgefüllten Gläser, der mit Zigarettenstummeln übersäte Boden, die dumpfe Luft.
Trotz dieser verwahrlosten Umgebung wirkten Rosamund und Michael erstaunlich blühend und frisch. Sie

waren wirklich ein bemerkenswert gutaussehendes Paar, und Mr. Entwhistle hatte den Eindruck, daß sie sich auch sehr liebten. Rosamund jedenfalls betete Michael offensichtlich an.

»Liebes«, sagte sie jetzt. »Wie denkst du über einen winzigen Schluck Champagner. Um richtig wach zu werden – und die Zukunft gebührend zu feiern. Oh, Mr. Entwhistle, es ist wirklich wie ein Wunder. All das herrliche Geld, das Onkel Richard uns hinterlassen hat, gerade jetzt –«

Mr. Entwhistle registrierte den raschen, warnenden Blick, den Michael Rosamund zuwarf, aber sie sprach unbekümmert weiter:

»Wir haben da nämlich die einmalige Chance, ein Stück herauszubringen. Michael hat eine Option darauf. Eine ganz wundervolle Hauptrolle für ihn und eine kleine Rolle auch für mich. Es ist ein modernes, psychologisch-kriminalistisches Stück – wirklich ganz auf dem neuesten Stand.«

»Was Sie nicht sagen«, meinte Mr. Entwhistle steif. Er konnte sich lebhaft vorstellen, was für ein Stück das war – wo der »Held« raubte und mordete, aber eigentlich gar nichts dafür konnte und dergleichen. Es war wirklich oft der größte Unsinn, was diese jungen Leute heutzutage schrieben und in Szene setzten.

»Das interessiert Mr. Entwhistle doch alles gar nicht«, sagte Michael, der bisher kaum etwas zur Unterhaltung beigetragen hatte. »Laß ihn lieber mal erzählen, warum er uns eigentlich aufgesucht hat.«

»Es wären da noch ein oder zwei kleine Dinge zu klären«, meinte Mr. Entwhistle. »Ich komme gerde aus Lytchett St. Mary.«

»Dann war es also wirklich Tante Cora, die ermordet wurde? Wir haben es in der Zeitung gelesen. Und ich habe gleich gesagt, daß nicht noch jemand anders diesen ausgefallenen Namen haben kann. Arme Tante Cora. Als ich sie auf der Beerdigung sah, hab ich gedacht, was für

eine alte Schachtel sie doch ist – eigentlich fast schon tot –, und nun ist sie es tatsächlich. Letzte Nacht wollte mir keiner glauben, daß die Ermordete meine Tante ist. Sie haben mich alle ausgelacht, nicht wahr, Michael?«
Michael antwortete nicht, und Rosamund fuhr mit deutlichem Vergnügen fort:
»Zwei Morde hintereinander – das ist ein bißchen stark, nicht?«
»Sei nicht albern, Rosamund«, wies Michael sie zurecht, »Onkel Richard ist nicht ermordet worden!«
»Aber Cora glaubte das doch!«
Mr. Entwhistle unterbrach den fruchtlosen Disput der beiden.
»Sind Sie gleich nach der Beerdigung nach London zurückgefahren?«
»Ja, im selben Zug wie Sie.«
»Ach ja, natürlich ... Ich frage nur, weil ich am nächsten Tag versucht habe, Sie zu erreichen« – er warf einen kurzen Blick aufs Telefon –, »ich habe mehrere Male angerufen, aber es hat niemand abgenommen.«
»Oh, das tut mir aber leid. Was haben wir denn an dem Tag gemacht, Michael? Das war vorgestern – bis gegen zwölf waren wir doch hier, nicht wahr? Und dann bist du fortgegangen und hast versucht, Rosenheim aufzutreiben, und hast mit Oscar zu Mittag gegessen, und ich bin auf die Jagd nach Nylons gegangen. Ich wollte Janet treffen, aber wir haben uns verfehlt. Ja, jetzt weiß ich's wieder, ich habe den ganzen Nachmittag Einkäufe gemacht – dann haben wir zusammen im ›Castile‹ zu Abend gegessen. Gegen zehn Uhr waren wir wieder zu Hause, glaube ich.«
»So ungefähr«, bestätigte Michael und blickte Mr. Entwhistle nachdenklich an. »Wieso hatten Sie uns eigentlich sprechen wollen, Sir?«
»Ach, es müssen noch einige kleine Fragen wegen des Testaments geklärt werden – ich brauche ein paar Unterschriften und so weiter.«

»Ich nehme an, daß wir einen Vorschuß bekommen können, nicht wahr? Es wäre ungeheuer wichtig für uns, wegen des neuen Stücks.«
»Das läßt sich auf jeden Fall arrangieren.«
»Dann ist es ja gut.«
Rosamund seufzte erleichtert.
»Ich befürchte, daß Sie den Tag nicht mit einem Schlückchen Champagner anfangen wollen, Mr. Entwhistle?«
Das wollte Mr. Entwhistle wirklich nicht.

Mr. Entwhistle beobachtete Susan Banks, wie sie sich über den Tisch beugte und in ihrer lebhaften Art sprach.
Sie besaß nichts von Rosamunds Liebreiz, aber sie hatte ein anziehendes Gesicht, dessen Ausstrahlung, wie der alte Anwalt feststellte, in seiner Vitalität lag. Sie hatte einen geschwungenen, vollen Mund und schöne Bewegungen.
In gewisser Hinsicht erinnerte sie ihn an Richard Abernethie. Die Kopfform, die Backenknochen, die tiefliegenden, nachdenklichen Augen. Sie hatte die gleiche dominierende Persönlichkeit, die Richard ausgezeichnet hatte, die gleiche Energie, den gleichen Weitblick und die gleiche Umsicht.
Hatte Richard in Susan vielleicht einen ihm verwandten Geist entdeckt?
Mr. Entwhistle glaubte, daß es der Fall gewesen sein mußte – trotzdem hatte er sie in seinem Testament nicht bevorzugt. Mißtrauisch gegenüber George – so vermutete Mr. Entwhistle – und ohne Sympathie für das etwas nichtssagende Püppchen Rosamund, müßte Richard eigentlich in Susan das gefunden haben, was er suchte – die ideale Erbin, Fleisch von seinem Fleisch, Blut von seinem Blut.
Wenn nicht, mußte es einen Grund geben, daß... ja – natürlich – ihr Mann! Er stand gerade hinter ihr und spitzte wie geistesabwesend einen Bleistift.

Die Familie Abernethie

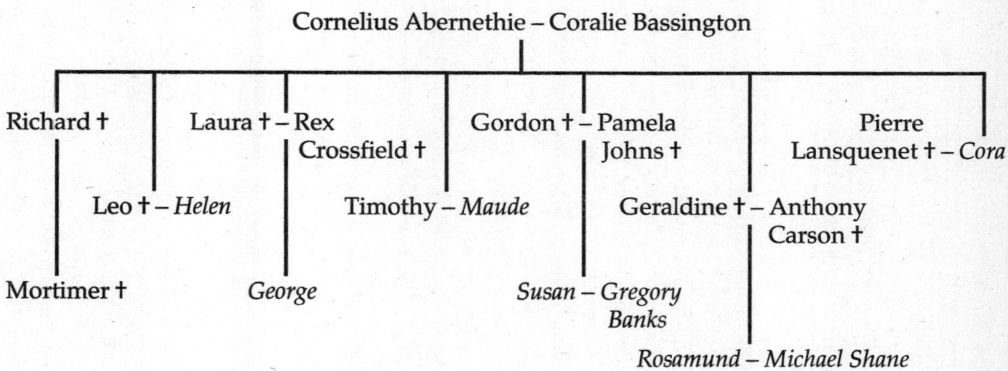

Um den Lesern den Überblick über die Verwandtschaftsverhältnisse der Abernethies zu erleichtern, geben wir hier eine Stammtafel der Familie. Die in Kursivschrift aufgeführten Familienmitglieder nahmen teil an der Beerdigung Richard Abernethies.

Ein dünner, blasser, unscheinbarer junger Mann mit fahlem rötlichem Haar, der durch Susans lebhafte Persönlichkeit völlig in den Schatten gestellt wurde.
Die Unauffälligkeit von Gregory Banks hatte etwas seltsam Beunruhigendes an sich. Er war eine wenig vorteilhafte Partie, aber Susan hatte darauf bestanden, ihn zu heiraten, allen Widerständen der Familie zum Trotz.
Es war offensichtlich, daß sich für sie die ganze Welt nur um Greg drehte.
Sie sprach mit Nachdruck und Empörung.
»Was sagen Sie? Die Polizei soll keine Ahnung haben, wer der Mörder ist?«
»Das behaupte ich nicht«, erwiderte Mr. Entwhistle sanft, »aber wenn sie etwas weiß, würde sie es mir schwerlich anvertrauen, außerdem ist es erst zwei Tage her.«
»Es kann doch nur ein bestimmter Tätertyp gewesen sein«, überlegte Susan. »Ein brutaler, vielleicht schwachsinniger Mensch – der Kerl muß doch ein Motiv für seinen Mord haben, oder er ist verrückt.«
Mr. Entwhistle lachte leise.
»Soviel man bisher weiß, sind Sie der einzige Mensch, der ein Motiv hat, liebe Susan.«
»Was heißt das?«
Greg trat plötzlich vor, als sei er gerade aufgewacht. Seine Augen funkelten böse; auf einmal war er nicht mehr der Statist in den Kulissen.
»Was soll Sue damit zu tun haben? Wie können Sie so etwas sagen!«
Susan sagte scharf: »Halt den Mund, Greg. Mr. Entwhistle meint es doch nicht ernst...«
»Nur ein kleiner Scherz«, entschuldigte sich Mr. Entwhistle, »nicht ganz geschmackvoll, fürchte ich. Cora hat nämlich alles, was sie besaß, Ihnen vermacht, Susan. Aber für eine junge Dame, die gerade einige hunderttausend Pfund geerbt hat, können ein paar lächerliche hundert Pfund kaum ein Motiv für einen Mord darstellen.«
»Sie hat mich als Erbin eingesetzt?«

Susan war sichtlich überrascht.
»Wirklich seltsam. Sie kennt mich doch gar nicht. Warum hat sie das wohl getan, was meinen Sie?«
»Ich denke, sie hat irgendwie davon gehört, daß Sie Schwierigkeiten mit der Familie hatten – wegen – wegen Ihrer Heirat.«
Greg, wieder damit beschäftigt, seinen Bleistift anzuspitzen, runzelte die Stirn.
»Es gab seinerzeit einigen Wirbel um ihre eigene Eheschließung, und ich denke, sie empfand so etwas wie Solidarität mit Ihnen.«
Susans Interesse schien plötzlich erwacht, und sie fragte:
»Tante Cora hat einen Maler geheiratet, den niemand von der Familie mochte, nicht wahr? War er ein guter Maler?«
Mr. Entwhistle schüttelte entschieden den Kopf.
»Gibt es noch Bilder von ihm in dem Haus?«
»Ja.«
»Dann will ich mir mein eigenes Urteil bilden«, entschied Susan.
Mr. Entwhistle lächelte über das resolut vorgestreckte Kinn von Susan.
»Das halte ich auch für richtig. Ich bin ein alter Mann und hoffnungslos altmodisch, was die Kunst angeht, aber ich glaube trotzdem, daß Sie sich meiner Einschätzung anschließen werden.«
»Ich denke, ich sollte auf jeden Fall mal hinfahren und schauen, was überhaupt da ist. Ist jemand im Haus?«
»Ich habe mit Miss Gilchrist, der Haushälterin, vereinbart, daß sie bis auf weiteres dort bleibt«, antwortete Mr. Entwhistle.
»Die muß aber gute Nerven haben«, ließ Greg sich vernehmen, »in einem Haus wohnen zu bleiben, wo gerade ein Mord geschehen ist.«
»Miss Gilchrist ist eine sehr sensible Frau«, meinte der Anwalt knapp, »ich glaube eher, daß sie einfach nicht weiß, wo sie im Moment hingehen soll. Sie muß sich

schließlich erst nach einer neuen Stellung umschauen.«
»Tante Cora hat ihr also nichts hinterlassen? Sie steht jetzt völlig mittellos da? Waren die beiden – diese Miss Gilchrist und Tante Cora – waren sie ... befreundet oder so?«
Mr. Entwhistle warf Susan einen seltsam prüfenden Blick zu.
»Nicht direkt«, erwiderte er. »Aber Mrs. Lansquenet hat sie nie wie eine Bedienstete behandelt.«
»Sie hat sie schlechter behandelt«, meinte Susan bitter. »Diese sogenannten ›Ladys‹ ... na, ich will sehen, daß ich ihr einen anständigen Posten verschaffe. Das dürfte nicht allzu schwer sein. Jemand, der bereit ist, ein wenig Hausarbeit zu tun und zu kochen, ist Gold wert – sie kann doch kochen, oder?«
»O ja. Soweit ich verstanden habe, fühlt sie sich allerdings nicht zuständig für etwas, was sie ›die grobe Arbeit‹ nannte. Ich fürchte, ich weiß nicht recht, was sie damit meinte.«
Susan schien sich darüber zu amüsieren.
Mr. Entwhistle warf einen Blick auf seine Uhr und sagte: »Ihre Tante hat Timothy als Testamentsvollstrecker bestimmt.«
»Timothy!« Susan schien verblüfft. »Onkel Timothy ist praktisch ein Mythos. Keiner von uns hat ihn jemals gesehen.«
»Ich werde heute nachmittag zu ihm fahren und ihm dabei gleich mitteilen, daß Sie die Absicht haben, sich das Haus anzuschauen.«
»Ich denke, ein oder zwei Tage müßten dafür reichen. Allzulange möchte ich nicht von London weg sein. Ich hab da ein paar Projekte an der Hand.«
Mr. Entwhistle blickte sich in dem engen Wohnzimmer der kleinen Wohnung um.
Greg und Susan waren augenscheinlich nicht auf Rosen gebettet.

»Was haben Sie für Zukunftspläne, wenn ich fragen darf?«
»Ich habe ein Auge auf ein Geschäftshaus in der Cardigan Street geworfen. Ich denke, daß Sie mir, wenn nötig, etwas vorschießen könnten? Ich muß vielleicht eine Anzahlung leisten.«
»Das läßt sich machen«, versprach Mr. Entwhistle. »Da ich mir schon so etwas dachte, rief ich Sie am Tag nach der Beerdigung mehrere Male an, es nahm aber niemand ab.«
»Das verstehe ich nicht«, entgegnete Susan rasch, »wir waren den ganzen Tag zu Hause, beide. Wir sind überhaupt nicht aus dem Haus gegangen.«
Greg sagte freundlich: »Weißt du, Susan, ich glaube, unser Telefon war an dem Tag nicht in Ordnung. Erinnerst du dich nicht, daß ich am Nachmittag Hard & Co. nicht erreichen konnte? Ich wollte es noch der Störungsstelle melden, aber am nächsten Morgen funktionierte der Apparat wieder.«
»Das Telefon ist manchmal wirklich sehr unzuverlässig«, bemerkte Mr. Entwhistle.

Als Mr. Entwhistle im Taxi saß, versah er im Geiste die Namen von Susan und Greg sorgsam mit einem Häkchen.
Jetzt mußte er noch Helen – Mrs. Leo Abernethie – und Timothy und Maude aufsuchen.
Morgen wollte er zu Timothy fahren, wieder eine lange Reise, fast zuviel für einen alten Mann.
Als er endlich zu Hause war, ging er ans Telefon und drehte die Scheibe.
Er hatte mit diesem Anruf warten wollen, bis er alle Beteiligten gesprochen hatte, aber nun sagte er sich wieder, wie im Taxi, daß die lange Fahrt zu Timothy für einen alten Mann wie ihn sehr anstrengend sei, und darum wollte er sich vorher wenigstens etwas Luft schaffen.

»Hallo«, rief er in die Muschel. »Ist Monsieur Hercule Poirot zu sprechen?«

6

»Vielen Dank, daß Sie die weite Reise gemacht haben«, sagte Maude in ihrer etwas schroffen Art, als sie Mr. Entwhistle am Bahnhof von Bayham Compton abholte.
»Es ist wirklich sehr wichtig für Timothy, daß er mit Ihnen sprechen kann. Richards Tod war der schlimmste Schlag, der ihn treffen konnte. Wissen Sie, er hing so sehr an seinem Bruder, und außerdem fürchtet er nun auch bald zu sterben. Schwer krank, wie er ist, tut ihm das natürlich alles andere als gut.«
Sie ging mit Mr. Entwhistle zu einem klapprigen Wagen von offensichtlich respektablem Alter.
»Dieser Rumpelkasten ist schrecklich«, erklärte sie. »Seit Jahren sollten wir einen neuen Wagen haben, konnten es uns aber bisher nicht leisten. Ich hoffe nur, daß er anspringen wird, manchmal muß man ihn ankurbeln.«
Maude drückte einige Male auf den Anlasser, doch der Motor rührte sich nicht.
Mr. Entwhistle, der selbst nie chauffiert hatte, war ziemlich besorgt, aber Maude stieg seelenruhig aus, setzte die Kurbel an und erweckte den Motor durch ein paar kräftige, ruckartige Drehungen zum Leben.
Ein Glück, dachte Mr. Entwhistle, daß Maude so kräftig ist.
»Das hätten wir geschafft«, knurrte sie. »Der alte Kasten spielt mir öfter solche Streiche. Als ich vom Begräbnis kam, war es dasselbe. Ich mußte drei Kilometer weit bis zur nächsten Werkstatt zu Fuß gehen, und die Leute konnten zunächst nichts finden; es war eine typische Dorfgarage. Ich mußte also im Dorfgasthof übernachten, während sie am Wagen herumbastelten. Ich rief Timothy

an und sagte ihm, daß ich erst am nächsten Tag nach Hause kommen könnte. Das regte ihn natürlich noch mehr auf, und er wurde wütend; man sollte ihm am besten alles vom Leibe halten – aber manchmal kann man das eben einfach nicht. Coras Ermordung, zum Beispiel. Dr. Barton mußte kommen und ihm ein Beruhigungsmittel geben. Wenn ich ihm wenigstens die Zeitungen vorenthalten könnte, aber er besteht darauf, sie zu lesen, und hinterher ist er natürlich außer sich.«

Es folgte eine kurze Pause, die Mr. Entwhistle bewußt nicht störte, da er hoffte, daß der Redestrom bald weiterfließen würde. Und so war es auch.

»Ich glaube, ich habe Cora seit unserer Hochzeit nicht mehr gesehen«, überlegte Maude. »Damals wollte ich nichts sagen, aber gedacht habe ich mir, daß Cora schon ein bißchen seltsam war. Sie gab manchmal wirklich die erstaunlichsten Dinge von sich! Man wußte immer nicht, ob man darüber lachen oder weinen sollte. Ich vermute, daß sie in einer Welt für sich lebte, eingesponnen in ihre Wünsche und Träume – voller phantastischer und melodramatischer Vorstellungen über andere Leute. Nun, die Arme hat dafür bezahlt. Sie hatte nicht vielleicht irgendwelche Schützlinge, oder?«

»Schützlinge? Was meinen Sie damit?«

»Ich dachte nur so. Irgendwelche armen, erfolglosen, aber immens begabten jungen Künstler. Irgend jemanden, den sie arglos reingelassen und der sie für eine Handvoll Klunker umgebracht hat. Vielleicht so ein neurotischer Typ – diese jungen Leute heutzutage sind manchmal sehr schwierig. Ich meine, es wirkt so unwahrscheinlich, daß ein Unbekannter am hellichten Nachmittag einbricht. Wenn Sie so etwas planten, würden Sie doch wohl auch die Nacht vorziehen.«

»Dann wären aber gleich zwei Frauen dagewesen.«

»Ach ja, die Haushälterin. Trotzdem, ich glaube einfach nicht, daß da jemand gewartet hat, bis sie aus dem Haus war, um dann einzudringen und Cora zu töten. Wozu?

Daß bei ihr Reichtümer zu holen wären, konnte er doch im Ernst nicht erwarten. Und im übrigen muß es immer Zeiten gegeben haben, wo beide Frauen fort waren, und das Haus leerstand. Das wäre viel sicherer gewesen. Es ist einfach zu dumm, hinzugehen und einen Mord zu verüben, wenn es nicht unbedingt notwendig ist.«

»Und Coras Ermordung, meinen Sie, war nicht notwendig?«

»Es erscheint einfach sinnlos.«

Sollte Mord einen Sinn haben? Mr. Entwhistle überlegte. Akademisch betrachtet müßte man darauf mit ja antworten. Aber es gab nun mal viele sinnlose Morde. Es hing, so dachte Mr. Entwhistle, einfach von der Mentalität des Täters ab.

Was wußte er eigentlich über Mörder und das, was in deren Kopf ablief? Sehr wenig. Er war Notar, nicht Strafverteidiger, und auch während des Studiums hatte er sich nie sehr für Gewaltkriminalität und ihre Probleme interessiert...

Maudes Stimme unterbrach seine Gedankengänge.

»Wir sind gleich da.«

Sie fuhren jetzt durch das Tor von Stansfield Grange, Timothy Abernethies Besitz, und dann durch den großen, einst sicher sehr schönen Park, der jetzt einen völlig verwahrlosten Eindruck machte.

Seufzend erklärte Maude:

»Im Krieg ist alles verwildert. Die beiden Gärtner mußten einrücken, und jetzt haben wir nur einen alten Mann, der nicht mehr viel auf die Beine stellen kann. Die Löhne sind ja so entsetzlich gestiegen. Es ist ein wahrer Segen, daß wir nun in der Lage sein werden, etwas Geld für das Gut aufzuwenden. Wir hängen beide sehr daran und wären traurig, wenn wir es verkaufen müßten...

Natürlich habe ich mit Timothy nie darüber gesprochen, es hätte ihn fürchterlich aufgeregt.«

Sie hielten vor dem Säulenportal eines reizenden alten georgianischen Hauses, das dringend einen neuen Anstrich benötigt hätte.
Maude führte Mr. Entwhistle ins Wohnzimmer, wo am Kamin der Teetisch gedeckt war, und verschwand, nachdem er Platz genommen hatte.
Schon bald kam sie mit der Teekanne und einem silbernen Wasserkessel zurück; der Tee war ausgezeichnet, ebenso die selbstgebackenen Kuchen.
Auf Mr. Entwhistles Frage: »Wo bleibt Timothy?« antwortete sie kurz, daß Timothy seinen Tee bereits genommen habe, bevor sie zum Bahnhof fuhr.
»Jetzt wird er sein Mittagsschläfchen hinter sich haben, und Sie könnten mit ihm sprechen. Hoffentlich regt er sich nicht zu sehr auf.«
Mr. Entwhistle versprach ihr, darauf zu achten.
Wie er sie in dem flackernden Feuerschein betrachtete, überfiel ihn Mitleid mit ihr. Diese tüchtige, nüchterne, stattliche Frau, die so energisch war, so voller gesundem Menschenverstand, hatte eine große Schwäche: die aufopfernde Liebe zu ihrem Mann! Es war eine mütterliche Liebe; da sie keine Kinder hatte, war ihr kranker Mann ihr Kind geworden, das sie behütete und beschützte. Und vielleicht übertrieb sie unbewußt die Ernsthaftigkeit seiner Krankheit.
Arme Maude, dachte Mr. Entwhistle.

Timothy richtete sich halb in seinem Sessel auf und streckte ihm die Hand entgegen.
»Nett von Ihnen, daß Sie gekommen sind, Entwhistle.«
Timothy war ein großer Mann, der seinem Bruder Richard ungemein ähnlich sah; nur war alles, was bei Richard kraftvoll gewesen war, bei ihm schwach: Der Mund war weicher, das Kinn leicht fliehend, die Augen lagen weniger tief, und in die Stirn waren tiefe Falten eingegraben, die auf Verdrießlichkeit schließen ließen. Seine Krankheit wurde betont durch die Decke, die er

über die Knie gebreitet hatte, und durch den Apothekerladen von Fläschchen und Schachteln auf dem kleinen Tisch zu seiner Rechten.
»Ich darf mich nicht anstrengen«, klagte er. »Der Arzt hat mir streng verboten, mich aufzuregen. Nicht aufregen! Der hat gut reden. Wenn *er* einen Mord in der Familie hätte, würde er sich auch aufregen. Ich bitte Sie! Das ist doch wirklich zu viel für einen Menschen ... erst Richards Tod, dann die Berichte über seine Beerdigung und das Testament. Und was für ein Testament! Und als Höhepunkt wird die arme Cora mit einem Beil erschlagen! Mit einem Beil! Mein Gott! Heutzutage ist ja kein Mensch mehr seines Lebens sicher, es wimmelt nur so von Gangstern. Weit haben wir es gebracht! Wohin wird unser unglückliches Land noch kommen?«
Mr. Entwhistle kannte dieses Lied. Die gleiche Frage wurde ihm seit zwanzig Jahren von all seinen Klienten früher oder später einmal gestellt, und er hatte es sich zur Gewohnheit gemacht, mit unverbindlichen, beruhigenden Worten darauf zu antworten.
Aber Timothy ließ sich nicht so leicht beruhigen.
»Schauen Sie nur, wo wir hingekommen sind! Man kann keinen anständigen Gärtner kriegen, keine Dienstboten! Die arme Maude muß sich in der Küche zu Tode schuften ...
Dabei fällt mir übrigens sein, liebe Maude, daß ein Rahmpudding gut zur Seezunge heute abend passen würde. Ich muß bei Kräften bleiben, sagt Dr. Barton.
Wo war ich stehengeblieben? Ach ja ... Bei Cora.
Es ist furchtbar für einen Menschen, wenn er hören muß, daß seine Schwester ... seine leibliche Schwester ... ermordet wurde. Volle zwanzig Minuten lang hatte ich Herzklopfen. Sie müssen alles für mich erledigen, Entwhistle. Ich kann nicht zur Leichenschau gehen oder mich um Coras Nachlaß kümmern. Am liebsten würde ich die ganze Geschichte vergessen. Was geschieht übrigens mit Coras Erbteil? Das fällt doch mir zu?«

Maude murmelte etwas von Abräumen des Teetisches und verließ das Zimmer.
Timothy lehnte sich im Sessel zurück und sagte:
»Es ist immer gut, wenn man die Frauen los ist. Jetzt können wir ungestört über das Geschäftliche reden.«
»Das Kapital, dessen Nutznießung Cora zufallen sollte«, erklärte der Anwalt, »wird gleichmäßig zwischen Ihnen und Ihren Neffen und Nichten geteilt.«
»Aber wie ist denn das möglich?«
Timothy wurde vor Empörung puterrot.
»Ich stand ihr doch als einzig überlebender Bruder am nächsten.«
Mr. Entwhistle setzte ihm eingehend die Bestimmungen von Richards Testament auseinander und erinnerte ihn daran, daß er ihm ja eine Abschrift des Testaments geschickt habe.
»Ach, diesen juristischen Jargon verstehe ich doch nicht!« erwiderte Timothy ungnädig. »Ihr Anwälte! Das Ganze wollte mir schon nicht in den Kopf, als Maude nach Hause kam und mir das Testament in groben Zügen erklärte. Ich glaubte, sie hätte falsch gehört. Frauen können ohnehin nicht klar denken. Maude ist die beste Frau der Welt, aber von Geld versteht sie nichts. Ich vermute, ihr war nicht einmal klar, daß wir dieses Gut hätten aufgeben müssen, wenn Richard jetzt nicht gestorben wäre. Tatsächlich! Aber nun ist ja alles gut ... das ist eine große Beruhigung. Wir können das Haus neu streichen lassen, können zwei wirklich tüchtige Gärtner einstellen – für genügend Geld bekommt man sie – und den Rosengarten neu bepflanzen. Und ... wo war ich stehengeblieben?«
»Bei Ihren Zukunftsplänen.«
»Ach ja ... ja, natürlich, aber ich will Sie damit nicht langweilen. Was mich wirklich gekränkt hat – schwer gekränkt –, das waren Richards Testamentsbestimmungen.«
»So? Entsprachen sie nicht Ihren Erwartungen?«
»Das kann man wohl sagen! Ich hatte es nach Mortimers

Tod für selbstverständlich gehalten, daß Richard alles mir hinterlassen würde.«
»Hat er das Ihnen gegenüber je angedeutet?«
»Nicht ausdrücklich. Richard war ja immer sehr zurückhaltend. Aber er kam doch aus eigenem Antrieb hierher – kurz nach Mortimers Tod, um mit mir über Familienangelegenheiten zu sprechen. Er wollte meine Meinung über den jungen George und unsere beiden Nichten und ihre Männer hören ... ich konnte ihm da nicht viel sagen. Ich bin ein schwerkranker Mann und gehe schon seit langem nicht mehr aus dem Haus; Maude und ich, wir sehen keinen Menschen. Diese jungen Damen! Ich verstehe nicht, wie man so kopflos heiraten kann! Und natürlich glaubte ich, daß er mir als dem Oberhaupt der Familie nach seinem Tod die Verfügung über das Vermögen übertragen würde. Schließlich bin ich doch ein Abernethie ... der letzte Abernethie!«
Vor Aufregung hatte Timothy seine Decke abgeworfen und sich kerzengerade aufgerichtet.
Alle Anzeichen von Schwäche oder Krankheit waren verflogen, und Mr. Entwhistle fand, er sei kerngesund, wenn auch allzu leicht erregbar.
Zudem schien dem erfahrenen Anwalt, daß Timothy im geheimen von jeher eifersüchtig auf seinen Bruder Richard gewesen war. Gerade weil die beiden einander so ähnlich waren, fühlte sich Timothy durch des Bruders Charakterstärke und Geschäftstüchtigkeit immer irgendwie gekränkt. Als Richard starb, triumphierte Timothy bei dem Gedanken, daß jetzt endlich er über das Schicksal anderer Menschen bestimmen sollte.
Doch Richard Abernethie hatte ihm diese Macht verweigert.
Hatte Richard es ursprünglich beabsichtigt und es sich später bloß anders überlegt?
Lautes Katzenmiauen ertönte, und Timothy sprang plötzlich von seinem Stuhl auf, lief zum Fenster, riß es auf, beugte sich hinaus und schrie: »Hört auf, ihr Biester!«

Dann nahm er ein großes Buch und warf es nach ihnen.
»Gräßliche Viecher«, brummte er, wieder zu seinem Besucher tretend. »Ruinieren die Blumenbeete, und das verfluchte Miauen kann ich schon gar nicht vertragen!«
Er setzte sich wieder und fragte: »Möchten Sie etwas trinken, Entwhistle?«
»Im Moment noch nicht. Maude hat mir gerade einen ausgezeichneten Tee serviert.«
Timothy brummte anerkennend.
»Eine Prachtfrau, meine Maude. Aber sie hat zuviel um die Ohren. Allein dieser alte Klapperkasten von einem Auto – sie ist auf ihre Art mittlerweile schon zu einer richtigen Kraftfahrzeugmechanikerin geworden.«
»Ich habe gehört, daß sie bei ihrer Rückkehr von der Beerdigung eine Panne hatte?«
»Genau. Der Wagen blieb einfach auf der Straße liegen. Sie rief hier an, aber die Frau, die den Anruf entgegennahm, hat ihre Nachricht in einer Weise aufgeschrieben, daß das Ganze überhaupt keinen Sinn machte. Ich war gerade ein wenig an der frischen Luft – der Doktor hat mir geraten, soviel wie möglich spazierenzugehen –, und als ich zurückkam, fand ich ein Stück Papier vor, auf dem stand: ›Madam tut es leid, der Wagen läuft nicht, bleibt über Nacht.‹
Natürlich hab ich gedacht, sie sei noch in Enderby. Rief dort an, und mußte erfahren, daß Maude bereits am frühen Morgen aufgebrochen war. Ihre Panne konnte sie wer weiß wo gehabt haben. Wer weiß, wo sie steckte. Und diese dumme Zugehfrau hatte mir nichts als schäbige Makkaroni mit Käse zum Abendessen dagelassen. Ich mußte in die Küche gehen und sie mir *selbst* warm machen und mußte mir *selbst* eine Tasse Tee aufbrühen. Ich hätte einen Herzanfall haben können – aber kümmerte das diese Art von Frau? Die nicht. Ohne jedes Schuldgefühl kam sie am Abend wieder ... Keine Loyalität mehr bei den niederen Klassen ...«
Mit einem traurigen Seufzer brach er ab.

»Ich weiß nicht, wieviel Maude Ihnen über das Begräbnis und die Verwandten erzählt hat«, sagte Mr. Entwhistle. »Cora sorgte für einen höchst peinlichen Moment. Behauptete sie doch plötzlich aus heiterem Himmel, daß Richard ermordet worden sei! Vielleicht hat Maude es Ihnen berichtet?«
Timothy lachte leise.
»O ja, ich habe davon gehört. Jeder starrte betreten auf seine Nase und tat so, als sei er schockiert. Aber so war Cora ja schon immer. Schon als Kind ließ sie kein Fettnäpfchen aus, erinnern Sie sich, Entwhistle? Auch auf unserer Hochzeit hat sie irgend etwas vom Stapel gelassen, was Maude furchtbar aufregte. Maude konnte sie nie besonders gut leiden...
Ja, am Abend nach dem Begräbnis rief Maude mich an, um zu hören, wie's mir geht und ob Mrs. Jones mich ordentlich versorgt. Sie sagte auch, daß alles gut liefe, und als ich sie nach dem Testament fragte, wollte sie erst nicht recht mit der Sprache raus, aber ich kam dann rasch dahinter, was los war. Ich konnte einfach nicht glauben und dachte, sie müsse irgend etwas mißverstanden haben.
Es hat mir weh getan, Entwhistle – ja, es hat mich wirklich *verletzt*, wenn Sie verstehen, was ich meine. Wenn Sie mich fragen, dann war es pure *Bosheit* von Richard. Ich weiß, man soll über einen Toten nicht schlecht reden, aber, mein Wort darauf...«
Timothy verbreitete sich noch einige Zeit über dieses Thema.
Schließlich kam Maude wieder ins Zimmer und erklärte energisch:
»Ich glaube Liebling, Mr. Entwhistle war nun lange genug bei dir, du mußt jetzt ausruhen. Wenn du alles mit ihm besprochen hast...«
»Ja, das habe ich. Ich überlasse also alles Ihnen, Entwhistle. Benachrichtigen Sie mich bitte, wenn man den Kerl gefunden hat... falls es so weit kommt!«

7

Hercule Poirot wies einladend auf einen Sessel am Kamin. An der anderen Seite des Zimmers war ein Tisch für zwei Personen gedeckt. Mr. Entwhistle nahm seufzend Platz.

»Sie sind heute morgen von Ihrer Reise zurückgekommen?« fragte Poirot.

»Ja. Ich sagte Ihnen ja am Telefon schon die Hauptsache; es ist leider eine weitschweifende Geschichte.«

»Dann warten wir damit bis nach dem Essen... Georges!«

Der tüchtige Georges trug Gänseleberpastete auf mit heißem Toast in einer Serviette.

»Die Gänseleber essen wir hier am Kamin«, schlug Poirot vor. »Nachher setzen wir uns an den Tisch.«

Anderthalb Stunden später ließ sich Mr. Entwhistle in einen bequemen Lehnstuhl sinken und seufzte zufrieden:

»Sie verstehen zu leben, Poirot. Echt französisch.«

»Ich bin Belgier, aber im übrigen haben Sie recht. In meinem Alter sind die Freuden der Tafel so ziemlich das einzige Vergnügen, das einem noch bleibt. Und glücklicherweise habe ich einen ausgezeichneten Magen.«

Sie hatten mit einer »Sole Véronique« begonnen, dann »Escalope de veau à la Milanaise« gegessen und waren zu »Poire flambée« mit Eis übergegangen. Dazu hatten sie einen Pouilly-Fuisé und einen Corton getrunken, und jetzt wurde ein Glas ausgezeichneten Portweins neben Mr. Entwhistle gestellt.

Poirot, der Portwein nicht mochte, nippte an einem Crème de Cacao.

»Ich weiß nicht«, murmelte Mr. Entwhistle, noch in Erinnerung an gerade Genossenes schwelgend, »wie Sie es fertigbringen, solch ein Schnitzel zu bekommen. Es zerging einem förmlich auf der Zunge.«

»Ich habe einen Freund, einen Metzger aus Frankreich,

dem ich bei einer kleinen Familienangelegenheit behilflich sein konnte. Aus Dankbarkeit nimmt er sich seitdem meines Magens an.«
»Eine Familienangelegenheit«, seufzte Mr. Entwhistle. »Ich wünschte, Sie hätten mich nicht daran erinnert... mir war gerade so wohl zumute.«
»Genießen Sie das schöne Gefühl noch ein wenig, lieber Freund. Wir trinken erst noch ein Täßchen Mokka, dazu einen Kognak, und dann, wenn die Verdauung friedlich vor sich geht, können Sie mir alles erzählen.«
Es schlug halb zehn, als Mr. Entwhistle sich in seinem Sessel rührte. Der psychologisch richtige Moment war gekommen. Er war nicht mehr abgeneigt, über seine Sorgen zu sprechen; im Gegenteil, jetzt brannte er geradezu darauf.
»Ich weiß nicht«, begann er, »ob ich mich nicht selbst zum Narren mache. Auf jeden Fall weiß ich einfach nicht, was ich tun soll. Ich werde die ganze Angelegenheit vor Ihnen ausbreiten und möchte dann Ihre Meinung dazu hören.«
Als gewiefter alter Jurist hatte er keine Mühe, die Geschehnisse klar und deutlich wiederzugeben; er vergaß keine wichtige Einzelheit, fügte aber auch nichts Unnötiges hinzu.
Der kleine ältere Herr mit dem eiförmigen Schädel, der aufmerksam zuhörte, wußte das wohl zu würdigen und stellte, als der Anwalt fertig war, vorerst keine Fragen; er schien über das Gehörte nachzudenken.
Schließlich sagte er: »Ich verstehe. Sie hegen den Verdacht, daß Ihr Freund Richard Abernethie ermordet wurde. Dieser Verdacht oder diese Vermutung beruht lediglich auf einem Punkt... auf der Bemerkung, die Mrs. Cora Lansquenet nach der Beerdigung machte. Fällt diese Bemerkung außer Betracht, so bleibt überhaupt nichts mehr. Die Tatsache, daß Cora am Tage danach ermordet wurde, *kann* purer Zufall sein. Es stimmt, daß Richard Abernethie ziemlich plötzlich starb, aber ein angesehe-

ner Arzt, der ihn gut kannte und bei dem er in ständiger Behandlung war, hegte keinerlei Verdacht, er stellte ohne weiteres den Totenschein aus. Noch etwas: Ist Richard Abernethie verbrannt oder beerdigt worden?«

»Verbrannt – auf seinen eigenen Wunsch.«

»Das heißt, daß ein zweiter Arzt den Totenschein unterzeichnen mußte... Was natürlich keine Schwierigkeit machte. Und so kommen wir zu dem wichtigsten Punkt, zu dem, was Cora Lansquenet sagte. Sie waren dort, und Sie haben es gehört. Sie sagte: ›Aber er ist doch ermordet worden, oder nicht?‹«

»Ja.«

»Und das Entscheidende ist, daß Sie glauben, sie habe die Wahrheit gesagt?«

Der Anwalt zögerte einen Augenblick, dann antwortete er: »Ja, das glaube ich.«

»Warum? Hatten Sie vielleicht bereits tief in Ihrem Innern ein unsicheres Gefühl wegen Richards Tod?«

Der Anwalt schüttelte den Kopf.

»Nein, nicht im geringsten.«

»Dann ist es nur wegen ihr... wegen... Cora. Kannten Sie sie gut?«

»Ich hatte sie seit... seit über zwanzig Jahren nicht mehr gesehen.«

»Hätten Sie sie erkannt, wenn Sie ihr auf der Straße begegnet wären?«

Mr. Entwhistle überlegte. »Ich glaube, auf der Straße wäre ich an ihr vorübergegangen, ohne sie zu erkennen. Als ich sie zuletzt sah, war sie ein junges, etwas ungeschicktes Mädchen, und jetzt ist... war sie eine dicke ältere Frau.

Aber als sie bei der Beerdigung vor mir stand, erkannte ich sie sofort wieder: Sie trug ihr Haar noch wie früher, mit einem ganz gerade geschnittenen Pony, und sie blickte einen unter diesen Haaren an wie ein scheues Tier. Und dann hatte sie eine charakteristische, aufgeregte Art zu sprechen und dabei den Kopf zur Seite zu neigen, bevor sie irgend etwas höchst Ausgefallenes von sich gab.«

»Und da sie glaubte, daß Richard Abernethie ermordet worden sei ... verlieh sie dieser Meinung sofort Ausdruck.«

Mr. Entwhistle fragte gespannt:

»Sie glauben also, daß er ermordet wurde?«

»Nein, nein, lieber Freund, so weit können wir nicht gehen. Wir waren uns darüber einig, daß Cora glaubte, er sei ermordet worden; sie war sogar sicher, daß er ermordet wurde. Nun sagen Sie bitte: Als sie das sagte, gab es da so etwas wie eine allgemeine Entrüstung unter den Anwesenden?«

»Ja.«

»Und dann wurde sie verwirrt, verlegen, ging von ihrer Darstellung wieder ab und sagte, soweit Sie sich erinnern, etwas wie: ›Aber ich dachte ... nach dem was er mir gesagt hat ...‹«

Der Anwalt nickte: »Ich wünschte, ich könnte mich besser erinnern, aber ich bin doch ziemlich sicher, daß sie die Worte ›was er mir gesagt hat‹ gebrauchte ...«

»Und damit war die Sache erledigt, und alle sprachen von etwas anderem? Können Sie sich erinnern, ob nach Coras Bemerkung das Gesicht eines der Anwesenden sich irgendwie veränderte ... oder sagen wir ... ungewöhnlich aussah?«

»Nein.«

»Und am nächsten Tag wurde Cora ermordet, und Sie überlegten, ob hier so etwas wie Ursache und Wirkung vorlagen?«

Der Anwalt stellte eine Gegenfrage: »Ich nehme an, daß Ihnen das phantastisch vorkommt?«

»Keineswegs«, entgegnete Poirot. »Wenn die erste Annahme stimmt, ist es nur logisch. Richard Abernethie wurde ermordet, alles klappte ausgezeichnet ... und plötzlich stellt sich aber heraus, daß jemand die Wahrheit weiß. Es ist also ganz natürlich, daß dieser Jemand so schnell wie möglich zum Schweigen gebracht werden muß.«

»Dann halten Sie es also auch für Mord?«

Nachdenklich antwortete Poirot: *»Mon cher,* genau wie Sie bin ich der Ansicht, daß der Fall untersucht werden muß. Haben Sie schon Schritte unternommen? Haben Sie sich schon an die Polizei gewandt?«

»Nein.«

Mr. Entwhistle schüttelte den Kopf.

»Ich fand, das hätte nicht viel genützt. Ich bin der Vertreter der Familie. Wenn Richard Abernethie ermordet wurde, konnte es nur auf eine Art geschehen.«

»Durch Gift?«

»Jawohl. Und die Leiche ist verbrannt worden. Es ist also kein Nachweis mehr möglich. Und darum, Poirot, bin ich zu Ihnen gekommen.«

»Wer war im Haus, als er starb?«

»Ein alter Butler, der schon seit Jahren bei ihm war, ferner eine Köchin und ein Dienstmädchen. Demnach müßte es einer von ihnen...«

»Oh, verwirren Sie mich nicht! Obwohl diese Cora wußte, daß Richard Abernethie ermordet wurde, läßt sie sich sofort zum Schweigen bringen. Also muß sie jemanden von der Familie gemeint haben; jemanden, den der Ermordete selbst nicht hätte bezichtigen wollen. Sonst würde Cora, die ihren Bruder sehr liebte, nicht zulassen, daß man den Mörder in Frieden läßt. Meinen Sie nicht auch?«

»Das habe ich auch angenommen...«, gab Mr. Entwhistle zu. »Aber wer von der Familie hätte die Möglichkeit gehabt...«

Poirot unterbrach ihn: »Wenn es sich um Gift handelt, gibt es viele Möglichkeiten. Es ist vermutlich ein Narkotikum gewesen, wenn er im Schlaf starb und keine verdächtigen Anzeichen vorhanden waren. Wahrscheinlich waren ihm auch gewisse Narkotika ärztlich verordnet worden.«

»Jedenfalls«, sagte Mr. Entwhistle, »ist das ›Wie‹ kaum entscheidend, denn das werden wir sowieso nie beweisen können.«
»Im Falle von Richard Abernethie: Nein. Aber der Mord an Cora Lansquenet ist etwas anderes. Wenn wir erst wissen ›wer‹, dann sollte uns auch der Beweis gelingen.«
Er blickte Entwhistle durchdringend an und fügte hinzu:
»Und Sie haben alle befragt...?«
»Ich wollte zuerst feststellen, wer nicht in Frage kommt. Der Gedanke ist mir entsetzlich, daß ein Mitglied der Familie Abernethie der Mörder sein könnte. Es will mir einfach nicht in den Kopf. Ich hatte gehofft, durch ein paar scheinbar zufällige Fragen einige Angehörige der Familie vom Verdacht auszuschließen. Wer weiß, vielleicht sogar alle. In diesem Fall hätte Cora mit ihrer Annahme unrecht gehabt, und der Mörder könnte irgendein Vagabund sein, der bei ihr einbrach.
Die erste Frage, die ich mir stellte, war: Was haben die einzelnen Familienmitglieder zur Zeit von Cora Lansquenets Ermordung getan?«
»*Eh bien*«, fragte Poirot, »was haben sie getan?«
Mr. Entwhistle räusperte sich.
»George Crossfield war beim Rennen in Hurst Park. Rosamund Shane machte Besorgungen in der Stadt, ihr Mann hatte eine Unterredung wegen der Aufführungsrechte eines Stückes. Susan und Gregory Banks waren den ganzen Tag über zu Hause. Timothy Abernethie, der krank ist, war auf seiner Besitzung in Yorkshire, und seine Frau fuhr allein im Wagen von Enderby nach Hause.«
Hercule Poirot nickte nachdenklich.
»Und stimmt das alles?«
»Ich weiß es nicht, Poirot. George kann bei dem Rennen gewesen sein, aber ich glaube es nicht. Er prahlte damit, auf zwei Pferde gesetzt und gewonnen zu haben. Als ich

ihn nach den Namen fragte, nannte er mir auch, ohne besonders zu zögern, zwei. Wie ich dann feststellte, ist auf beide an dem Tag sehr viel gesetzt worden, und eines hat wirklich gewonnen, das andere aber, obwohl ein Favorit, war noch nicht mal plaziert.«

»Sehr interessant. Brauchte dieser George zur Zeit des Todes seines Onkels dringend Geld?«

»Meiner Ansicht nach sogar sehr dringend. Ich habe keinen Beweis dafür, aber ich vermute stark, daß er Klientengelder verspekuliert hatte und die Aufdeckung kurz bevorstand.«

»Und die andern?«

»Rosamund ist eine hohlköpfige Puppe. Ich kann mir nicht vorstellen, daß sie Cora mit einem Beil den Schädel einschlagen würde. Ihr Mann, der Schauspieler Michael Shane, bestimmt kein bürgerlicher Typ, ist sehr ehrgeizig und übertrieben eitel, aber ich weiß im Grunde wenig über ihn. Ich habe keinen Anlaß, ihn eines brutalen Raubüberfalls oder eines sorgfältig geplanten Giftmordes zu verdächtigen. Aber bevor ich mich davon überzeugt habe, daß er an dem Nachmittag wirklich das getan hat, was er behauptet, kann ich ihn nicht von der Liste der Verdächtigen streichen.«

»Und seine Frau kommt bestimmt nicht in Frage?«

»Nein – nein. Sie ist zwar von einer erstaunlichen Gefühllosigkeit – aber ein Beil schwingend kann ich sie mir, wie gesagt, nicht vorstellen – sie ist ein recht zartes Geschöpf!«

»Und schön!« warf Poirot wissend lächelnd ein. »Und die andere Nichte?«

»Susan? Sie ist ganz anders als Rosamund – wirkt ungemein tüchtig. Sie und ihr Mann waren den ganzen Tag über zu Hause. Ich behauptete – was nicht stimmte –, ich hätte an dem bewußten Nachmittag versucht, sie telefonisch zu erreichen, worauf Gregory fast wie aus der Pistole geschossen erklärte, der Apparat sei nicht in Ordnung gewesen.«

»Also auch kein Beweis. Sie können die fünf nicht ausschließen, wie Sie gehofft hatten. Und wie verlief Ihr Besuch bei der älteren Generation?«
Der Anwalt schilderte ausführlich seine Gespräche mit Timothy und Maude, und Poirot faßte das Resultat kurz zusammen:
»Mrs. Abernethie hat demnach Sinn für Technik und versteht sich auf Automotoren, und Mr. Abernethie ist nicht so krank, wie er behauptet. Er unternimmt Spaziergänge und ist, wie Sie festgestellt haben, energischer Taten fähig. Er ist ein Egozentriker und beneidet seinen Bruder wegen seiner Erfolge und seines überlegenen Charakters. Und was ist mit der sechsten Erbin?«
»Helen? Sie ist Leo Abernethies Witwe, und sie hatte ich nicht einen Augenblick im Verdacht. Außerdem ist ihre Unschuld leicht zu beweisen: Sie war in Enderby, und drei Dienstboten sind dort ständig im Hause.«
»*Eh bien*, lieber Freund«, sagte Poirot.»Was wollen Sie also von mir?«
»Ich möchte die Wahrheit erfahren, Poirot. Ich weiß, daß Sie keine Fälle mehr übernehmen, aber ich bitte Sie, diesmal eine Ausnahme zu machen. Betrachten Sie es vom geschäftlichen Standpunkt – ich werde dafür sorgen, daß Sie ein anständiges Honorar erhalten.«
Poirot wehrte lächelnd ab.
»Geld... aber ich muß zugeben, daß der Fall mich interessiert. Ich werde mich darum kümmern. Nur eines, lieber Freund, können Sie besser machen als ich, nämlich den Arzt aufsuchen, der Mr. Richard Abernethie behandelt hat; ich glaube, er wird mit Ihnen offener sprechen als mit mir. Befragen Sie ihn über Mr. Abernethies Krankheit, versuchen Sie herauszubekommen, welche Medikamente er zur Zeit seines Todes und kurz vorher nahm. Versuchen Sie herauszukriegen, ob Richard Abernethie ihm gegenüber je Befürchtungen laut werden ließ, er könne vergiftet werden. Übrigens, ist

Miss Gilchrist ganz sicher, daß Richard im Gespräch mit seiner Schwester das Wort ›vergiftet‹ gebraucht hat?«
Mr. Entwhistle überlegte.
»Sie gebrauchte das Wort ... aber sie gehört zu den Zeugen, die oft die tatsächlich gesprochenen Worte verwechseln oder abändern, weil sie überzeugt sind, den Sinn des Ganzen auf diese Weise richtiger wiederzugeben. Wenn Richard gesagt haben sollte, er fürchte, umgebracht zu werden, könnte Miss Gilchrist an Gift gedacht haben, weil eine Tante von ihr glaubte, man wolle sie mit vergiftetem Essen umbringen. Aber ich kann mit ihr noch einmal darüber sprechen.«
»Ja, oder ich werde es tun«, sagte Poirot und fügte dann mit veränderter Stimme hinzu:
»Übrigens, haben Sie schon daran gedacht, lieber Freund, daß Ihre Miss Gilchrist in einiger Gefahr schweben könnte?«
»Miss Gilchrist in Gefahr? Mein Gott!«
Aufgeregt beugte sich Mr. Entwhistle vor.
»Glauben Sie wirklich?«
Poirot nickte ärgerlich.
»Aber ja. Cora verlieh ihrem Verdacht am Tag des Begräbnisses Ausdruck. Der Mörder wird sich fragen, ob sie zu sonst noch jemandem davon sprach. Und der Mensch, mit dem sie sich am ehesten darüber unterhalten haben könnte, ist Miss Gilchrist. Ich glaube, *mon cher*, es wäre besser, sie nicht allein in dem Haus zu lassen.«
»Susan wollte hinfahren, um Coras Sachen durchzusehen.«
»Ach so ... ach so ... Nun, lieber Freund, tun Sie, worum ich Sie gebeten habe. Und teilen Sie bitte Mrs. Helen Abernethie mit, daß ich möglicherweise nach Enderby kommen werde. Von jetzt an kümmere ich mich selbst um alles.«
Und Poirot zwirbelte seinen Schnurrbart mit großer Energie.

Mr. Entwhistle betrachtete Dr. Larraby nachdenklich.
»Ich möchte mit Ihnen in einer sehr delikaten Angelegenheit sprechen«, begann er. »Vielleicht kränkt Sie meine Frage, ich hoffe aber nicht. Sie sind ja ein vernünftiger Mensch. Es handelt sich um meinen Klienten, den verstorbenen Mr. Abernethie, und ich erlaube mir, Sie ganz offen zu fragen, ob Sie absolut sicher sind, daß er eines natürlichen Todes gestorben ist.«
Dr. Larraby wandte sein gutmütiges, rötliches Gesicht erstaunt dem Anwalt zu.
»Was soll das heißen? – Selbstverständlich ist er eines natürlichen Todes gestorben. Ich habe doch selbst den Totenschein ausgestellt. Wenn ich einen Zweifel gehegt hätte...«
Mr. Entwhistle unterbrach ihn höflich: »Selbstverständlich – selbstverständlich. Ich versichere Ihnen, daß ich mir nie erlauben würde, das Gegenteil anzunehmen. Aber es wäre mir lieb – in Anbetracht der umlaufenden Gerüchte –, Ihre ausdrückliche Bestätigung zu haben...«
»Gerüchte? Was für Gerüchte?«
»Man weiß nie, wie und wodurch solche Redereien entstehen«, log Mr. Entwhistle. »Meiner Ansicht nach sollte man sie durch eine maßgebliche Erklärung ein für allemal aus der Welt schaffen.«
»Abernethie war ein kranker Mann. Er hatte ein Leiden, das, wie ich annahm, in frühestens zwei Jahren zum Tode führen konnte. Ich gebe zu, daß ich seinen Tod nicht so bald erwartet hatte, oder, richtiger gesagt, nicht so plötzlich. Aber es gibt immer individuelle Faktoren, die man nicht voraussehen kann.«
»Ich verstehe, und ich zweifle gewiß nicht an Ihrer Diagnose. Mr. Abernethie war – sagen wir es theatralisch – dem Tode geweiht. Ich möchte nun von Ihnen wissen, ob es möglich wäre, daß ein Mensch, der weiß oder vermutet, daß seine Tage gezählt sind, aus eigenem

Antrieb sein Leben verkürzt? Oder daß jemand anderer es für ihn tun würde?«
Dr. Larraby runzelte die Stirn.
»Sie meinen Selbstmord? Richard Abernethie war nicht der Mann dafür.«
»Ich verstehe, Sie können mir also vom medizinischen Standpunkt aus versichern, daß eine solche Vermutung unbegründet ist?«
Der Arzt rutschte unbehaglich hin und her.
»Das Wort ›unbegründet‹ möchte ich nicht gebrauchen. Er starb im Schlaf, was oft vorkommt. Es gab keinen Grund, Selbstmord anzunehmen. Wollte man jedesmal, wenn ein schwerkranker Mann im Schlaf stirbt, eine Autopsie veranlassen...«
Das Gesicht des Arztes wurde röter und röter, und Mr. Entwhistle beeilte sich, ihn zu beschwichtigen.
»Selbstverständlich. Aber wenn es Beweise gäbe, Beweise, die Sie selbst nicht kennen? Wenn er zum Beispiel zu jemandem gesagt hätte...?«
»Angedeutet hätte, daß er Selbstmordgedanken hegt? Das soll er getan haben? Das wäre höchst erstaunlich!«
»Aber, wenn es so wäre... ich spreche rein hypothetisch – was könnte den Tod verursacht haben? Welches Medikament, meine ich.«
»Verschiedene. Irgendein Narkotikum wäre möglich. Anzeichen von Blausäurevergiftung wies er jedenfalls keine auf.«
»Nahm er Schlafmittel?«
»Ja, ich hatte ihm Sedormid verschrieben, ein harmloses und zuverlässig wirkendes Mittel. Er nahm es nicht jeden Abend, und er bekam jeweils nur eine kleine Schachtel Tabletten.«
»Was hatten Sie ihm sonst noch verschrieben?«
»Verschiedenes: ein gering morphiumhaltiges Mittel, das er bei starken Schmerzen nahm; ferner Vitaminkapseln... ein Verdauungspräparat...«

Mr. Entwhistle unterbrach ihn.
»Vitaminkapseln? Ich glaube, mir wurden auch einmal welche verschrieben; kleine, runde Gelatinekapseln?«
»Ja, sie enthalten Adexolin.«
»Könnte man in diese Kapseln etwas anderes hineintun?«
»Etwas tödlich Wirkendes, meinen Sie?«
Der Arzt blickte immer erstaunter drein.
»Aber daran hätte doch nie ein Mensch gedacht... was wollen Sie eigentlich mit all dem sagen, Entwhistle? Denken Sie an Mord?«
»An was ich denke, ist nicht so wichtig – ich möchte nur wissen, was möglich war«, erklärte Mr. Entwhistle müde. »Ich habe keinerlei Beweise. Mr. Abernethie ist tot – und der Mensch, mit dem er sprach, ist ebenfalls tot. Das Ganze ist ein Gerücht... ein vages Gerücht, und ich möchte es aus der Welt schaffen. Wenn Sie mir versichern, daß Abernethie unmöglich vergiftet werden konnte, so würde mir geradezu eine Zentnerlast von der Seele fallen.«
Der Arzt erhob sich und ging im Zimmer auf und ab.
»Diesen Gefallen kann ich Ihnen leider nicht tun«, seufzte er schließlich. »Ich wollte, ich könnte es. Das Rizinusöl läßt sich mit Leichtigkeit aus der Kapsel herausholen und durch reines Nikotin oder sonst etwas ersetzen. Oder jemand hätte etwas in sein Essen oder seine Getränke tun können. Also, die Sache liegt doch wohl so, Entwhistle: Jemand behauptet – eine Frau, vermutlich –, Abernethie habe gesagt, daß man versuchen wolle, ihn zu ermorden. Habe ich recht?«
In die Enge getrieben, rückte Mr. Entwhistle schließlich mit dem heraus, was Cora nach der Beerdigung gesagt hatte. Dr. Larrabys Gesicht hellte sich auf.
»Aber, lieber Freund, das will doch gar nichts heißen. Frauen in einem gewissen Alter sind sensationslüstern, unausgeglichen, wenig verläßlich – die reden viel, wenn der Tag lang ist.«

Mr. Entwhistle nahm es dem Arzt übel, daß er die Angelegenheit so leichthin abtun wollte, und sagte, indem er sich erhob:
»Sie mögen recht haben, aber leider können wir sie nicht mehr fragen, da sie ermordet wurde.«
»Was? Ermordet?«
Dr. Larraby sah aus, als ob er am Verstand des Anwalts zweifle.
»Sie haben es wahrscheinlich in der Zeitung gelesen: Mrs. Lansquenet in Lytchett St. Mary in Berkshire.«
»Das habe ich gelesen, aber ich hatte keine Ahnung, daß sie mit Richard verwandt ist.«
Jetzt war Dr. Larraby doch beunruhigt.

Als Mr. Entwhistle wieder in Enderby war, sprach er mit Lanscombe. Zunächst fragte er den alten Butler nach seinen Plänen.
»Mrs. Helen hat mich gebeten, hierzubleiben, bis das Haus verkauft ist, Sir, und das tue ich natürlich mit dem größten Vergnügen. Wir alle schätzen Mrs. Helen sehr.«
Er seufzte.
»Ich bin sehr traurig, wenn ich das sagen darf, Sir, daß das Haus verkauft wird. Ich war hier mit Mr. Richard seit...«
»Ich weiß«, unterbrach Mr. Entwhistle ihn, »diese neue Welt ist nichts mehr für uns alte Knaben. Ich wünschte, ich hätte meinen alten Freund vor seinem Tod öfter gesehen. Wie ging es ihm denn in den letzten Monaten?«
»Er war nicht mehr der alte, Sir. Seit Mr. Mortimers Tod war er völlig verändert.«
»Ja, er war gebrochen. Und dann war er ja so krank, und kranke Menschen haben zuweilen seltsame Ideen. Ich könnte mir vorstellen, daß Mr. Abernethie in der letzten Zeit vor seinem Tod auch darunter litt. Sprach er nicht manchmal von Feinden und daß man ihm etwas antun

wolle? Hatte er nicht sogar geglaubt, man habe etwas in sein Essen getan?«
Der alte Lanscombe sah ihn erstaunt an – erstaunt und gekränkt.
»An so etwas kann ich mich nicht erinnern, Sir.«
Ohne sich etwas anmerken zu lassen, wechselte Mr. Entwhistle das Thema.
»Kurz vor seinem Tod waren doch sein Neffe und seine beiden Nichten mit ihren Männern hier zu Besuch, nicht wahr?«
»Jawohl, Sir.«
»Freute er sich über diese Besuche, oder war er enttäuscht?«
Lanscombe blickte ablehnend drein, sein Rücken versteifte sich sichtlich.
»Das kann ich wirklich nicht sagen, Sir.«
»Ich glaube, Sie könnten es«, widersprach Mr. Entwhistle freundlich. »Sie wollen wohl sagen, daß es Ihnen nicht zusteht, Ihre Ansicht darüber zu äußern? Aber es gibt besondere Umstände, da man sein Gefühl für Schicklichkeit gewissermaßen vergewaltigen muß. Ich war einer der ältesten Freunde Ihres Herrn. Darum bitte ich Sie, meine Frage als Privatmann, rein persönlich, und nicht als Butler zu beantworten.«
Lanscombe schwieg einen Augenblick, dann sagte er: »Es ist nur meine ganz persönliche Meinung ...«
»Ja, ja, die möchte ich gern hören.«
»Mein Herr war von Mr. George sehr enttäuscht ... er hatte gehofft, glaube ich, daß Mr. George Ähnlichkeit mit Mr. Mortimer haben könnte. Aber Mr. George kann, wenn ich es so sagen darf, in keiner Hinsicht Mr. Mortimer das Wasser reichen.«
Lanscombe hielt einen Augenblick inne und fuhr dann fort:
»Danach kamen die jungen Damen mit ihren Ehemännern. Mrs. Susan gefiel ihm sofort – eine geistreiche und hübsche junge Dame, aber meiner Meinung nach konnte

der Herr ihren Mann nicht ausstehen. Junge Mädchen treffen heutzutage oft eine merkwürdige Wahl.«
»Und das andere Ehepaar?«
»Über das kann ich nicht viel sagen. Ein nettes und gutaussehendes junges Paar. Ich glaube, mein Herr hatte sie gern hier ... aber ...«
Der alte Mann zögerte.
»Ich verstehe. Nach diesen Besuchen verreiste Mr. Abernethie ... erst zu seinem Bruder und dann zu seiner Schwester, Mrs. Lansquenet.«
»Das wußte ich nicht, Sir. Ich meine, er erwähnte nur, daß er zu Mr. Timothy fahren wolle und dann in einen Ort namens St. Mary, und noch ein Wort dazu.«
»Stimmt. Erinnern Sie sich an irgend etwas, das er nach seiner Rückkehr sagte?«
Lanscombe überlegte.
»Nein, Sir. Natürlich war er froh, wieder zu Hause zu sein. Reisen und auf Besuch gehen ermüdete ihn sehr ... das hat er gesagt, das weiß ich noch.«
»Und sonst nichts?«
Lanscombe runzelte die Stirn.
»Mein Herr pflegte ... ja, vor sich hin zu murmeln ... Sie verstehen, was ich damit meine ... er sprach mit mir und doch mehr zu sich selbst, er bemerkte oft kaum, daß ich da war, weil er mich ja so gut kannte.«
»Er kannte Sie und vertraute Ihnen.«
»Aber ich erinnere mich nur noch verschwommen an das, was er sagte ... so etwas wie, er verstehe nicht, was er mit dem Geld angefangen habe, und damit meinte er Mr. Timothy, nehme ich an. Und dann sagte er etwas über ›Frauen, die neunundneunzigmal albern, aber das hundertste Mal äußerst schlau sein können‹. Ach ja, und dann meinte er: ›Man kann das, was man wirklich denkt, nur Menschen seiner eigenen Generation erzählen; denn die glauben nicht, wie es die jungen Leute tun, daß man sich bloß etwas einredet.‹ Und später dann – aber ich weiß nicht in welchem Zusammenhang: ›Es ist nicht anstän-

dig, seinen Mitmenschen eine Falle zu stellen, aber ich weiß nicht, was ich sonst hätte tun sollen.‹ Es ist möglich, Sir, daß er dabei an den Gärtnerburschen dachte – es waren nämlich im Garten Pfirsiche gestohlen worden.«
Mr. Entwhistle glaubte nicht, daß Richard den Gärtnerburschen gemeint hatte. Nachdem er Lanscombe noch einige Fragen gestellt hatte, ließ er ihn gehen und überlegte.
Er hatte nichts erfahren, das heißt nichts, was er sich nicht schon selbst zusammengereimt hatte. Doch es gab immerhin einige aufschlußreiche Punkte: Es war nicht seine Schwägerin Maude, sondern seine Schwester Cora, an die Richard gedacht hatte, als er die Bemerkung über Frauen machte, die albern und doch schlau sein können. Und ihr hatte er etwas anvertraut, das sie als »sich einreden« bezeichnete.
Und wem hatte er wohl eine Falle gestellt?

Nachdem er lange darüber nachgedacht hatte, wieviel er Helen sagen sollte, entschloß er sich, sie ganz ins Vertrauen zu ziehen.
Sie schlenderten zusammen auf der Terrasse auf und ab, und er dankte ihr zunächst dafür, daß sie Richards persönliche Sachen geordnet und sich um den Haushalt gekümmert hatte. Dann sagte er:
»Ich wollte Sie fragen, ob es Ihnen vielleicht möglich wäre, hierzubleiben, bis das Haus verkauft ist. Oder wäre das sehr lästig für Sie?«
»Nein, es wäre mir sogar sehr recht. Ich möchte nicht vor Mai nach Cypern gehen, und ich bin lieber hier als in London. Ich liebe dieses Haus, wie Sie wissen. Auch Leo hat es geliebt, wir hatten immer eine glückliche Zeit, wenn wir zusammen hier waren.«
»Ich habe einen bestimmten Grund, warum ich Sie bitte, hierzubleiben: ein Freund von mir, Hercule Poirot ...«
Helen unterbrach ihn aufgeregt:
»Hercule Poirot? Dann glauben Sie also ...«

»Sie wissen, wer er ist?«
»Ja. Freunde von mir... aber ich glaubte, er wäre schon gestorben.«
»O nein, er ist sehr lebendig. Nicht mehr jung, natürlich.«
»Nein, jung kann er nicht mehr sein.«
Die Worte kamen ganz mechanisch. Ihr Gesicht war weiß und verkrampft, und mit sichtlicher Mühe fügte sie hinzu:
»Sie glauben also... daß Cora recht hatte? Daß Richard... ermordet wurde?«
Mr. Entwhistle erleichterte sein Herz. Es war ein Vergnügen, bei Helen sein Herz zu erleichtern, bei Helen mit ihrem klaren, ruhigen Verstand.
»Poirot«, erzählte er ihr, »ist ein sehr origineller Mensch, fast ein Genie. Er hat sofort begriffen, was wir wollen: Gewißheit, daß die ganze Geschichte ein Ammenmärchen ist.«
»Und wenn sie es nicht ist?«
»Wieso sagen Sie das?« fragte Mr. Entwhistle scharf.
»Ich weiß nicht. Etwas beunruhigt mich... nicht das, was Cora damals gesagt hat... etwas anderes. Etwas, von dem ich bei der Testamentseröffnung fühlte, daß es... nicht stimmt.«
»Nicht stimmt? In welcher Hinsicht?«
Sie schüttelte den Kopf.
»Das ist es ja, ich weiß es nicht.«
»Meinen Sie etwas, das einen der damals Anwesenden betrifft?«
»Ja... so etwas. Aber ich weiß nicht, wer oder was... ach, es klingt so lächerlich.«
»Absolut nicht. Es ist interessant... hochinteressant. Sie sind nicht dumm, Helen. Wenn Sie etwas bemerken, ist dieses Etwas sehr wichtig.«
»Ja, aber ich kann mich nicht erinnern, was es war. Je mehr ich nachdenke...«
»Denken Sie nicht nach! Das ist ganz falsch, wenn man

sich an etwas erinnern will. Früher oder später fällt es Ihnen bestimmt ein. Aber dann lassen Sie es mich bitte sofort wissen.«
»Ja, natürlich.«

9

Anne Gilchrist drückte ihren schwarzen Filzhut energisch auf den Kopf und verstaute sorgfältig eine graue Haarsträhne unter dem Rand. Die Leichenschau war auf zwölf Uhr angesetzt, und es war erst zwanzig nach elf. Sie fand, daß die neue schwarze Bluse gut zu ihrem grauen Rock und Mantel paßte. Lieber wäre sie allerdings ganz in Schwarz hingegangen, aber das hätte sie sich gar nicht leisten können.
Sie sah sich in dem kleinen, ordentlichen Schlafzimmer um, an dessen Wänden Aquarelle hingen, die Brixton Harbour, Polflexan Harbour und andere englische Landschaften darstellten, alle schwungvoll mit »Cora Lansquenet« signiert; besonders wohlgefällig ruhten ihre Blicke auf Polflexan Harbour.
Das Läuten der Hausglocke störte sie in ihren Träumen.
»Mein Gott«, murmelte sie, »wer kann das wohl sein?«
Sie verließ das Schlafzimmer und ging die ziemlich wackelige Treppe hinunter.
Wieder läutete es, dann wurde heftig geklopft.
Sie war nervös; einen Augenblick blieb sie stehen, dann aber redete sie sich zu, nicht albern zu sein, und öffnete die Tür. Eine junge Dame, in elegantes Schwarz gekleidet, mit einem kleinen Koffer in der Hand, stand auf der Vortreppe. Als sie Annes ängstlichen Gesichtsausdruck wahrnahm, stellte sie sich rasch vor:
»Ich bin Mrs. Lansquenets Nichte... Susan Banks. Sie sind wahrscheinlich Miss Gilchrist?«
»Mein Gott, ich hatte ja keine Ahnung. Treten Sie bitte

ein, Mrs. Banks. Stoßen Sie sich nicht am Garderobenständer, er steht so weit vor... Hier herein, bitte. Ich wußte nicht, daß Sie zur Leichenschau kommen würden, sonst hätte ich etwas vorbereitet... Kaffee oder so etwas.«
Susan sagte lebhaft: »Danke schön, das ist nicht nötig. Es tut mir leid, daß ich Sie erschreckt habe.«
»Ja, das haben Sie wirklich. Es ist sehr dumm von mir, ich bin sonst nicht nervös, und ich bin es auch jetzt eigentlich nicht, nur – vielleicht ist es wegen der Leichenschau und weil ich an so vieles dachte; ich bin schon den ganzen Vormittag so unruhig. Und gerade vor einer halben Stunde klingelte es, ich konnte mich nur schwer entschließen, aufzumachen. Und dann war es nur eine Nonne, die für Waisenkinder sammelte. Ich war so erleichtert, daß ich ihr zwei Shilling gab. Aber, bitte, nehmen Sie doch Platz, Mrs. – Mrs....«
»Banks.«
»Ja, natürlich, Banks. Sind Sie mit dem Zug gekommen?«
»Nein, mit dem Wagen. Aber der Weg zum Haus kam mir so schmal vor, daß ich in einen Feldweg abbog, der in einen verlassenen Steinbruch einmündet, wo ich rückwärts hineinfahren konnte.«
»Der Weg ist allerdings schmal, aber es gibt hier auch nur wenig Verkehr, es ist eine abgelegene Gegend.«
Anne schauderte ein wenig, als sie das sagte.
Susan sah sich im Zimmer um.
»Arme, liebe Tante Cora«, sagte sie. »Sie hat mir alles hinterlassen. Das wissen Sie doch?«
»Ja, Mr. Entwhistle sagte es mir. Ich nehme an, daß Sie sich über die Möbel freuen werden, Sie sind ja jung verheiratet, wie ich gehört habe, und Möbel sind heutzutage so teuer. Mrs. Lansquenet hat einige sehr hübsche Sachen.«
Susan stimmte nicht zu.
»Die Möbel brauche ich nicht«, erwiderte sie, »ich habe

eigene. Ich werde diese hier versteigern lassen – das heißt, wenn nicht welche darunter sind, die Sie haben möchten – ich würde sie Ihnen gern...«
Sie hielt inne, ein wenig verlegen, doch Anne Gilchrist war keineswegs verlegen, sie strahlte.
»Das ist wirklich sehr liebenswürdig von Ihnen, Mrs. Banks, sehr liebenswürdig! Aber ich habe meine eigenen Sachen eingelagert. Auch einige Bilder, die mein Vater mir hinterlassen hat, sind darunter. Ich besaß nämlich eine kleine Teestube, aber dann kam der Krieg, und ich mußte sie leider aufgeben. Aber ich habe nicht die ganze Einrichtung verkauft, weil ich immer noch hoffte, mir eines Tages wieder ein eigenes Heim schaffen zu können. Wenn Ihnen aber wirklich nichts daran liegt, würde ich schrecklich gern diesen kleinen bemalten Tisch haben. Er ist so hübsch, und die gute Mrs. Lansquenet trank immer mit mir Tee daran.«
Susan betrachtete mit leichtem Schaudern den grünen Tisch, auf den große, hellgrüne wilde Reben gemalt waren, und sagte hastig, es wäre ihr eine besondere Freude, wenn Miss Gilchrist ihn nähme.
»Ich danke Ihnen vielmals, Mrs. Banks. Ich komme mir aber direkt habgierig vor. Ich habe all die schönen Bilder von Mrs. Lansquenet bekommen, wissen Sie, und eine süße Amethystbrosche, aber vielleicht sollte ich sie Ihnen zurückgeben?«
»Was denken Sie! Auf keinen Fall.«
»Wollen Sie sich die Sachen ansehen? Nach der Leichenschau vielleicht?«
»Ich möchte zwei Tage hierbleiben, um alles durchzusehen und aufzuräumen.«
»Sie wollen hier übernachten?«
»Ja. Macht das Schwierigkeiten?«
»Aber nein. Mrs. Banks, selbstverständlich nicht. Ich beziehe mein Bett frisch und kann gut hier auf dem Sofa schlafen.«
»Kann ich nicht in Tante Coras Zimmer schlafen?«

Anne Gilchrist riß die Augen weit auf.
»Das ... das würde Ihnen nichts ausmachen?«
»Sie meinen, weil sie dort ermordet wurde? Aber nein, das macht mir nichts aus. Ich bin robust, Miss Gilchrist. Das Zimmer ist doch – ich meine – es ist doch wieder völlig in Ordnung?«
Anne verstand sofort.
»O ja, Mrs. Banks. Ich habe die Decken zur Reinigung gegeben, und Mrs. Parker und ich haben das ganze Zimmer gründlich gescheuert. Und wir haben genügend andere Decken. Wollen Sie mit mir hinaufgehen und es sich ansehen?«
Sie ging die Treppe vorauf; Susan folgte ihr.
Das Zimmer, in dem Cora Lansquenet ihr Leben beendet hatte, wirkte sauber und frisch; merkwürdigerweise herrschte darin keineswegs eine unheimliche Atmosphäre. Es enthielt ebenso wie das Wohnzimmer ein Konglomerat von modernen Zweckmöbeln und kunstvoll bemalten Prunkstücken. Es war typisch für Coras frohe Wesensart und ihren Mangel an Geschmack. Über dem Kamin hing das Ölbild eines üppigen Mädchens, das im Begriff war, ins Bad zu steigen.
Susan zuckte ein wenig zusammen, als sie es betrachtete, und Anne Gilchrist erläuterte: »Das ist ein Werk von Mrs. Lansquenets Mann; unten im Eßzimmer hängen noch viele Bilder von ihm.«
»Und wo sind Tante Coras eigene Bilder?«
»In meinem Zimmer. Möchten Sie sie gern sehen?«
Voller Stolz zeigte Anne ihre Schätze.
Susan stellte fest, daß Tante Cora eine Vorliebe für Seebäder gehabt haben mußte.
»O ja. Sie lebte ja jahrzehntelang mit Mr. Lansquenet in einem kleinen Fischerdorf in der Bretagne. Fischerboote sind so pittoresk, finden Sie nicht auch?«
»Offensichtlich«, murmelte Susan. Und bei sich dachte sie: Tante Cora malte ganz im peinlich genauen, fotografischen Postkartenstil, und es würde mich nicht wun-

dern, wenn das alles tatsächlich von Postkarten kopiert worden wäre.
Doch als sie diesen Verdacht zu äußern wagte, widersprach Anne entrüstet; Mrs. Lansquenet habe *immer* nach der Natur gemalt. Einmal habe sie sogar einen Sonnenstich bekommen, weil sie ein Sujet unbedingt malen wollte, solange das Licht günstig war.
»Mrs. Lansquenet war eine wirkliche Künstlerin«, erklärte sie vorwurfsvoll.
Sie sah auf die Uhr, und Susan sagte schnell: »Ja, wir müssen jetzt zur Leichenschau. Ist es weit von hier? Soll ich den Wagen holen?«
Doch Anne Gilchrist versicherte, es sei nur fünf Minuten zu Fuß.
Mr. Entwhistle, der mit dem Zug gekommen war, empfing sie und führte sie in die Rathaushalle.
Es waren viele Fremde anwesend; aber eine Sensation gab es nicht. Die Identität der Toten stand fest, ebenso der ärztliche Befund der tödlichen Wunden. Die Verstorbene, die wahrscheinlich unter dem Einfluß von Narkotika gestanden habe, als sie ermordet wurde, sei vermutlich völlig ahnungslos gewesen; später als 4 Uhr 30 dürfte der Tod nicht eingetreten sein. Die Zeit zwischen 2 und 4 Uhr 30 wurde als erwiesen angenommen. Anne Gilchrist sagte aus, wie sie die Leiche gefunden hatte. Ein Polizist und Inspektor Morton machten ebenfalls ihre Aussagen. Danach faßte sich der Leichenbeschauer kurz, und der Spruch der Totenschau-Kommission erfolgte bald: »Mord, verübt von einer oder mehreren unbekannten Personen.«
Es war vorbei. Als sie hinaus in den Sonnenschein traten, klickten ein halbes Dutzend Kameras. Mr. Entwhistle führte Susan und Anne Gilchrist zum »King's Arms«, dem besten Gasthaus des Dorfes, wo er in einem separaten Raum drei Mittagessen für sich und die beiden Damen bestellte.
»Ich hatte keine Ahnung, daß Sie kommen würden,

Susan«, sagte er. »Wir hätten zusammen herfahren können.«
»Ich wollte auch eigentlich gar nicht kommen, doch ich hielt es für falsch, daß niemand von der Familie dabeisein würde. Ich rief George an, aber er behauptete, er sei sehr beschäftigt; Rosamund hat eine Probe und Onkel Timothy ist zu krank. Also blieb mir nichts anderes übrig.«
»Ihr Mann ist nicht mitgekommen?«
»Er muß in seinem traurigen Laden, den er ja nun Gott sei Dank verlassen kann, abrechnen«, antwortete sie und erklärte, als sie Anne Gilchrists erstaunten Blick sah: »Mein Mann arbeitet in einer Apotheke.«
Ein Mann, der sozusagen hinter einem Ladentisch stand, schien Anne nicht zu Susans Eleganz zu passen, aber sie ließ sich nicht aus der Fassung bringen und sagte: »Ach so! Wie unser großer Romantiker Keats.«
»Nur ist Greg kein Dichter«, erwiderte Susan. »Dafür haben wir große Pläne für die Zukunft: einen eleganten Kosmetik- und Schönheitssalon mit einem Laboratorium für Spezialpräparate.«
»Das wird viel netter sein«, meinte Anne zustimmend. »So etwas wie Elizabeth Arden, die eine echte Gräfin ist, wie ich hörte – oder ist es Helena Rubinstein?«
Mr. Entwhistle war in Gedanken versunken, und als Susan ihn zweimal etwas gefragt hatte, ohne eine Antwort zu erhalten, beeilte er sich zu erklären: »Seien Sie mir nicht böse, Susan, aber ich dachte gerade an Ihren Onkel Timothy; ich mache mir Sorgen seinetwegen.«
»Sorgen um Onkel Timothy? Das würde ich nicht tun. Ich glaube nicht, daß er wirklich krank ist, er ist einfach ein Hypochonder.«
»Ja... das mag sein. Es ist auch nicht seine Gesundheit, die mir Sorgen macht. Es handelt sich um seine Frau. Kurz bevor ich herkam, hörte ich, daß sie die Treppe hinuntergefallen sei und sich den Fuß verstaucht habe. Sie muß das Bett hüten, und Ihr Onkel ist verzweifelt.«

»Weil er sich nun plötzlich einmal um sie kümmern muß. Das tut ihm sehr gut«, erklärte Susan.
»Ja ... ja ... da haben Sie schon recht. Aber wird Ihre arme Tante auch nur die Spur von Pflege haben? Das ist die Frage.«
»Das Leben ist für ältere Leute wirklich die Hölle«, meinte Susan.
Etwas später verließen sie vorsichtig den Gasthof, aber die Presseleute schienen sich verzogen zu haben. Erst vor dem Eingang zu Coras Haus verstellten mehrere Reporter Susan den Weg, und sie sagte ihnen, unter aufmerksamer Assistenz von Mr. Entwhistle, einige unverbindliche und nichtssagende Worte. Danach gingen sie und Anne ins Haus, und Mr. Entwhistle kehrte zum »King's Arms« zurück, wo er ein Zimmer genommen hatte. Die Beerdigung sollte am folgenden Tag stattfinden.
»Mein Wagen steht noch im Steinbruch«, sagte Susan, »das hatte ich völlig vergessen; ich werde ihn später ins Dorf fahren.«
Anne mahnte ängstlich: »Aber nicht zu spät. Sie werden doch nicht rausgehen, wenn's dunkel ist?«
Susan blickte sie lachend an.
»Sie glauben doch nicht, daß sich hier noch immer ein Mörder herumtreibt?«
»Nein ... nein, das glaube ich nicht«, entgegnete Anne verlegen.
Und trotzdem war Susan überzeugt, daß Anne es glaubte.
»Sicher möchten Sie gerne früh Tee trinken?« erkundigte sich Anne. »Wäre es Ihnen in einer halben Stunde recht, Mrs. Banks?«
Susan fand es übertrieben, um halb drei Tee zu trinken, aber sie tat ihr gern den Gefallen, da sie einsah, daß eine Tasse Tee für Anne den Inbegriff von Nervenberuhigung darstellte. Daher antwortete sie:
»Wann Sie wollen, Miss Gilchrist.«
Bald erklang aus der Küche munteres Tellergeklapper,

während Susan ins Wohnzimmer ging. Ein paar Minuten später läutete es an der Haustür. Susan ging in die Diele, und Anne erschien in der Küchentür; sie hatte eine Schürze um, an der sie ihre mehlbestäubten Hände abwischte.

»Mein Gott, wer kann das wohl sein?«

»Wahrscheinlich noch ein paar Reporter«, antwortete Susan.

»Mein Gott, und ich wollte gerade noch Gebäck zum Tee machen.«

Susan ging zur Haustür, und Anne blieb zögernd im Hintergrund, als fürchte sie, ein Mann mit einem Beil stünde vor der Tür.

Der Besucher war jedoch ein alter Herr, der den Hut zog, als Susan die Tür öffnete, und onkelhaft lächelnd fragte: »Mrs. Banks?«

»Ja.«

»Mein Name ist Guthrie... Alexander Guthrie. Ich war ein Freund... ein alter Freund von Mrs. Lansquenet. Sie sind wahrscheinlich ihre Nichte, die frühere Miss Susan Abernethie?«

»Stimmt.«

»Da wir nun wissen, wer wir sind, darf ich wohl näher treten?«

»Bitte.«

Er streifte sorgfältig die Schuhe an der Matte ab, trat ein, zog den Mantel aus, legte ihn zusammen mit dem Hut auf eine kleine Eichenkommode und folgte Susan ins Wohnzimmer.

»Es ist ein trauriger Anlaß«, erklärte Mr. Guthrie, der von Natur aus viel eher zu strahlender Laune als zur Trauer zu neigen schien. »Ein sehr trauriger Anlaß. Ich kam zufällig hier vorbei und fand, das wenigste, was ich tun könnte, sei, der Leichenschau und natürlich auch der Beerdigung beizuwohnen. Arme Cora... ich lernte sie kurz nach ihrer Hochzeit kennen. Sie war eine so lebendige, begeisterungsfähige Frau, und sie nahm Pierre Lansquenet wirk-

lich ernst – als Künstler, meine ich. Sie hatte nämlich keine Ahnung von Kunst, die arme Cora, obwohl sie in mancher Hinsicht, das kann ich Ihnen versichern, erstaunlich viel Verstand besaß.«
»Das sagt jeder von ihr«, stimmte Susan ihm zu. »Ich selbst kannte sie kaum.«
»Ich weiß, sie hielt sich von ihrer Familie fern, weil diese ihren herrlichen Pierre nicht zu schätzen wußte. Sie war nie hübsch gewesen... aber sie hatte ein gewisses Etwas, und sie war immer fröhlich und unterhaltsam. Man wußte allerdings nie, was sie im nächsten Augenblick von sich geben würde, und ebensowenig, ob ihre Naivität echt oder gespielt war. Wir haben oft herzlich über sie gelacht. Das ewige Kind... so kam sie uns immer vor.«
Susan bot Mr. Guthrie eine Zigarette an, doch der alte Herr schüttelte den Kopf.
»Nein, danke schön, ich rauche nicht. Sie wundern sich wohl, warum ich gekommen bin? Um es ganz offen zu sagen: weil ich ein schlechtes Gewissen habe. Ich versprach Cora vor einigen Wochen, sie zu besuchen. Ihr Steckenpferd war nämlich, auf Provinzauktionen Bilder zu kaufen, und ich sollte sie dann immer begutachten. Ich bin nämlich von Beruf Kunstkritiker. Die meisten von Coras Erwerbungen waren grauenvolle Schinken, aber alles in allem ist es keine schlechte Spekulation. Man kann auf diesen Bauernauktionen Bilder für ein Butterbrot ergattern, und meist sind die Rahmen allein mehr wert, als man für das ganze Bild zahlen muß. Sie schrieb mir sehr begeistert von einem italienischen Primitiven, den sie erstanden hatte, und ich versprach ihr, herzukommen und ihn mir anzuschauen.«
»Wahrscheinlich das dort«, sagte Susan und deutete auf ein Gemälde an der Wand hinter ihm.
Mr. Guthrie erhob sich, setzte seine Brille auf und betrachtete das Bild.
»Arme, gute Cora!« sagte er nach einer Weile.

»Dort sind noch mehr«, erklärte Susan.
Mr. Guthrie unterzog die Kunstschätze, die die hoffnungsfrohe Mrs. Lansquenet erworben hatte, einer gründlichen Prüfung. Ab und zu machte er »Tz, tz, tz«, zuweilen seufzte er.
Schließlich steckte er die Brille wieder ein und sagte: »Schmutz ist etwas Wunderbares, Mrs. Banks. Es verleiht auch den scheußlichsten Machwerken der Malkunst eine romantische Patina.«
»Im Eßzimmer hängen auch noch Bilder«, ermunterte ihn Susan, »aber die stammen, glaube ich, alle von ihrem Mann.«
Mr. Guthrie schüttelte sich leicht und hob abwehrend die Hand.
»Zwingen Sie mich bitte nicht, sie noch mal anzuschauen. Die Aktklassen der Kunstakademien haben viel auf dem Gewissen. Ich habe mich immer bemüht, Coras Gefühle zu schonen. Eine aufopfernde Gattin, eine zärtliche Gattin ... aber, liebe Mrs. Banks, ich möchte Sie nun nicht länger aufhalten.«
»Oh, bleiben Sie doch und trinken Sie eine Tasse Tee mit uns.«
»Sehr liebenswürdig«, erwiderte Mr. Guthrie und nahm sofort wieder Platz.
»Entschuldigen Sie mich einen Augenblick, ich will nur sehen, ob der Tee schon fertig ist.«
In der Küche zog Anne gerade das letzte Blech mit dem Gebäck aus dem Ofen. Das Geschirr stand bereits auf dem Tablett und der Deckel des Wasserkessels klapperte munter.
»Da ist ein Mr. Guthrie, ich habe ihn eingeladen, mit uns Tee zu trinken.«
»Mr. Guthrie? Ach ja, er war ein guter Freund der lieben Mrs. Lansquenet. Er ist ein berühmter Kunstkritiker. Das trifft sich ja wunderbar: Es ist viel Gebäck da, und ich habe auch selbstgemachte Erdbeerkonfitüre. Ich muß nur noch den Tee aufbrühen, die Kanne ist schon vorge-

wärmt... Aber, bitte, Mrs. Banks, tragen Sie doch nicht das schwere Tablett! Ich kann *alles* selbst machen.«

Susan nahm trotzdem das Tablett, und Anne Gilchrist folgte ihr mit der Teekanne und dem Wasserkessel auf dem Fuß. Sie begrüßte Mr. Guthrie, und dann setzten sie sich.

»Warmes Gebäck, das ist ja ein Hochgenuß!« rief Mr. Guthrie. »Und was für eine herrliche Konfitüre! Zu kaufen bekommt man heutzutage ja nur so synthetisches Zeug.«

Annes Gesicht leuchtete auf bei dem Kompliment. Das Gebäck war wirklich ausgezeichnet, und alle drei griffen tüchtig zu. Der Geist vom »Weidenbaum«, der kleinen Teestube, die Anne vor dem Krieg gehabt hatte, schwebte über ihnen. Anne war in ihrem Element.

»Vielen Dank, ich bin so frei«, sagte Mr. Guthrie, als sie ihm das letzte Stück anbot. »Ich habe aber ein schlechtes Gewissen, hier so zu schwelgen, da doch die arme Cora so grauenhaft ermordet wurde.«

Anne quittierte dies in einer unerwartet viktorianischen Art:

»Oh, Mrs. Lansquenet hätte bestimmt gewünscht, daß Sie einen guten Tee bekommen. Sie müssen schließlich bei Kräften bleiben!«

»Ja, ja, da haben Sie wohl recht. Aber man kann sich einfach nicht vorstellen, daß ein Mensch, den man gekannt hat, gut gekannt hat, ermordet worden sein soll.«

»Das ist wahr«, bestätigte Susan, »es kommt einem geradezu phantastisch vor.«

»Und daß irgendein ordinärer Vagabund, der eigentlich nur einbrechen wollte, sie umbrachte. Es ließen sich da nämlich Gründe denken, aus denen Cora hätte ermordet werden können...«

»Wie bitte?« unterbrach Susan ihn schnell. »Was für Gründe?«

»Sie war nicht besonders diskret«, erklärte er. »Cora war nie diskret gewesen. Es machte ihr Spaß ... wie soll ich mich ausdrücken? ... sagen wir, die Zähne zu zeigen. Sie war wie ein Kind, das ein Geheimnis erfahren hat. Wenn Cora von einem Geheimnis erfuhr, mußte sie es ausplaudern. Selbst wenn sie versprach, es nicht zu tun, tat sie es dennoch; sie konnte nichts für sich behalten.«

Susan schwieg, ebenso Anne.

Mr. Guthrie fuhr fort: »Ja, eine kleine Dosis Arsen im Tee ... das hätte mich nicht überrascht – oder eine Schachtel Pralinen per Post. Aber ein Mord, ein Raubmord ... So zu enden, paßt nicht zu ihr. Ich kann mich ja irren, aber ich dachte immer, sie hätte wenig besessen, was einen Einbruch lohnte; sie hatte doch nicht viel Bargeld im Haus, oder?«

»Nur wenig«, bestätigte Anne.

Mr. Guthrie stand seufzend auf.

»Seit dem Krieg hat die Kriminalität überhandgenommen. Alles hat sich geändert.«

Dann bedankte er sich für den Tee, verabschiedete sich höflich, und Anne begleitete ihn hinaus. Vom Fenster des Wohnzimmers aus sah Susan, wie er mit Elan zur Gartentür schritt.

Anne kam mit einem kleinen Paket in der Hand zurück.

»Der Briefträger muß hier gewesen sein, als wir bei der Leichenschau waren. Er hat es durch die Briefkastenöffnung geschoben, und es ist in die Ecke hinter der Tür gefallen. Da bin ich aber neugierig ... es sieht aus wie ... ein Stück Hochzeitskuchen!«

Strahlend riß sie das Papier auf ... ein kleiner weißer Karton, mit Silberband verschnürt, kam zum Vorschein. Sie entfernte das Band und hob den Deckel. Ein Stück Mandelcremetorte mit Zuckerguß war zu sehen

»Wie reizend! Aber von wem?«

Sie nahm die Karte in die Hand.

»John und Mary!« rief sie. »Wer kann das sein? Wie dumm, nicht den Familiennamen dazuzuschreiben.«

Susan riß sich aus ihren Grübeleien und entgegnete zerstreut: »Es ist wirklich ärgerlich, daß die Leute heutzutage bloß mit ihrem Vornamen unterschreiben. Ich bekam neulich eine Postkarte mit der Unterschrift ›Joan‹. Ich zählte an den Finger acht Joans auf, die ich kenne ... wenn man nur noch telefoniert, kennt man eben die Handschrift seiner Freunde kaum mehr.«

Vergnügt ging Anne alle Johns und Marys ihrer Bekanntschaft durch.

»Es könnte Dorothys Tochter sein ... *die* hieß Mary, aber ich habe nichts von einer Verlobung gehört, noch weniger von einer Hochzeit. Dann ist da der kleine John Banfield, der könnte mittlerweile alt genug sein, um zu heiraten. Oder die junge Enfield ... nein, die heißt Margaret. Keine Adresse, nichts. Na, ich werde schon noch draufkommen ...«

Sie nahm das Tablett und ging in die Küche.

Sich aufraffend, sagte Susan: »Ich werde jetzt endlich meinen Wagen holen und irgendwo unterbringen müssen.«

10

Sie holte das Auto aus dem Steinbruch und fuhr ihn ins Dorf, wo es eine Tankstelle, aber keine Garage gab; man riet ihr, ihn zum »King's Arms« zu bringen.

Dort war in der Garage Platz; sie stellte ihn neben einen großen Daimler, dessen Chauffeur gerade im Begriff war, ihn hinauszufahren. Im Fond saß ein älterer, ausländisch aussehender Herr mit einem großen Schnurrbart.

Der blutjunge Mechaniker, mit dem Susan über ihren Wagen sprach, starrte sie so hingerissen an, daß er nur die Hälfte von dem mitbekam, was sie sagte.

Endlich brachte er mit vor Ehrfurcht zitternder Stimme hervor:

»Sie sind doch ihre Nichte?«

»Was?«

»Die Nichte von der Ermordeten!« präzisierte er begeistert.
»Ach so – ja – das bin ich.«
»Ach! Habe ich Sie nicht schon einmal gesehen?«
Klatsch, dachte sie, als sie zurückging.
»Gott sei Dank, daß Sie heil wieder da sind«, begrüßte Anne sie so sichtlich erleichtert, daß Susan sich ärgerte, und fragte dann besorgt: »Sie essen doch Makkaroni? Ich dachte, heute abend ...«
»Ja, danke, mir ist alles recht, ich habe keinen besonderen Appetit.«
»Ich bilde mir nämlich viel auf meine Makkaroni *au gratin* ein.«
Sie hatte nicht übertrieben. Anne war, wie Susan feststellte, wirklich eine ausgezeichnete Köchin. Susan bot ihr an, ihr beim Geschirrspülen zu helfen, aber Anne versicherte, obwohl augenscheinlich geehrt durch das Angebot, daß sie gut allein damit fertig würde.
Etwas später kam sie mit Kaffee – dessen Klasse dem Essen nicht entsprach, da er viel zu schwach war – und bot Susan vergeblich von der Hochzeitstorte an.
»Sie ist wirklich ausgezeichnet«, verkündete Miss Gilchrist. Sie hatte sich inzwischen mit der Erklärung beruhigt, daß die Torte von der Tochter ihrer lieben Freundin Ellen stammen mußte, von deren Verlobung sie gehört hatte, an deren Namen sie sich jedoch nicht erinnern konnte.
Susan ließ Anne noch eine Weile daherreden, bis es ihr gelang, das Gespräch in die Richtung zu lenken, wo sie es haben wollte.
»Mein Onkel Richard war doch kurz vor seinem Tod noch hier?«
»Ja.«
»Wann?«
»Ungefähr zwei bis drei Wochen, bevor er starb.«
»Machte er einen kranken Eindruck?«
»Nein, im Gegenteil, er schien gesund und munter zu

sein. Mrs. Lansquenet war sehr erstaunt, als er so unerwartet auftauchte, und rief: ›Nein, so etwas, Richard! Nach all den Jahren!‹ Er meinte nur: ›Ich wollte mich persönlich überzeugen, wie es dir geht.‹ Und Mrs. Lansquenet antwortete: ›Mir geht es gut.‹ Ich glaube, sie war ein bißchen gekränkt, daß er so wie zufällig vorbeikam – nach so langer Zeit. Aber Mr. Abernethie sagte: ›Wir wollen doch die alten Streitigkeiten begraben. Du und ich und Timothy, wir sind die einzigen Überlebenden, und mit Timothy kann man über nichts als über seine Gesundheit sprechen.‹ Und dann fügte er hinzu: ›Pierre scheint dich glücklich gemacht zu haben, ich habe mich anscheinend getäuscht. Bist du nun zufrieden?‹ Er sagte das sehr nett. Er war ein gutaussehender Herr, trotz seines Alters.«

»Wie lange war er hier?«

»Er blieb zum Mittagessen. Ich machte Rindfleisch mit Oliven. Zum Glück kam gerade an dem Tag der Metzger.«

Annes Gedächtnis schien sich ausschließlich an kulinarischen Genüssen zu orientieren.

»Und es sah so aus, als ob sie sich gut verstanden?«

»O ja.«

Nach einer kleinen Pause fragte Susan weiter: »Und schien Tante Cora erstaunt zu sein, als er starb?«

»O ja, es geschah doch so plötzlich.«

»Ja – hatte er denn keine Andeutung gemacht, daß er schwer krank sei?«

»Oh, ich verstehe, was Sie meinen. Sie sagte zu mir, er sei sehr alt geworden – ich glaube, sie sagte senil...«

»Aber *Sie* fanden ihn nicht senil?«

»Aussehen tat er nicht so. Aber ich habe nicht viel mit ihm gesprochen, ich ließ sie natürlich allein.«

Nachdenklich blickte Susan die Haushälterin an. Gehörte sie zu den Frauen, die an Türen horchen? Ehrlich war sie, dessen war Susan sicher, sie würde weder stehlen, noch bei den Haushaltsabrechnungen mogeln, noch Briefe öffnen. Aber Neugierde und Redlichkeit sind zweierlei. Sie könnte es für nötig befunden haben, in der Nähe eines offenen Fensters im Garten zu arbeiten oder in der Diele abzustauben – und dann hätte sie, »ohne es zu wollen«, etwas mitkriegen müssen.

»Sie hörten nichts von der Unterhaltung?« fragte Susan.

Das war deutlich.

Anne schien unwillig und errötete: »Natürlich nicht, Mrs. Banks. Es gehört nicht zu meinen Gewohnheiten, an Türen zu lauschen.«

Das heißt, daß sie es tut, dachte Susan, sonst hätte sie einfach »Nein« gesagt.

Laut sagte sie: »Entschuldigen Sie bitte, Miss Gilchrist, so habe ich es auch gar nicht gemeint. Aber manchmal kommt man in diesen kleinen, leichtgebauten Häusern gar nicht darum herum, alles zu hören, und jetzt, da beide tot sind, wäre es für die Familie sehr wichtig zu wissen, was sie miteinander gesprochen haben.«

Das Haus war alles andere als leicht gebaut – es stammte aus einer solideren Epoche –, aber Anne schluckte den Köder:

»Sie haben ganz recht, Mrs. Banks – es ist ein sehr kleines Haus, und ich kann verstehen, daß Sie gern wissen möchten, was sich zwischen den beiden abgespielt hat, aber leider weiß ich nichts. Ich glaube, sie sprachen über Mr. Abernethies Gesundheit und über das, was er, wie sie sagte, sich einredete. Er sah nicht so aus, aber er muß krank gewesen sein, und wie das häufig der Fall ist, schob er seinen schlechten Gesundheitszustand äußeren Einwirkungen zu. Das kommt ja oft vor. Meine Tante ...«

Ausführlich beschrieb Anne nun ihre Tante, aber geschickt lenkte Susan das Thema wieder in die von ihr gewünschte Richtung.

»Ja, genau das dachten wir. Die Dienstboten meines Onkels hingen alle sehr an ihm und sind außer sich darüber, daß er dachte ...«

Sie hielt inne.
»Natürlich, Dienstboten sind in so einem Fall sehr empfindlich. Ich erinnere mich, daß meine Tante...«
Wieder unterbrach Susan.
»Hatte er die Dienstboten in Verdacht, daß sie ihn vergiften wollten?«
»Das weiß ich – wirklich nicht...«
Susan entging ihre Verwirrung nicht.
»Also nicht die Dienstboten. Wer sonst?«
»Ich weiß es nicht, Mrs. Bank. Wirklich, ich weiß es nicht...«
Aber sie wich ihren Blicken aus, und Susan war sicher, daß sie mehr wußte, als sie zugab. Vielleicht wußte sie sogar ziemlich viel.
Susan wollte jetzt aber nicht weiter in sie dringen und fragte daher: »Was haben Sie eigentlich für Zukunftspläne, Miss Gilchrist?«
»Darüber wollte ich gerade mit Ihnen sprechen, Mrs. Banks. Ich habe Mr. Entwhistle versprochen hierzubleiben, bis das Haus geräumt ist.«
»Das weiß ich und bin Ihnen sehr dankbar dafür.«
»Ich wollte Sie nun fragen, wie lange das ungefähr dauern wird, weil ich mich natürlich nach einer neuen Stellung umsehen muß.«
Susan überlegte.
»Es ist offensichtlich nicht sehr viel zu tun. In zwei Tagen werde ich alles geordnet haben und kann den Auktionator kommen lassen. Es wird doch wohl keine Schwierigkeiten machen, das Haus zu vermieten?«
»Aber nein, die Leute werden sicherlich Schlange stehen. Es gibt ja nur so wenige kleine Häuser zu mieten, fast immer muß man sie kaufen.«
»Also entstehen da ja keine Probleme«, meinte Susan und zögerte einen Augenblick, ehe sie weitersprach:
»Sind Sie damit einverstanden, wenn ich Ihnen für drei Monate Gehalt zahle?«
»Das ist sehr großzügig von Ihnen, Mrs. Banks, ich weiß

es wohl zu schätzen. Und würden Sie – ich meine, darf ich Sie darum bitten, mich – wenn es nötig sein sollte – zu empfehlen? Zu sagen, daß ich bei einer Verwandten von Ihnen gewesen bin, und daß man mit mir zufrieden war?«
»Selbstverständlich.«
»Ich weiß nicht, ob ich mir die Bitte erlauben darf.« Annes Hände begannen zu zittern, und sie bemühte sich, ihre Stimme zu beherrschen.
»Aber, wäre es möglich, die Umstände nicht zu erwähnen – und auch nicht den Namen?«
Susan sah sie erstaunt an.
»Ich verstehe Sie nicht recht...«
»Weil Sie noch nicht daran gedacht haben, Mrs. Banks. Es ist ein Mord geschehen, ein Mord, über den die Zeitungen geschrieben haben und über den jeder gelesen hat. Verstehen Sie? Die Leute werden denken: Von zwei Frauen, die zusammenlebten, wurde eine ermordet – vielleicht hat es die Gesellschafterin getan. Verstehen Sie das nicht, Mrs. Banks? Ich bin sicher, daß ich, wenn ich jemanden engagieren wollte – mir das zweimal überlegen würde, wenn Sie verstehen, was ich meine. Man weiß doch nie! Es macht mir fürchterliche Sorgen, Mrs. Banks. Ich kann nachts nicht schlafen, weil ich denke, daß ich vielleicht nie mehr eine Stellung finde – jedenfalls nicht eine dieser Art. Und was könnte ich sonst tun?«
Susan war betroffen. Die Frage klang verzweifelt, und sie konnte die Lage dieser freundlichen alten Jungfer verstehen, deren Existenz von den Gefühlen und Launen ihrer Arbeitgeber abhing. Und was sie sagte, stimmte. Jeder würde nach Möglichkeit vermeiden, eine Frau ins Haus zu nehmen, die, wenn auch unschuldig, in einen Mordfall verwickelt war.
Sie sagte: »Aber wenn man den Mörder findet...«
»Oh, dann, natürlich, dann ist alles in Ordnung. Aber wird man ihn finden? Ich glaube, daß die Polizei völlig im dunkeln tappt. Und wenn sie ihn nicht kriegt – dann

bleibt es an mir hängen; nicht gerade als an dem am meisten zu verdächtigenden Menschen, aber immerhin – ich könnte es getan haben...«

Susan nickte nachdenklich. Zwar hatte Anne durch Cora Lansquenets Tod keine Vorteile – aber wer wußte das schon? Und außerdem gab es so viele Geschichten – abstoßende Geschichten – von Haß, der zwischen zwei Frauen, die zusammenleben, entstehen kann – merkwürdige pathologische Gründe für plötzliche Gewalttätigkeiten. Mancher könnte sich vorstellen, daß zwischen Cora und Anne Gilchrist solche Beziehungen bestanden hätten.

»Machen Sie sich keine Sorgen, Miss Gilchrist«, sagte sie freundlich und entschieden. »Bestimmt finde ich für Sie bei Freunden eine Stellung, das wird keine Schwierigkeiten machen.«

»Es tut mir so leid«, erwiderte Anne, wieder in ihrer gewohnten Art, »daß ich keine groben Arbeiten verrichten kann. Nur gerade Kochen und leichte Hausarbeiten...«

Das Telefon läutete, und Anne sprang auf.

»Mein Gott, wer kann das wohl sein?«

»Wahrscheinlich mein Mann«, entgegnete Susan, ebenfalls aufstehend, »er wollte mich heute abend anrufen.«

Sie ging ans Telefon.

»Ja – ja, hier ist Mrs. Banks...« Dann folgte eine Pause, und ihre Stimme änderte sich, sie wurde sanft und liebevoll. »Guten Abend, Liebling – ja, ich bin's – danke, ganz gut... Mord durch Unbekannt – das Übliche – nur Mr. Entwhistle... Wie? – Es ist schwer zu sagen, aber ich glaube... Ja, genau, wie wir dachten. Ich werde alles verkaufen. Es ist nichts da, was wir brauchen könnten... Noch etwa ein, zwei Tage... Das macht doch nichts. Ich weiß, was ich zu tun habe... Greg, wie konntest du... Du hast doch achtgegeben? – Nein, es ist nichts, überhaupt nichts. Gute Nacht, Liebling.«

Sie legte den Hörer auf. Anne hatte sie etwas gestört,

denn vermutlich konnte sie auch in der Küche, in die sie sich taktvoll zurückgezogen hatte, alles hören. Sie hätte Greg gerne noch verschiedenes gefragt, hatte es dann aber doch lieber unterlassen. Nachdenklich die Stirn runzelnd, stand sie neben dem Telefon.
Dann leuchtete ihr Gesicht plötzlich auf: Ihr war eine gute Idee gekommen.
»Natürlich«, murmelte sie, »das ist das Richtige.«
Sie nahm den Hörer ab und verlangte eine Fernverbindung.
Etwa eine Viertelstunde später erklärte das Fräulein vom Amt müde: »Es tut mir leid, der Teilnehmer antwortet nicht.«
Energisch erwiderte Susan: »Bitte, läuten Sie weiter.«
Sie hörte das ferne Summen im Apparat. Dann ertönte aus der Muschel des Hörers eine männliche Stimme – mürrisch und leicht empört:
»Ja, ja, was ist denn?«
»Onkel Timothy?«
»Was? Wie? Ich verstehe nicht.«
»Onkel Timothy? Hier ist Susan Banks – deine Nichte Susan.«
»Oh, Susan, bist du's? Was ist denn los? Warum rufst du mitten in der Nacht an?«
»Es ist doch noch ganz früh.«
»Nein. Ich war schon im Bett.«
»Da gehst du aber früh schlafen. Wie geht es Tante Maude?«
»Um das zu fragen, holst du mich aus dem Bett? Deine Tante hat starke Schmerzen und kann überhaupt nichts tun. Nichts. Sie ist völlig hilflos. Es geht hier alles drunter und drüber, sage ich dir. Dieser Esel von einem Arzt behauptet, er könne keine Schwester kriegen. Er wollte Maude ins Krankenhaus schaffen. Das habe ich nicht zugelassen. Nun versuche ich, jemanden für uns aufzutreiben. Ich kann nichts tun, wage mich nicht anzustrengen. Irgend so ein blödes Weib aus dem Dorf bleibt heute

über Nacht hier – aber sie will zu ihrem Mann zurück. Ich weiß nicht, was wir machen sollen.«
»Darum rufe ich ja an. Möchtest du nicht Miss Gilchrist haben?«
»Wer ist das? Noch nie von ihr gehört.«
»Tante Coras Gesellschafterin. Sie ist sehr nett und tüchtig.«
»Kann sie kochen?«
»Sehr gut sogar, und sie könnte Tante Maude pflegen.«
»Das wäre ja ausgezeichnet, aber wann kann sie kommen? Ich bin hier ganz allein mit diesem Bauerntrampel, der kommt und geht, wie es ihm paßt. Und das ist Gift für mich, ich habe schreckliche Herzbeschwerden.«
»Ich werde dafür sorgen, daß sie so bald wie möglich kommt. Übermorgen, wäre das recht?«
»Ja, vielen Dank«, antwortete er, immer noch leicht irritiert.
»Wirklich nett von dir, Susan, danke schön.«
Susan legte den Hörer auf und ging in die Küche.
»Würden Sie vielleicht gern nach Yorkshire gehen und sich um meine Tante kümmern? Sie hat sich den Knöchel gebrochen, und mein Onkel ist völlig hilflos. Er ist ein wenig schwierig, aber Tante Maude ist eine nette Frau. Sie haben eine Hilfe aus dem Dorf, Sie müßten also nur kochen und Tante Maude pflegen.«
Anne ließ vor Freude fast den Kaffeetopf fallen.
»Oh, ich danke Ihnen – ich danke Ihnen vielmals –, das ist wirklich reizend von Ihnen. Ich kann, ohne mich zu rühmen, behaupten, daß ich eine gute Krankenpflegerin bin, und mit Ihrem Onkel werde ich bestimmt auch auskommen. Ich werde ihm hübsche Sachen kochen. Es ist wirklich nett von Ihnen, Mrs. Banks, ich weiß das sehr zu schätzen.«

11

Nachts lag Susan im Bett und wartete, daß der Schlaf käme. Es war ein anstrengender Tag gewesen, und sie war so müde, daß sie geglaubt hatte, sie würde sofort einschlafen, denn sie schlief eigentlich immer gut. Nun aber lag sie da, Stunde um Stunde, hellwach, und ihre Gedanken kreisten.

Sie hatte gesagt, es mache ihr nichts aus, in diesem Zimmer, in diesem Bett zu schlafen, in dem ihre Tante Cora – nein, nein, sie durfte nicht daran denken. Sie war auf ihre eisernen Nerven immer stolz gewesen. Warum an den Mord denken, der hier vor ein paar Tagen verübt worden war? Sie mußte an die Zukunft denken, an ihre und an Gregs Zukunft. Dieses Haus in der Cardigan Street war genau das, was sie brauchten – die Geschäftsräume im Erdgeschoß und eine reizende Wohnung darüber. Das große Zimmer auf der Rückseite war das ideale Laboratorium für Greg. Greg würde wieder ruhiger werden und sich wohl fühlen. Er würde nicht mehr diese entsetzlichen Wutausbrüche haben, nicht mehr diese Anfälle, da er sie anstarrte, ohne zu wissen, wer sie war. Und sein Chef, der alte Apotheker Cole, hatte zu verstehen gegeben – hatte gedroht: »Wenn das noch einmal passiert ...« Und es hätte noch einmal passieren können – es wäre bestimmt noch einmal passiert, wenn Onkel Richard nicht gerade im richtigen Augenblick gestorben wäre.

Onkel Richard – ja –, aber das Leben hatte für ihn doch keinen Sinn mehr gehabt, er war alt und müde und krank gewesen, und sein Sohn war tot. Es bedeutete im Grunde eine Erlösung für ihn. Im Schlaf zu sterben, ganz ruhig – im Schlaf – wenn sie nur schlafen könnte! Es war wirklich zu dumm, Stunde um Stunde wach zu liegen, Möbel knarren zu hören, dem Rascheln der Blätter zu lauschen und einem hie und da ertönenden Schrei – vermutlich dem einer Eule. Wie unheimlich es hier auf dem Lande

ist, ganz anders als in der lärmenden, immer betriebsamen Großstadt. Dort fühlte man sich so sicher, inmitten von Menschen, war nie allein. Aber hier...
In Häusern, in denen ein Mord verübt wurde, spukt es manchmal. Vielleicht würde dieses Haus noch zum Gespensterhaus, in dem Cora Lansquenets Geist spukte. Tante Cora! Merkwürdig, seit sie hier war, hatte sie das Gefühl, Tante Cora sei ganz nahe bei ihr – schuld waren aber bloß ihre Nerven. Cora Lansquenet war tot, morgen würde sie beerdigt. Und hier im Haus waren nur sie selbst und Anne Gilchrist. Warum hatte sie dann das Gefühl, es sei jemand im Zimmer, dicht bei ihr?
Hier in diesem Bett lag sie, als das Beil niedersauste... Friedlich schlief sie, ahnte nichts, bis das Beil sie traf – und jetzt ließ sie Susan nicht schlafen.
Wieder knarrte es in den Möbeln. War das nicht ein leiser Schritt? Susan richtete sich auf und lauschte – nichts! Nerven, nichts als Nerven. Entspannen, die Augen schließen!
Jetzt hörte sie aber bestimmt ein Stöhnen – ein Stöhnen oder ein leises Jammern. Ein Mensch mit Schmerzen – im Todeskampf...
»Ich darf mir nichts einreden, ich darf nicht, ich darf nicht!« flüsterte Susan vor sich hin.
Der Tod ist endgültig – es gibt kein Leben nach dem Tode. Kein Toter kehrt zur Erde zurück. Oder erlebte sie eine Szene aus der Vergangenheit – eine sterbende Frau, die stöhnt?
Jetzt hörte sie es wieder, das Stöhnen wurde lauter, es klang, als winde sich ein Mensch in Schmerzen.
Aber – das war ja wirklich! Sie drehte das Licht an, setzte sich im Bett auf und lauschte – sie hörte das Stöhnen durch die Wand, es kam aus dem Zimmer nebenan.
Susan sprang aus dem Bett, warf den Morgenrock über, eilte auf den Gang, klopfte an Annes Tür und trat in ihr Zimmer.

In Annes Zimmer brannte Licht; sie saß aufrecht im Bett und sah grauenhaft aus, ihr Gesicht war schmerzverzerrt. Susan rief:
»Miss Gilchrist, was haben Sie? Sind Sie krank?«
»Ja, ich weiß nicht, was – ich...«
Sie versuchte aufzustehen, wurde aber von einem Brechreiz überfallen und sank in die Kissen zurück.
»Bitte, rufen Sie den Arzt«, murmelte sie, »ich muß etwas gegessen haben...«
»Ich gebe Ihnen Bicarbonat. Wenn es nicht besser wird, können wir morgen den Arzt holen.«
Anne schüttelte den Kopf.
»Nein, rufen Sie ihn bitte sofort. Mir ist furchtbar schlecht.«
»Wissen Sie seine Nummer? Oder soll ich im Telefonbuch nachsehen?«
Kaum hatte Anne ihr die Nummer gegeben, als sie erneut zu würgen begann.
Auf Susans Anruf antwortete eine verschlafene Männerstimme.
»Wer? – Gilchrist? – In Mead's Lane? – Ja, ich weiß Bescheid. Ich komme sofort.«
Als Susan zehn Minuten später den Wagen vorfahren hörte, ging sie hinunter und öffnete die Tür. Beim Hinaufgehen erklärte sie: »Ich glaube, sie muß etwas gegessen haben, was ihr nicht bekommen ist. Es scheint ihr sehr schlecht zu gehen.«
Der Arzt schien zunächst nicht an die Ernsthaftigkeit des Falles zu glauben – er war nachts sicher schon oft unnötig gerufen worden –, doch nachdem er die stöhnende Kranke untersucht hatte, änderte sich seine Haltung. Er gab Susan einige kurze Anweisungen und ging hinunter zum Telefon. Dann kam er ins Wohnzimmer: »Ich habe einen Krankenwagen bestellt, sie muß sofort ins Spital.«
»Es ist also etwas Ernstes?«
»Ja. Ich habe ihr eine Morphiumspritze gegeben. Aber es sieht aus...« Er hielt inne. »Was hat sie gegessen?«

»Wir hatten Makkaroni *au gratin* zum Nachtessen und einen Vanillepudding, dann Kaffee.«
»Sie haben dasselbe gegessen?«
»Ja.«
»Und Sie fühlen sich gut? Kein Unwohlsein?«
»Nein.«
»Hat sie nichts anderes zu sich genommen? Keinen Fisch aus der Büchse? Oder Würstchen?«
«Nein. Zu Mittag haben wir zusammen im ›King's Arms‹ gegessen – nach der Leichenschau.«
»Ach ja, Sie sind Mrs. Lansquenets Nichte, nicht wahr? Ich hoffe nur, daß sie den Kerl erwischen.«
»Das hoffe ich auch.«
Der Krankenwagen kam. Anne wurde hineingehoben, der Arzt fuhr mit, und Susan ging ins Bett.
Diesmal schlief sie ein, kaum daß sie sich hingelegt hatte.

Es kamen viele Leute zu Coras Beerdigung, fast das ganze Dorf. Mr. Entwhistle erkundigte sich nach Anne, und Susan berichtete ihm flüsternd von dem Vorfall.
»Höchst merkwürdig«, kommentierte er stirnrunzelnd.
»Es geht ihr schon besser. Das Spital rief vorhin an. Solche Gallenanfälle kommen häufiger vor.«
Mr. Entwhistle schwieg. Er hatte vor, sofort nach der Beerdigung nach London zurückzufahren.
Susan ging allein zum Haus ihrer Tante, wo sie ein paar Eier aufstöberte und sich eine Omelette zubereitete. Dann begann sie Coras Sachen zu ordnen.
Nach einiger Zeit meldete sich der Arzt. Er sagte, daß es Anne wesentlich besser gehe, schien aber dennoch besorgt.
»In ein paar Tagen wird sie schon wieder aufstehen können. Es war ein Glück, daß ich so schnell gerufen wurde, sonst – hätte es ein böses Ende nehmen können.«
Susan fragte erstaunt: »War es wirklich so schlimm?«

»Mrs. Banks, würden Sie mir bitte noch einmal genau sagen, was Miss Gilchrist gestern gegessen und getrunken hat?«
Susan überlegte und zählte alles auf, aber der Arzt schüttelte zweifelnd den Kopf.
»Hat sie nicht irgend etwas zu sich genommen, das Sie nicht gegessen haben?«
»Ich glaube nicht – Kuchen, Toast, Konfitüre, Tee und das Nachtessen. Nein, ich kann mich an nichts sonst erinnern. Muß es denn etwas gewesen sein, das sie gegessen hat, etwas Verdorbenes?«
Der Arzt warf ihr einen scharfen Blick zu und erklärte schließlich:
»Es ist eine Arsenvergiftung!«
»Arsen?« Susan starrte ihn an. »Jemand hat ihr Arsen gegeben?«
»So sieht es aus.«
»Kann sie es nicht selbst genommen haben? Freiwillig, meine ich?«
»Selbstmord? Sie sagt nein, und sie müßte es wissen. Aber selbst, wenn sie Selbstmord verüben wollte, hätte sie sich vermutlich nicht Arsen dafür ausgesucht. Im Haus sind eine Menge Schlafmittel vorhanden, sie hätte nur eine entsprechend große Dosis davon zu nehmen brauchen.«
»Könnte das Gift nicht durch ein Versehen in etwas geraten sein?«
»Das möchte ich ja eben wissen. Es ist sehr unwahrscheinlich, aber es gibt solche Fälle. Doch wenn Sie und Miss Gilchrist das gleiche gegessen haben ...«
Susan nickte und sagte: »Das schon, aber ...«
Sie hielt inne und rief dann auf einmal: »Natürlich, der Hochzeitskuchen!«
»Was für ein Hochzeitskuchen?«
Susan erklärte, der Arzt hörte gespannt zu.
»Merkwürdig. Und sie wußte nicht, wer ihn geschickt hat? Ist etwas übriggeblieben? Oder liegt der Karton noch irgendwo?«

»Ich weiß nicht, ich werde gleich nachsehen.«
Sie suchten gemeinsam und fanden schließlich in der Küche den weißen Karton, in dem noch einige Krümel waren. Der Arzt packte ihn sorgfältig ein.
»Ich nehme ihn mit. Haben Sie eine Ahnung, wo das Papier sein könnte, in das er eingewickelt war?«
Damit hatten sie kein Glück, und Susan meinte, Anne hätte es wohl verbrannt.
»Sie fahren doch noch nicht weg, Mrs. Banks?«
Er fragte das leichthin, aber Susan fühlte sich etwas unbehaglich.
»Nein, ich muß die Sachen meiner Tante durchsehen. Ich bleibe noch in paar Tage hier.«
»Gut. Wahrscheinlich wird die Polizei Ihnen einige Fragen stellen. Sie wissen nicht, wer – wer Miss Gilchrist die Torte geschickt haben könnte?«
Susan schüttelte den Kopf.
»Ich kenne sie ja kaum. Sie war mehrere Jahre bei meiner Tante – das ist alles, was ich von ihr weiß.«
»Ach so. Sie scheint jedenfalls eine ganz nette, anspruchslose alte Jungfer zu sein – recht unauffällig. Ich kann mir nicht denken, daß sie Feinde hat. Ein Stück Hochzeitskuchen per Post! So etwas könnte eine eifersüchtige Frau fertigbringen – aber wer sollte auf Miss Gilchrist eifersüchtig sein? Das ist doch sehr unwahrscheinlich. Aber ich muß jetzt gehen. Ich weiß nicht, was auf einmal hier in unserem ruhigen kleinen Lytchett St. Mary los ist. Erst dieser grauenhafte Mord und dann ein Giftmordversuch per Post. Merkwürdig, und so kurz nacheinander.«
Er verabschiedete sich. Im Haus war es schwül, und Susan ließ, als sie langsam in den ersten Stock ging, um ihre Arbeit fortzusetzen, die Haustür offen.
Cora Lansquenet war keine ordentliche Frau gewesen. In ihren Schränken und Kommoden herrschte ein heilloses Durcheinander. Da lagen in einer Schublade Toilettesachen neben Briefen, alte Taschentücher neben

Malpinseln. Zwischen Unterwäsche fand Susan einen Haufen alter Briefe und Rechnungen und in einer anderen Schublade unter wollenen Pullovern eine Schachtel mit falschen Haarfransen. Eine weitere Schublade war zum Bersten mit alten Fotografien und Skizzenbüchern angefüllt.

Susan betrachtete lange eine Gruppenaufnahme, die offensichtlich vor vielen Jahren irgendwo in Frankreich gemacht worden war und die eine schlanke, jüngere Cora Arm in Arm mit einem großen Mann mit zottigem Bart zeigte, der einen Samtrock trug. Sie vermutete, daß es der verstorbene Pierre Lansquenet war.

Die Fotografien interessierten sie zwar, aber sie legte sie beiseite und begann methodisch, die Briefe durchzusehen. Nach einer Weile stieß sie auf einen Brief, den sie zweimal las; als sie ihn noch nachdenklich anstarrte, erklang eine Stimme hinter ihr.

Zu Tode erschrocken sprang sie auf und stieß einen Schrei aus.

»Was hast du denn da Schönes, Susan?«

Sie wurde rot vor Ärger. Der Schrei war ihr unwillkürlich entfahren, und es war ihr unangenehm, eine Erklärung darüber abgeben zu müssen.

»George! Du hast mich vielleicht erschreckt!«

Ihr Vetter lächelte.

»Das kommt mir auch so vor.«

»Wie bist du denn nur hereingekommen?«

»Die Haustür stand offen, und da bin ich hereinspaziert. Im übrigen bin ich gekommen, um an der Beerdigung teilzunehmen.«

»Ich habe dich aber nicht gesehen.«

»Der alte Karren hat mir einen Streich gespielt, die Benzinzuleitung war verstopft. Ich bastelte einige Zeit daran herum, und schließlich funktionierte sie wieder, aber für die Beerdigung war es zu spät, und da dachte ich, ich könnte ja noch kurz vorbeischauen. Ich wußte, daß du da bist. Greg sagte es mir, als ich ihn anrief.«

»Und warum bist du in Wirklichkeit hergekommen, George?« fragte sie.
»Vielleicht, um ein bißchen Detektiv zu spielen. Ich habe viel über Onkel Richards Begräbnis nachgedacht. Tante Cora hat uns da, weiß Gott, einen Floh ins Ohr gesetzt. Ich bin mir nicht klar, ob sie das aus purer Blödheit und altweiberhafter Schwatzsucht gesagt hat, oder ob sie wirklich etwas wußte. Was steht übrigens in dem Brief, den du so eifrig gelesen hast, als ich hereinkam?«
Sie antwortete langsam: »Es ist ein Brief, den Onkel Richard an Tante Cora geschrieben hat, nachdem er bei ihr gewesen war.«
Wie schwarz Georges Augen waren! Sie hatte sie immer für braun gehalten, aber sie waren schwarz, und schwarze Augen haben etwas Unergründliches an sich, sie verbergen die Gedanken, die hinter ihnen liegen.
»Steht etwas Interessantes drin?« fragte George gedehnt.
»Nein, nicht direkt...«
»Kann ich ihn sehen?«
Er streckte die Hand aus.
Sie zögerte einen Augenblick, dann gab sie ihm den Brief.
Er las halblaut daraus vor:
»Es hat mich sehr gefreut, Dich nach so vielen Jahren wiederzusehen... Du siehst sehr gut aus... Die Rückfahrt verlief angenehm, und ich war nicht besonders müde, als ich heimkam.«
Georges Stimme wurde plötzlich lauter:
»Bitte, sag keinem Menschen ein Wort von dem, was ich Dir anvertraut habe. Ich kann mich schließlich irren. Dein Dich liebender Bruder Richard.«
George blickte Susan fragend an.
»Was könnte das heißen?«
»Alles mögliche. Es kann sich um seine Gesundheit handeln, oder es kann ein Klatsch über einen gemeinsamen Bekannten sein.«
»Ja, es kann vieles heißen. Es beweist nichts, aber es läßt

vieles vermuten... Was hat er Cora gesagt? Weiß das irgendein Mensch?«
»Vielleicht Anne Gilchrist«, antwortete Susan nachdenklich. »Ich glaube, sie hat gelauscht.«
»Ach ja, die Gesellschafterin. Wo ist sie übrigens?«
»Im Spital – mit einer Arsenvergiftung.«
George starrte sie offenen Mundes an.
»Das ist doch nicht möglich!«
»Doch! Jemand hat ihr ein Stück vergifteten Hochzeitskuchen geschickt.«
George setzte sich auf einen Stuhl und stieß einen Pfiff aus.
»Es sieht so aus, als hätte Onkel Richard sich nicht geirrt.«

Am nächsten Morgen kam Inspektor Morton. Er war ein stiller Mann in mittleren Jahren, der mit leicht provinziellem Akzent sprach; sein Benehmen war gelassen und ruhig, aber seine Augen blickten scharf.
»Sie sind sich doch im klaren darüber, was das bedeutet, Mrs. Banks?« fragte er. »Dr. Barton hat Ihnen bereits mitgeteilt, was mit Miss Gilchrist geschehen ist? Die paar Krümel des Hochzeitskuchens, den er mitgenommen hat, sind untersucht worden, sie weisen Arsenspuren auf.«
»Es hat sie also jemand vergiften wollen?«
»So sieht es aus. Können Sie kein Licht in diese Angelegenheit bringen?«
Sie schüttelte den Kopf.
»Ich stehe vor einem Rätsel. Kann man nichts anhand des Poststempels herausfinden oder durch die Handschrift?«
»Sie haben vergessen, daß das Packpapier wahrscheinlich verbrannt wurde. Und man weiß nicht genau, ob das Paket überhaupt mit der Post kam. Der junge Andrews, der den Postwagen fährt, kann sich nicht erinnern, es abgeliefert zu haben.«
»Was käme denn sonst in Frage?«

»Man nimmt an, daß ein alter Bogen braunes Papier benutzt worden ist, auf dem bereits Miss Gilchrists Adresse und eine abgestempelte Marke waren, und daß jemand dieses Päckchen durch den Briefschlitz geschoben oder hinter die Tür gelegt hat, um den Eindruck zu erwecken, es sei mit der Post gekommen.«
Susan erwiderte langsam: »Miss Gilchrist überlegte hin und her, wer ihr das Paket geschickt haben könnte, hegte aber nicht das geringste Mißtrauen. Sie war entzückt und – ja – fühlte sich geschmeichelt. War genug Gift darin, um sie zu – töten?«
»Das ist schwer zu sagen, ehe wir wissen, wieviel sie von dem Kuchen gegessen hat, ob alles oder nur einen Teil. Sie glaubt, daß sie nicht alles gegessen hat. Können Sie sich nicht erinnern?«
»Nein – ich weiß es nicht genau. Sie bot mir ein Stück an, ich lehnte ab, dann aß sie davon und sagte, er sei ausgezeichnet, aber ich weiß nicht, ob sie ihn ganz aufgegessen hat.«
»Ich möchte gern Miss Gilchrists Zimmer sehen, wenn Sie nichts dagegen haben, Mrs. Banks.«
»Aber bitte.«
Sie führte ihn in Annes Zimmer und erklärte, sich entschuldigend: »Es sieht schlimm aus hier, aber ich dachte, es sei vielleicht besser, alles so zu lassen, wie es war.«
»Das war sehr klug von Ihnen, Mrs. Banks.«
Er trat zum Bett, nahm das Kissen, hob es behutsam hoch und sagte voller Genugtuung: »Da haben wir's!«
Auf dem Leintuch lag ein Stück Torte, ziemlich zerdrückt.
»Wie merkwürdig!« rief Susan.
»Gar nicht. Ihre Generation kennt diesen Brauch wahrscheinlich nicht mehr: Wenn man ein Stück Hochzeitstorte unters Kopfkissen legt, träumt man von seinem zukünftigen Mann.«
»Aber Anne Gilchrist ist doch ...«
»Sie wollte es uns auch nicht sagen, weil sie sich in ihrem

Alter lächerlich vorkam, doch ich hatte gleich das Gefühl, daß dies der Grund sein könnte.«
Sein Gesicht wurde wieder ernst.
»Und dank diesem albernen Aberglauben lebt Miss Gilchrist heute noch.«
»Aber, wer könnte ein Interesse daran haben, sie zu ermorden?«
Ihre Augen begegneten einander, und sein eigenartig forschender Blick flößte ihr ein unbehagliches Gefühl ein.
»Sie wissen es nicht?« fragte er.
»Nein – natürlich nicht.«
»Dann müssen wir es eben herausfinden«, erklärte er.

12

Zwei ältere Herren saßen in einem in modernstem Stil eingerichteten Zimmer. Es gab keine Rundungen in dem Raum, alles war eckig. Die einzige Ausnahme bildete Hercule Poirot selbst, der nur aus Rundungen zu bestehen schien: Sein Bauch war angenehm gewölbt, sein Kopf eiförmig, sein Schnurrbart bog sich in prächtigem Schwung nach oben. Er nippte an einem Glas Cassis und blickte Mr. Goby nachdenklich an.
Mr. Goby war klein, mager, eingeschrumpft. Er war von jeher unscheinbar gewesen, aber nun war er so unscheinbar, als sei er überhaupt nicht mehr vorhanden. Er sah Poirot nicht an – er sah fast nie jemandem in die Augen –, es sah so aus, als spreche er zur linken unteren Ecke des verchromten Kamins.
Mr. Goby war berühmt dafür, rasch und prompt Informationen zu verschaffen. Nur sehr wenige Leute kannten ihn, und nur sehr wenige nahmen seine Dienste in Anspruch, aber diese wenigen waren für gewöhnlich ungeheuer reich.

Er hatte sich eigentlich vom Geschäft zurückgezogen und erwies nur gelegentlich alten Klienten einen Gefallen. Hercule Poirot war einer von ihnen.
»Ich habe getan, was ich konnte«, sagte Goby in vertraulichem, sanftem Flüsterton zum Kamin. »Ich habe meine Jungens angesetzt. Sie tun ihr möglichstes – gute Jungens, alle, aber nicht mehr das, was sie früher waren. Sie wollen nicht mehr lernen, das ist es. Sie glauben, alles zu wissen, wenn sie zwei Jahre gearbeitet haben. Und sie machen pünktlich Feierabend. Ist das nicht entsetzlich?«
Er schüttelte traurig den Kopf und richtete seinen Blick auf eine elektrische Steckdose.
»Das ist die Schuld der Regierung«, erklärte er. »Alles ist jetzt organisiert. Allerdings muß ich zugeben« – Mr. Goby lehnte sich nun in seinem Sessel zurück und sprach zu einem Lampenschirm –, »daß man nicht auf sie schimpfen sollte. Was täten wir ohne sie! Man kann heute mit Notizbuch und Bleistift bewaffnet überall hingehen, wenn man gut angezogen ist, und sagen, man käme vom Meinungsforschungsinstitut Sowieso, und dann die Leute über die intimsten Einzelheiten ihres jetzigen und ihres vergangenen Lebens befragen, zum Beispiel, was sie am 23. November zu Mittag gegessen haben, weil das der Stichtag einer Umfrage über die Einkommensverhältnisse des Mittelstandes ist – oder was immer man wissen will.«
Immer noch zum Lampenschirm sprechend, fuhr Mr. Goby fort: »Ich kann Ihnen versichern, Monsieur Poirot, das ist die beste und bequemste Methode, die wir je hatten; viel besser als den elektrischen Zähler abzulesen oder das Telefon zu überwachen oder als Nonne oder als Pfadfinder oder Pfadfinderin mit einer Subskriptionsliste in eine Wohnung zu gehen. Die alten Methoden wenden wir zwar auch noch an, aber die Schnüffelei der Regierung ist eine wahre Gottesgabe für uns.«
Poirot schwieg. Mr. Goby war mit den Jahren etwas

geschwätzig geworden, doch er würde schon noch rechtzeitig zur Sache kommen.
»Aha«, stieß Mr. Goby jetzt hervor, zog ein schäbiges Notizbüchlein aus der Tasche, beleckte einen Finger und blätterte die Seiten durch.
»Da: Mr. George Crossfield. Ihn wollen wir uns zuerst vornehmen. Er steckt schon längere Zeit in finanziellen Schwierigkeiten. Er hat's vor allem mit den Pferden und dann mit dem lieben Spiel... Frauen interessieren ihn weniger. Daß er an dem bewußten Tag im Hurst Park gewesen wäre, stimmt nicht. Er setzt immer bei zwei bestimmten Buchmachern, und die haben ihn an dem Tag dort nicht zu Gesicht bekommen. Möglicherweise ist er vom Bahnhof Paddington mit unbekanntem Ziel fortgefahren. Ein Taxichauffeur, der um die Zeit nach Paddington fuhr, glaubt, ihn nach dem Foto zu erkennen, ist sich aber nicht sicher. Bei den Gepäckträgern von Paddington oder vom Bahnhof Cholsey, das Lytchett St. Mary am nächsten liegt, hatten wir keinen Erfolg. Er kann in Reading ausgestiegen sein und den Bus genommen haben. In Lytchett St. Mary ist er nicht gesehen worden.«
Mr. Goby beleckte wieder einen Finger und blätterte weiter.
»Mr. Michael Shane, Schauspieler. Möchte ein Star werden, und zwar schnell. Liebt das Geld und braucht viel. Hat großen Erfolg bei Frauen. Zieht mit Sorrel Dainton umher, die in dem letzten Stück, in dem er auftrat, die Hauptrolle spielte. Seine Frau weiß nichts davon. Weiß anscheinend überhaupt nicht viel von ihm. Keine gute Schauspielerin, wie ich höre, aber attraktiv. Ist verrückt nach ihrem Mann. Es gingen Gerüchte, daß es zwischen ihnen aus wäre, aber das scheint sich wieder eingerenkt zu haben. Nach Mr. Richard Abernethies Tod.«
Mr. Goby betonte diesen letzten Punkt, indem er bedeutungsvoll einem Sofakissen zunickte.
»An dem fraglichen Tag will Mr. Shane mit einem Mr. Rosenbaum und einem Mr. Oscar Lewis wegen der

Finanzierung eines Stücks Besprechungen geführt haben. Er war aber nicht mit ihnen zusammen, sondern telegrafierte ihnen, daß er nicht kommen könnte. Statt dessen mietete er etwa um zwölf Uhr einen Wagen und kam erst gegen sechs Uhr nach Hause zurück. Dem Kilometerzähler nach zu urteilen, ist er so weit gefahren, wie es mit unserer Annahme übereinstimmen würde. Keine Bestätigung aus Lytchett St. Mary, aber dort gibt es manchen Platz, wo er den Wagen unbemerkt hätte parken können.«

Mr. Goby rieb sich die Nase.

»Mrs. Shane behauptet, sie habe Einkäufe gemacht. In den Geschäften, in denen sie im allgemeinen kauft, ist sie nicht gewesen.

Mr. und Mrs. Banks versichern, sie seien den ganzen Tag zu Hause gewesen. Bei ihr stimmt das jedenfalls nicht! Sie ging zur Garage, holte ihren Wagen und fuhr gegen ein Uhr auf und davon. Ziel unbekannt. Kam gegen fünf Uhr zurück. Die Kilometerzahl jener Strecke ist nicht festzustellen, da sie seither jeden Tag den Wagen benutzt hat.

Über Mr. Banks haben wir etwas Merkwürdiges herausbekommen. Zunächst muß ich allerdings erwähnen, daß wir nicht wissen, was er an dem bewußten Tag getan hat. Er ging nicht in seine Apotheke, anscheinend hatte er wegen des Begräbnisses zwei Tage frei genommen. Und danach hat er gekündigt. In der Apotheke halten sie nicht viel von ihm. Scheint, daß er ab und zu merkwürdige Zustände bekommt. Wutanfälle. Seine Vorgeschichte ist hochinteressant.«

Mr. Goby blickte Poirot jetzt direkt an, was er, wie gesagt, nur höchst selten tat.

»Bis vor ungefähr vier Monaten – kurz bevor er seine Frau kennenlernte – war er in einer Nervenheilanstalt – wegen eines sogenannten Nervenzusammenbruchs. Es scheint ihm bei der Anfertigung eines Rezepts ein schwerer Fehler unterlaufen zu sein. Er arbeitete damals in einer Apotheke in Mayfair. Die Frau ist mit dem Leben davongekommen, aber er ist danach in einen schlimmen Zustand geraten. Sagte, er sei schuldig, er habe es vorsätzlich getan. Die Frau sei in der Apotheke frech und unverschämt zu ihm gewesen, sie habe sich beschwert, daß ihr letztes Rezept schlecht ausgeführt worden sei. Das habe er ihr übelgenommen und ihr daher absichtlich eine fast tödliche Dosis einer anderen Medizin gegeben. Er sagte: ›Sie mußte dafür bestraft werden, daß sie gewagt hat, mich so zu behandeln.‹ Und dann weinte er und sagte, er sei zu schlecht, um weiterzuleben, und noch mehr solche Geschichten. Die Ärzte haben ein langes Wort für diesen Zustand – Schuldkomplex oder so etwas –, sie glauben nicht, daß es Absicht war, sie glauben, es sei nur Fahrlässigkeit gewesen und er wolle sich wichtig machen.«

»*Ça se peut*«, sagte Hercule Poirot.

»Wie bitte? Jedenfalls ging er in dieses Sanatorium, wurde dort behandelt und dann als geheilt entlassen. Kurz danach lernte er Miss Abernethie kennen und bekam die Stellung in dieser respektablen, aber wenig bedeutenden Apotheke. Dort liegt nichts gegen ihn vor, aber man erzählt sich eine Geschichte von einem Kunden, der im Spaß zu ihm sagte: ›Ich möchte etwas haben, womit ich meine Frau vergiften kann‹, worauf Banks sanft und ruhig antwortete: ›Das könnte ich machen – es würde Sie zweihundert Pfund kosten.‹ Dem Mann wurde es unbehaglich zumute, und er lachte. Natürlich kann es ein Spaß gewesen sein, aber Banks scheint mir nicht sehr viel Humor zu haben.«

Poirot sagte anerkennend: »*Mon ami*, es erstaunt mich immer wieder, wie Sie Ihre Informationen bekommen. Die meisten sind doch streng vertraulicher Natur.«

Mr. Gobys Blicke schweiften im Zimmer umher, und er murmelte, erwartungsvoll auf die Tür schielend, daß es Möglichkeiten gebe ...

»Jetzt kommen wir zur ländlichen Abteilung. Mr. und Mrs. Timothy Abernethie. Haben ein schönes Haus, brauchen aber dringend finanzielle Mittel, um es zu erhalten. Scheinen in großer Geldverlegenheit zu sein. Durch Steuern und unglückliche Investitionen. Mr. Abernethie gefällt sich darin, den Kranken zu spielen, hat aber einen gesegneten Appetit und scheint recht kräftig zu sein, wenn er will.«

Mr. Goby machte eine Pause und studierte seine Notizen.

»Er war sehr schlechter Laune am Morgen nach der Beerdigung. Brüllte Mrs. Jones, die Putzfrau, an. Aß nur wenig zum Frühstück und sagte, er wolle kein Mittagessen haben. Am nächsten Tag war er noch schlechterer Laune, sagte, das Abendessen sei ungenießbar gewesen, und dergleichen mehr. Er war allein im Haus, und niemand hat ihn von 9 Uhr 30 vormittags bis zum nächsten Morgen gesehen.«

»Und Mrs. Abernethie?«

»Sie fuhr im Wagen von Enderby zu der von Ihnen angegebenen Zeit fort. Kam zu Fuß zu einer kleinen Garage in Cathstone und erklärte, daß ihr Wagen in drei Kilometer Entfernung liegengeblieben sei. Sie nahm in einem Gasthaus ein Zimmer und verlangte nur ein paar Sandwiches, da sie sagte, sie wolle sich die Gegend ansehen – das Dorf liegt am Rand des großen Moors. Sie kam erst spät am Abend in das Gasthaus zurück.«

»Um welche Zeit brach sie auf?«

»Sie bekam die Sandwiches um elf Uhr morgens. Wenn sie zur einen Kilometer entfernten Landstraße gegangen und dort per Autostop nach Wallcaster gefahren ist, könnte sie den Süd-Expreß erreicht haben, der in Reading West hält. Sie könnte gerade zur Zeit des Mordes in Lytchett St. Mary gewesen sein.«

»Der Arzt hat als spätesten Termin 4 Uhr 30 angegeben«, sagte Poirot.

Mr. Goby zuckte die Achseln.

»Wohlgemerkt, ich behaupte nicht, daß es so war. Sie scheint eine nette Dame zu sein, allgemein beliebt, und ihr Mann ist ihr ein und alles. Behandelt ihn wie ein Kind. Sie ist tüchtig und bärenstark, hackt Holz und schleppt oft große Körbe voll ins Haus. Versteht sehr viel von Automotoren und so weiter.«

»Ich wollte gerade daraufkommen. Was war eigentlich los mit dem Wagen?«

»Es scheint, daß die Ursache der Panne sehr schwer festzustellen war, und die Reparatur war ebenfalls schwierig, aber der Schaden konnte auch absichtlich von jemandem, der sich mit dem Wagen auskennt, herbeigeführt worden sein.«

»*C'est magnifique!*« meinte Poirot erbittert. »Alles paßt so gut, alles ist möglich. *Bon dieu*, können wir denn niemanden ausscheiden? Und Mrs. Helen Abernethie?«

»Der verstorbene Richard Abernethie schätzte sie sehr. Sie besuchte ihn zuletzt ungefähr vierzehn Tage vor seinem Tod.«

»Nachdem er in Lytchett St. Mary bei seiner Schwester gewesen war?«

»Nein, kurz vorher. Da ihr Einkommen seit dem Krieg erheblich gesunken ist, gab sie ihr Haus auf dem Land auf und nahm eine kleine Wohnung in London. Sie besitzt auch eine Villa auf Cypern, wo sie einen Teil des Jahres lebt. Sie hat einen jungen Neffen, zu dessen Erziehungskosten sie beisteuert, und sie unterstützt ein oder zwei junge Maler.«

»St. Helena, die Makellose«, sagte Poirot. »Und es war ihr ganz unmöglich, an dem bewußten Tag ohne Wissen des Personals Enderby zu verlassen? Sagen Sie ja, ich beschwöre Sie!«

Wieder schweiften Mr. Gobys Blicke im Zimmer umher und blieben dann auf Poirots glänzenden Lackschuhen haften.

»Es tut mir leid, daß ich das nicht sagen kann, Monsieur Poirot. Mrs. Abernethie fuhr nach London, um noch ein paar Kleider und sonstige Sachen zu holen, da sie mit Mr. Entwhistle vereinbart hatte, im Haus zu bleiben und nach dem Rechten zu sehen.«

»*Il ne manquait que ça!*« stieß Poirot heftig hervor.

13

Als Hercule Poirot die Karte Inspektor Mortons von der Berkshire County Polizei gebracht wurde, zog er die Brauen hoch.
»Führen Sie ihn herein, Georges, führen Sie ihn herein! Und bringen Sie – was bevorzugt die Polizei?«
»Ich würde sagen Bier, Sir.«
»Wie entsetzlich! Aber wie englisch! Also bringen Sie Bier!«
Inspektor Morton ging direkt auf sein Ziel los.
»Ich habe in London zu tun«, erklärte er, »und verschaffte mir Ihre Adresse, Monsieur Poirot. Zu meiner größten Überraschung sah ich Sie am Donnerstag bei einer Leichenschau.«
Monsieur Poirot neigte den Kopf.
»Sie werden sich an mich nicht mehr erinnern, Monsieur Poirot, aber ich erinnere mich sehr gut an Sie. Vom Pangbourne-Fall her.«
»Ah, Sie hatten damit zu tun?«
»In untergeordneter Stellung, ich war noch sehr jung. Es ist schon lange her, aber ich habe Sie nie vergessen.«
»Und Sie haben mich neulich sofort wiedererkannt?«
»Das war nicht schwer, Sir.«
Inspektor Morton unterdrückte ein leichtes Lächeln.
»Ihre Erscheinung ist – ziemlich ungewöhnlich.«
Sein Blick schweifte über Poirots tadellos gekleidete Gestalt und blieb schließlich an dem geschwungenen Schnurrbart haften.
»Sie fallen auf dem Lande auf.«
»Das kann sein«, stimmte Poirot selbstgefällig zu.
Der Inspektor fuhr fort: »Es würde mich interessieren, warum Sie dort waren. Verbrechen wie Raub und Mord interessieren Sie doch im allgemeinen nicht.«
»War es ein ordinärer, brutaler Mord?«
»Das frage ich mich eben.«
»Das haben Sie sich von Anfang an gefragt, nicht

wahr?«
»Ja, Monsieur Poirot. Es war nicht das, was man als ›ordinären, brutalen‹ Mord bezeichnen könnte. Der Mörder hat ihn als solchen erscheinen lassen wollen. Es könnte die Gilchrist gewesen sein, aber ich sehe kein Motiv – und es gab auch keine emotionalen Gründe dafür. Zudem hat man auch sie vergiften wollen.«
Eingehend berichtete er von dem Mordversuch durch einen vergifteten Hochzeitskuchen.
Poirot holte zischend Atem.
»Äußerst geschickt – ja – äußerst geschickt... Ich hatte Mr. Entwhistle gewarnt, hatte ihm empfohlen, auf Miss Gilchrist aufzupassen. Ein Anschlag auf sie war denkbar. Aber ich muß zugeben, daß ich nicht mit Gift gerechnet hatte, sondern an eine Wiederholung mit dem Beil glaubte. Ich hatte lediglich gedacht, es sei nicht ratsam für sie, in der Dunkelheit allein auf einsamen Wegen zu gehen.«
»Wieso rechneten Sie mit einem Anschlag auf sie, Monsieur Poirot?«
Poirot antwortete nicht, denn Georges kam mit einem großen Glas Bier herein.
»Eine kleine Erfrischung, Inspektor? – Nein, nein, ich bestehe darauf.«
»Wollen Sie mir nicht Gesellschaft leisten?«
»Ich trinke kein Bier, aber ich werde ein Gläschen Cassis nehmen... Engländer lieben das nicht, wie ich festgestellt habe.«
Inspektor Morton betrachtete zufrieden sein Bier.
Poirot, der an seinem Glas mit der dunkelroten Flüssigkeit nippte, erklärte: »Der Fall begann mit einem Begräbnis – oder richtiger gesagt, nach einem Begräbnis.«
Anschaulich, mit vielen Gesten, wiederholte er das, was Mr. Entwhistle ihm berichtet hatte, aber mit Ausschmükkungen, die seiner überschwenglichen Art entsprachen.

Als er fertig war, fragte Inspektor Morton: »Dieser Mr. Abernethie ist also vielleicht vergiftet worden?«
»Vielleicht.«
»Und die Leiche wurde verbrannt, so daß es keine Beweismöglichkeit mehr gibt?«
»Genau.«
Der Inspektor überlegte.
»Außer dem Hinweis, den Mrs. Cora Lansquenet vielleicht gehabt hatte – und sie ist tot.«
»So ist es«, bestätigte Poirot sanft. »Wir wissen nicht, mit wem sie darüber gesprochen haben könnte – und vielleicht weiß es der Mörder auch nicht.«
»Dann ist der Anschlag auf Miss Anne Gilchrist...«
»Damit war zu rechnen. Nachdem Cora zum Schweigen gebracht worden war, fürchtete der Mörder vermutlich, daß ihre Gesellschafterin etwas erfahren haben könnte. Wäre der Mörder klug gewesen, hätte er es trotzdem bei dem einen Mord bewenden lassen, aber Mörder sind selten klug. Sie brüten, sie fühlen sich unsicher, sie möchten sichergehen, ganz sicher. Sie sind begeistert von ihrer eigenen Klugheit, und so legen sie sich schließlich selbst die Schlinge um den Hals.«
Der Inspektor lächelte.
Poirot fuhr fort: »Der Versuch, Miss Gilchrist zum Schweigen zu bringen, war bereits ein Fehler. Denn nun hatte man zwei Möglichkeiten, die Untersuchungen fortzusetzen. Da ist die Handschrift auf der Begleitkarte des Hochzeitskuchens. Ein Jammer, daß das Papier verbrannt wurde.«
»Ja, dann würde man wissen, ob das Paket per Post kam oder nicht.«
»Sie haben Gründe, es anzunehmen?«
»Nur nach dem, was der Briefträger sagt – er ist sich allerdings nicht sicher. Ich habe sein Gedächtnis geprüft, und es ist in keiner Weise zuverlässig. Wenn er jedoch das Päckchen zugestellt hat, kommt es mir merkwürdig vor, daß es erst bemerkt wurde, nachdem dieser Mr. – wie

war sein Name?«
»Guthrie.«
»Ja... Mr. Guthrie dagewesen ist. Wir haben ein Auge auf ihn, Monsieur Poirot. Es ist natürlich leicht, mit der plausiblen Erklärung, ein Freund von Mrs. Lansquenet zu sein, ins Haus zu kommen. Mrs. Banks konnte ja nicht wissen, ob es stimmte.«
Er machte eine Pause und fügte dann hinzu: »Und es gibt noch andere Möglichkeiten.«
Poirot nickte. »Sie glauben...«
»Mr. George Crossfield war auch in der Gegend – aber erst am nächsten Tag. Er wollte der Beerdigung beiwohnen, hatte jedoch unterwegs eine kleine Panne. Wissen Sie etwas über ihn, Monsieur Poirot?«
»Ich habe einige Informationen über ihn und die anderen Familienmitglieder gesammelt, sie stehen zu Ihrer Verfügung. Ich habe natürlich kein Recht, den Herrschaften Fragen zu stellen, es wäre auch nicht klug von mir.«
»Ich werde behutsam vorgehen. Man soll seine Karten erst dann auf den Tisch legen, wenn man seiner Sache sicher ist.«
»Das klingt so technisch. Sie, lieber Freund, mit Ihrer Erfahrung und dem ganzen Polizeiapparat hinter sich, haben ja alle Möglichkeiten. Es geht langsam – aber sicher. Ich...«
»Ja, Monsieur Poirot?«
»Ich fahre gen Norden. Ich werde mich ein bißchen verkleiden, und dann gehe ich nach Enderby – ich beabsichtige, ein Landhaus für ausländische Flüchtlinge zu erwerben. Ich repräsentiere die UNARCO.«
»Und was ist die UNARCO?«
»›United Nations Aid for Refugee Centres Old Age‹ – die Hilfsorganisation der UNO für Flüchtlings-Altersheime. Das klingt doch gut? Ich werde die Rolle ausgezeichnet spielen.«
Inspektor Morton grinste. Er war sicher, daß Poirot das

tun würde, und er hätte ihn sehr gern in Aktion gesehen.

14

Hercule Poirot sagte zu der grimmig dreinblickenden Janet:

»Vielen Dank, Sie waren wirklich sehr freundlich«, worauf Janet, die Lippen fest aufeinandergepreßt, das Zimmer verließ.

Diese Ausländer! Und die Fragen, die dieser Mensch einem stellte! Eine Unverschämtheit! Kommt und behauptet, er sei ein Spezialist und interessiere sich besonders für außergewöhnliche Herzleiden, wie auch Mr. Abernethie eines gehabt haben soll. Zwar mochte immerhin etwas daran sein – er war wirklich sehr plötzlich verschieden, der Herr. Auch der Doktor war überrascht gewesen. Aber was ging das einen ausländischen Arzt an? Wieso kam der plötzlich und steckte die Nase in alles? Und Mrs. Helen sagte einfach: »Bitte, beantworten Sie seine Fragen, es ist sehr wichtig, daß er Bescheid weiß.« Fragen, Fragen! Was für Medikamente der Herr genommen hat! Wo sie aufbewahrt wurden! Und ob er vielleicht zu viel davon genommen habe! Als ob man sich noch an all diese Einzelheiten erinnerte! Der Herr hatte gewußt, was er tat. Und was für eine alberne Frage, ob diese Medikamente noch im Haus wären! Natürlich hatten sie alles fortgeworfen. Herzleiden – und diese komischen langen Fremdwörter, die er gebrauchte! Ach, diese Ärzte!

Der selbsternannte Heilkundige machte sich jetzt seufzend auf die Suche nach Lanscombe, dem Butler.

Aus Janet hatte er nicht viel herausbekommen, er hatte allerdings auch nicht viel von ihr erwartet. Seine Absicht war lediglich gewesen, die Informationen, die er von ihr

bekam, mit denen zu vergleichen, die ihm Helen Abernethie gegeben hatte.
Eigentlich fand er, daß er sich auf Helens Aussagen verlassen konnte, aber von Natur aus und auf Grund langjähriger Erfahrungen traute er keinem Menschen, ehe er ihn nicht gründlich geprüft hatte.
Jedenfalls waren die Auskünfte mager und unbefriedigend. Es blieb nichts als die Tatsache, daß Richard Abernethie Vitaminkapseln mit Rizinusöl eingenommen hatte, aus einer kleinen Flasche, die zum Zeitpunkt seines Todes fast leer war.
Jedermann hätte leicht mit einer Spritze in eine oder mehrere dieser Kapseln Gift hineinpraktizieren und den Inhalt der Flasche so anordnen können, daß bis zur Einnahme der tödlichen Dosis durch den Patienten Wochen verstrichen wären. Andrerseits konnte sich auch am Tag vor Richard Abernethies Tod jemand ins Haus geschlichen und den Giftmord vorbereitet haben.
Hercule Poirot hatte auf eigene Faust ein paar Versuche angestellt.
Die Haustür war zwar ständig verschlossen, aber eine Hintertür, die zum Garten führte, wurde gewöhnlich erst abends abgeschlossen. Gegen Viertel nach eins, während das Personal zu Mittag aß, hatte er vom Garten aus durch die Hintertür das Haus betreten und sich unbemerkt in Richard Abernethies Schlafzimmer im ersten Stock geschlichen.
Es war also möglich, daß jemand von draußen ungesehen in den ersten Stock gelangte.
Aber war das geschehen? Das ließ sich kaum mehr feststellen.
Nicht, daß Poirot direkt nach Beweisen suchte – er wollte sich nur über die verschiedenen Möglichkeiten klarwerden. Ob Richard Abernethie tatsächlich ermordet wurde, war einstweilen nur eine Hypothese, für den Mord an Cora Lansquenet brauchte man jedoch Beweise. Zu dem Zweck wollte er an Ort und Stelle die Menschen studie-

ren, die nach dem Begräbnis hier zusammengekommen waren. Er hatte in dieser Hinsicht bereits einen Plan ausgeheckt, aber zunächst wollte er noch einmal mit Lanscombe sprechen.

Der alte Butler war höflich, aber zurückhaltend. Obwohl weniger abweisend als Janet, betrachtete auch er diesen dahergelaufenen Ausländer mit tiefem Mißtrauen. Er legte das Ledertuch zur Seite, mit dem er liebevoll eine georgianische Teekanne bearbeitet hatte, und richtete sich steif auf.

»Ja, bitte, Sir«, sagte er höflich.

Poirot setzte sich vorsichtig auf einen Küchenstuhl.

»Mrs. Abernethie sagte mir, daß Sie ins Pförtnerhäuschen bei der nördlichen Einfahrt übersiedeln möchten, wenn Sie sich hier vom Dienst zurückziehen?«

»Jawohl, Sir. Allerdings hat sich das jetzt geändert, denn wenn der Besitz verkauft wird...«

Poirot unterbrach ihn schnell:

»Das würde nichts ändern. Für die Gärtner sind ja Unterkünfte vorhanden. Das Pförtnerhaus würde nicht für die Bewohner oder deren Pflegepersonal benötigt. Man könnte eine Regelung für Sie treffen.«

»Vielen Dank für das freundliche Angebot, Sir, aber ich glaube – die meisten – Bewohner werden doch Ausländer sein?«

»Ja. Unter den Flüchtlingen vom Kontinent gibt es viele, die alt und krank sind. Die internationale Hilfsorganisation, die ich in England vertrete, hat die nötigen Gelder aufgebracht, um einige als Altersheime geeignete Landsitze zu erwerben, und dieser hier ist gerade ideal für den Zweck. Der Kauf ist praktisch schon perfekt.«

Lanscombe seufzte.

»Der Gedanke, daß das Haus meines Herrn nicht mehr in privatem Besitz bleiben wird, stimmt mich traurig, das werden Sie mir nachfühlen können, Sir – obschon ich weiß, daß es einem guten Zweck dienen soll. Wir haben in unserem Land stets den Verfolgten Asyl gewährt, Sir,

darauf sind wir stolz; wir werden diesem Grundsatz weiterhin treu bleiben.«
»Vielen Dank, Lanscombe«, entgegnete Poirot freundlich. »Der Tod Ihres Herrn muß ein schwerer Schlag für Sie gewesen sein.«
»Jawohl, Sir. Ich war seit meiner frühesten Jugend in seinem Dienst. Ich hatte großes Glück, Sir, es gibt wohl keinen besseren Herrn, als er es war.«
»Ich habe mit meinem Freund und – eh – Kollegen Dr. Larraby gesprochen. Wir überlegten, ob Mr. Abernethie am Tag vor seinem Tod vielleicht irgendeine besondere Aufregung erlebte... Sie erinnern sich nicht mehr, ob er an dem Tag Besuch hatte?«
»Ich glaube nicht, Sir...«
Lanscombe überlegte sichtlich angestrengt.
»Am Tag vorher war der Pfarrer zum Tee hier, dann kamen ein paar Nonnen, die für irgendeinen wohltätigen Zweck sammelten, und an der Hintertür wollte ein junger Mann durchaus Bürsten und Pfannenreiniger verkaufen; Marjorie konnte ihn kaum loswerden, so aufdringlich war er. Das ist alles.«
Dem alten Mann standen die Tränen in den Augen, und Poirot drang nicht weiter in ihn. Er zog seinen Mantel an, band sich einen dicken Schal um und ging dann, gegen den rauhen Nordwind gewappnet, auf die Terrasse, wo Helen Abernethie Herbstrosen schnitt.
»Haben Sie etwas Neues erfahren?« fragte sie.
»Nein, aber ich hatte auch nicht damit gerechnet.«
»Ich weiß. Seit Mr. Entwhistle mir sagte, daß Sie herkämen, habe ich selbst wie ein Spürhund herumgeschnüffelt, konnte aber nichts entdecken.«
Sie hielt inne und fügte dann hoffnungsvoll hinzu: »Vielleicht ist doch alles nur dummes Geschwätz?«
»Mit dem Beil erschlagen zu werden?«
»Ich dachte nicht an Cora.«
»Aber ich. Warum hielt es jemand für nötig, sie zu ermorden? Mr. Entwhistle sagte mir, Sie hätten, als Cora

die bewußte Bemerkung machte, das Gefühl gehabt, etwas sei nicht in Ordnung gewesen. Stimmt das?«
»Ja – ja – aber ich weiß nicht...«
Poirot unterbrach sie. »Was war nicht in Ordnung? Was für ein Gefühl hatten Sie? Waren Sie überrascht? Oder – wie soll ich sagen – war Ihnen unbehaglich zumute, glaubten Sie, es hinge etwas Düsteres, Drohendes in der Luft?«
»Nein, das nicht. Nur etwas – ach, ich weiß es einfach nicht. Ich kann mich nicht erinnern, wahrscheinlich war es auch gar nicht wichtig.«
»Wieso können Sie sich nicht erinnern? Hat etwas anderes es aus Ihrem Sinn verdrängt? Etwas Wichtigeres?«
»Ja – ja – ich glaube, Sie haben recht. Es war die Bemerkung Coras, daß Richard ermordet worden sein könnte, vermute ich. Das verdrängte alles andere.«
»Vielleicht war es die Reaktion eines der Anwesenden auf das Wort ›Mord‹?«
»Vielleicht – aber ich kann mich nicht erinnern, jemand besonders beachtet zu haben. Wir alle starrten verblüfft Cora an.«
»Vielleicht war es etwas, das Sie gehört haben – etwas, das zu Boden fiel oder zerbrach?«
Helen runzelte angestrengt nachdenkend die Stirn.
»Nein, das glaube ich nicht...«
»Gut. Eines Tages wird es Ihnen wieder einfallen. Und es mag auch wirklich gar nicht wichtig sein. Jetzt sagen Sie mir bitte noch eines, Madame: Soviel ich weiß, blieb Mrs. Timothy Abernethie die Nacht nach der Beerdigung hier. Sagte sie etwas über Coras Bemerkung?«
»Ja, sie sagte, das Ganze sei empörend gewesen und echt Cora.«
»Sie nahm die Sache nicht ernst?«
»Nein – nein – ich bin sicher, daß sie sie nicht ernst nahm.«
Poirot fand, das zweite »Nein« habe etwas zweifelnd geklungen.

»Und Sie, Madame, nahmen Sie die Bemerkung ernst?«
Helen Abernethie, deren tiefblaue Augen unter dem gelockten grauen Haar erstaunlich jung wirkten, antwortete nachdenklich: »Ja, Monsieur Poirot, ich glaube, ich nahm sie ernst.«
»Weil Sie das Gefühl hatten, etwas sei nicht in Ordnung?«
»Vielleicht.«
Er wartete. Als sie nicht weitersprach, fragte er: »Mrs. Lansquenet stand seit vielen Jahren mit ihren Angehörigen auf Kriegsfuß?«
»Wir alle konnten ihren Mann nicht ausstehen; das kränkte sie sehr, und so wurde die Entfremdung immer größer.«
»Und dann besuchte Ihr Schwager sie plötzlich. Warum?«
»Ich weiß es nicht. Ich denke, er wußte oder spürte, daß er nicht mehr lange leben würde, und da wollte er sich mit ihr versöhnen.«
»Er sagte Ihnen nichts?«
»Mir?«
»Ja. Sie waren doch hier, als er zu ihr fuhr. Sprach er mit Ihnen nicht über seine Absicht?«
Poirot kam es so vor, als würde sie etwas zurückhaltender.
»Er sagte mir, daß er vorhabe, Timothy zu besuchen – was er auch tat. Cora erwähnte er überhaupt nicht. Wollen wir ins Haus gehen? Es ist Zeit zum Lunch.«
Zusammen gingen sie hinein; Helen nahm die Rosen mit, die sie geschnitten hatte.
An der Tür fragte Poirot: »Sie sind sicher, ganz sicher, daß Mr. Abernethie während Ihres Aufenthalts hier nichts über irgendein Familienmitglied zu Ihnen sagte, was uns irgendwie weiterhelfen könnte?«
Als sie in den Grünen Salon traten, meinte Helen seufzend: »Richard war enttäuscht von seinen Nichten und Neffen. Er äußerte sich abfällig über sie, sagte aber nichts,

aber auch wirklich gar nichts – verstehen Sie –, was auf ein Mordmotiv hindeuten könnte.«
Sie nahm eine Porzellanvase und stellte liebevoll die Rosen hinein.
»Sie ordnen die Blumen wunderbar, Madame«, sagte Poirot. »Ich bin sicher, daß Sie alles, was Sie tun, vollendet tun.«
»Vielen Dank. Ich liebe Blumen sehr. Ich glaube, sie werden sich auf dem grünen Malachittisch gut ausnehmen.«
Auf dem Malachittisch stand ein Strauß Wachsblumen unter einer Glashaube. Als sie sie hochhob, sagte Poirot plötzlich:
»Wußte Mr. Abernethie eigentlich, daß der Mann seiner Nichte Susan eine Kundin durch ein falsch ausgeführtes Rezept beinahe vergiftet hätte ... Oh, Verzeihung ...«
Er sprang auf. Das viktorianische Gebilde war Helens Händen entglitten – Poirot konnte es nicht mehr aufhalten –, es fiel zu Boden, und das Glas zerbrach. Helen stieß einen ärgerlichen Ruf aus.
»Wie dumm von mir! Aber wenigstens sind die Blumen ganz geblieben. Ich werde sie in den großen Schrank unter der Treppe stellen und eine neue Glashaube machen lassen.«
Erst als Poirot ihr geholfen hatte, die Blumen im Schrank zu verstauen, und sie beide ins Wohnzimmer zurückgegangen waren, sagte er:
»Es war meine Schuld. Ich hätte Sie nicht so erschrecken dürfen.«
»Was fragten Sie mich eigentlich? Ich habe es ganz vergessen.«
»Oh, es war nicht so wichtig, weiß es auch nicht mehr.«
Helen legte ihm die Hand auf den Arm: »Monsieur Poirot, gibt es überhaupt einen Menschen, dessen Leben den genauesten Nachforschungen standhält? Müssen Menschen in diese Angelegenheit hineingezogen wer-

den, auch wenn sie nichts damit zu tun haben – ich meine – mit ...«

»Mit dem Tod von Cora Lansquenet? Ja. Weil man alles überprüfen muß, nichts darf außer acht gelassen werden. Es stimmt allerdings – es ist eine alte Wahrheit –, daß jeder Mensch etwas zu verbergen hat. Das trifft auf uns alle zu – auch auf Sie, Madame. Darum hat sich Ihr Freund, Mr. Entwhistle, an mich gewandt, denn ich bin nicht die Polizei. Ich bin diskret, und was ich herausbekomme, geht mich persönlich nichts an. Ich muß nur alles wissen. Und da es in diesem Fall weniger Beweise als Menschen gibt – muß ich mich mit diesen Menschen beschäftigen. Ich muß mit jedem, der an der Beerdigung teilnahm, sprechen. Und es wäre vom strategischen Gesichtspunkt aus sehr günstig, wenn ich das hier an Ort und Stelle tun könnte.«

»Ich fürchte«, entgegnete Helen langsam, »daß das sehr schwierig sein wird ...«

»Nicht so schwierig, wie Sie denken. Ich habe mir schon etwas ausgedacht. Das Haus steht doch zum Verkauf. *Eh bien*, Mr. Entwhistle wird allen mitteilen, es sei verkauft, und alle Familienmitglieder einladen, an einem Wochenende herzukommen, um sich vor der Versteigerung noch einige besonders gute Möbelstücke auszusuchen. Sie sehen, es ist ganz einfach, finden Sie nicht auch?«

Helen blickte ihn durchdringend an. Ihre blauen Augen waren kalt.

»Wollen Sie jemandem eine Falle stellen, Monsieur Poirot?«

»Oh, leider weiß ich dafür nicht genug. Nein, ich möchte einige Tests vornehmen, sagen wir, Versuche anstellen.«

»Tests? Was für Tests?«

»Ich weiß es selbst noch nicht genau, das wird sich aber von selbst ergeben. Und jedenfalls, Madame, wird es besser sein, wenn Sie nichts Genaueres darüber wissen.«

»Damit Sie auch mich auf die Probe stellen können?«
»Sie, Madame, haben bereits einen Blick hinter die Kulissen getan. Es besteht nun vor allem eine Schwierigkeit: Die jungen Leute werden vermutlich ohne weiteres zusagen; aber Mr. Timothy Abernethie herzubekommen, wird schwierig sein. Wie ich höre, verläßt er sein Haus nie.«
Helen lächelte plötzlich.
»Ich glaube, daß Sie da Glück haben werden, Monsieur Poirot. Maude telefonierte gestern mit mir. Sie haben Handwerker im Haus, es wird frisch gestrichen, und Timothy leidet schrecklich unter dem Farbengeruch. Er behauptet, seine Gesundheit werde dadurch ernstlich geschädigt. Daher glaube ich, daß er nur zu gern mit Maude herkommen wird – für ein, zwei Wochen. Maude ist noch nicht imstande, sich richtig um ihn und den Haushalt zu kümmern ... Sie wissen doch, daß sie sich den Knöchel gebrochen hat?«
»Nein. Was für ein Pech!«
»Zum Glück konnten sie Coras Gesellschafterin, Miss Gilchrist, engagieren. Sie scheint sich als eine wahre Perle zu erweisen.«
»Was?« fragte Poirot scharf. »Haben Sie den Vorschlag gemacht? Oder wer?«
»Soviel ich weiß, war es Susans Idee – Susan Banks.«
»Soo! Die hübsche Susan hat das eingefädelt«, sagte Poirot gedehnt. »Haben Sie eigentlich gehört, daß Miss Gilchrist nur knapp dem Tode entronnen ist? Ihr wurde ein Stück vergifteter Hochzeitskuchen geschickt, und sie aß davon.«
»Nein!« Helen blickte verwirrt drein. »Mir fällt jetzt allerdings ein, daß Maude am Telefon sagte, Miss Gilchrist sei gerade aus dem Spital gekommen, aber ich hatte keine Ahnung, warum sie dort gewesen war. Vergiftet? Aber, Monsieur Poirot – warum denn?«
»Können Sie es sich wirklich nicht denken?«
Heftig antwortete Helen: »Gut. Alle sollen herkommen!

Stellen Sie die Wahrheit fest! Es dürfen nicht noch mehr Morde geschehen!«
»Also, Sie werden mir helfen?«
»Ja, das werde ich.«

15

Anne Gilchrist blickte sich anerkennend in der Küche um.
»Das Linoleum glänzt ja wie ein Spiegel, Mrs. Jones, wie fein Sie das gemacht haben! Und die Teekanne auf dem Küchentisch sieht so einladend aus. Sobald ich Mr. Abernethie seinen Elfuhrkaffee gebracht habe, komme ich zurück.«
Langsam ging sie die Treppe hinauf, ein Tablett mit lauter appetitlichen Sachen in der Hand. Sie klopfte an Timothys Tür, und als sie ein Knurren hörte, trat sie ein.
»Kaffee und Gebäck, Mr. Abernethie. Ich hoffe, Sie fühlen sich heute besser – es ist ein so herrlicher Tag.«
Timothy brummte argwöhnisch: »Ist auch keine Haut auf der Milch?«
»Aber nein, Mr. Abernethie, ich habe sie sorgfältig abgenommen, und für den Fall, daß sich wieder frische gebildet haben sollte, habe ich ein kleines Sieb mitgebracht. Manche Leute haben sie allerdings gern, sie sagen, sie sei der Rahm, und so ist es auch.«
»Idioten!« fauchte Timothy. »Was sind das für Biskuits?«
»Besonders leicht verdaulich.«
»Was soll das heißen? Pfefferplätzchen sind das einzige Gebäck, das schmeckt.«
»Es tut mir leid, aber der Bäcker hatte diese Woche keine. Doch diese hier sind wirklich gut. Versuchen Sie nur einmal.«

»Ich kenne das, danke... Was fummeln Sie denn da an den Vorhängen herum?«
»Ich dachte, Sie würden gern etwas Sonne haben. Es ist ein so herrlicher Tag.«
»Ich will das Zimmer dunkel haben, ich habe wahnsinnige Kopfschmerzen. Dieser Farbgestank ist schuld! Ich war immer empfindlich gegen Farben – das reinste Gift für mich.«
Anne schnüffelte und erklärte dann strahlend: »Man riecht es hier kaum noch. Die Anstreicher arbeiten ja jetzt auf der anderen Seite des Hauses.«
»Sie haben eben keine so empfindlichen Geruchsnerven wie ich. Müssen Sie mir eigentlich alle Bücher wegnehmen, die ich lese?«
»Oh, entschuldigen Sie, bitte, Mr. Abernethie, ich wußte nicht, daß Sie *alle* lesen.«
»Wo ist meine Frau? Ich habe sie schon seit über einer Stunde nicht mehr gesehen.«
»Mrs. Abernethie ruht sich im Wohnzimmer auf dem Sofa aus.«
»Sagen Sie ihr, sie möchte herkommen und sich hier ausruhen.«
»Gewiß, Mr. Abernethie. Aber vielleicht ist sie eingeschlafen. Wollen wir sagen, in einer Viertelstunde?«
»Nein, sagen Sie ihr, ich brauche sie sofort. Und lassen Sie die Decke in Ruhe, die liegt so, wie ich sie haben will.«
»Entschuldigen Sie, bitte, ich dachte, sie würde herunterrutschen.«
»Das macht mir eben nichts aus! Gehen Sie jetzt und holen Sie meine Frau.«
Anne ging hinunter und trat auf Zehenspitzen ins Wohnzimmer, wo Maude mit hochgebettetem Fuß saß und las.
»Entschuldigen Sie, bitte, Mrs. Abernethie«, sagte sie unterwürfig, »aber Mr. Abernethie verlangt nach Ihnen.«

Maude legte schuldbewußt das Buch beiseite.
»Mein Gott, ich gehe sofort hinauf.«
Sie griff nach ihrem Stock.
Kaum hatte sie das Zimmer betreten, als Timothy schnauzte: »Da bist du ja endlich!«
»Entschuldige, bitte, Liebling, ich wußte nicht, daß du mich brauchst.«
»Diese Person, die du engagiert hast, treibt mich noch zur Verzweiflung. Gackert und flattert um mich herum wie ein verrücktes Huhn. Behandelt mich, als wäre ich ein schwachsinniges Kind. Es ist zum Aus-der-Haut-Fahren!«
»Ja, das kann ich mir vorstellen. Aber, bitte, bitte, lieber Timothy, bemühe dich, nicht zu grob zu ihr zu sein. Ich bin wirklich völlig hilflos, bis ... und du sagst doch selbst, daß sie gut kocht.«
»Kochen kann sie«, gab er widerwillig zu. »Ja, sie kocht ganz gut, aber sie soll nur ja in der Küche bleiben. Sie soll nicht um mich herumtanzen.«
»Nein, Liebling, natürlich nicht. Wie geht es dir denn?«
»Sehr schlecht. Laß sofort Barton kommen, er soll mich untersuchen. Dieser Farbengestank greift mein Herz an. Und der Kaffee ist kalt«, fuhr der Kranke fort, empört auf die Tasse blickend, aus der er noch nicht getrunken hatte. »Warum kann ich nie eine Tasse wirklich heißen Kaffee bekommen?«
»Ich wärme ihn noch einmal auf.«
Anne trank in der Küche Tee und unterhielt sich freundlich, wenn auch ein wenig herablassend, mit Mrs. Jones, der Putzfrau.
»Ich tue mein möglichstes, Mrs. Abernethie alles abzunehmen«, erklärte sie. »Dieses Treppauf- und Treppabrennen ist schließlich ausgesprochen schmerzhaft für sie.«
»Sie liest ihm jeden Wunsch von den Augen ab«, pflichtete Mrs. Jones bei und rührte den Zucker in ihrer Tasse um.

»Es ist schlimm, so krank zu sein wie er.«
»Er ist gar nicht so krank«, widersprach Mrs. Jones. »Es gefällt ihm einfach, im Bett zu liegen, zu klingeln und sich fortwährend bedienen zu lassen. Aber wenn er will, kann er sehr gut aufstehen und herumlaufen. Ich habe ihn sogar schon im Dorf gesehen, wenn Mrs. Abernethie fort war. Marschiert so munter wie nur einer. Was er wirklich braucht, wie seinen Tabak oder eine Briefmarke, das holt er sich. Und darum habe ich mich auch geweigert, als er wollte, ich solle die Nacht über hierbleiben, als sie nach der Beerdigung nicht rechtzeitig zurückgekommen war.
›Tut mir leid, Sir‹, habe ich gesagt, ›aber ich muß für meinen Mann sorgen. Morgens kommen, das kann ich, aber ich muß zu Hause sein, wenn er von der Arbeit zurück ist.‹
Und ich habe mich auf nichts eingelassen. Das kann ihm nur guttun, habe ich gedacht, daß er einmal selber was tun muß. Da kann er einmal sehen, wieviel Arbeit alles macht. Und ich bin festgeblieben. Alles Knurren hat ihm nichts genutzt.«
Mrs. Jones holte tief Atem und nahm schlürfend einen langen, wohltuenden Schluck von dem dunkelfarbenen Tee.
»Ich werde die Küche noch schön ordentlich schrubben, und dann gehe ich. Die Kartoffeln sind geschält – sie stehen neben dem Spülstein.«
Obwohl etwas indigniert angesichts Mrs. Jones' ungeniertem Ton, war Anne doch sehr froh, daß eine so große Menge Kartoffeln bereits geschält war. Bevor sie etwas entgegnen konnte, läutete das Telefon, und sie lief in die Halle, um den Anruf entgegenzunehmen.
Maude Abernethie trat im oberen Stockwerk auf den Flur.
Anne meldete: »Mrs. Helen Abernethie ist am Apparat.«
»Sagen Sie, bitte, daß ich sofort komme.«

Maude humpelte langsam und unter Schmerzen die Treppe hinunter.
Anne murmelte: »Es tut mir so leid, daß Sie herunterkommen müssen, Mrs. Abernethie. Ist Mr. Abernethie mit dem Frühstück fertig? Ich hole das Tablett.«
Sie reichte Maude den Hörer.
Der Kranke empfing Anne mit einem bösen Blick und fragte, als sie das Tablett nahm, gereizt: »Wer ist am Apparat?«
»Mrs. Helen Abernethie.«
»Oh! Da werden die beiden wohl wieder eine Stunde miteinander quatschen. Frauen verlieren am Telefon jedes Zeitgefühl. Denken nie daran, was es kostet.«
Anne entgegnete völlig zutreffend, daß ja Mrs. Helen das Gespräch zahlen müsse.
Er knurrte: »Ziehen Sie den Vorhang auf. – Nein, nicht den, den andern. Ich will nicht, daß das Licht mir direkt in die Augen fällt... So ist es besser. Wenn ich auch krank bin, muß ich ja schließlich nicht den ganzen Tag im Finstern sitzen. Und holen Sie mir aus dem Bücherschrank ein grünes... was ist denn jetzt schon wieder los? Warum rennen Sie fort?«
»Es klingelt an der Haustür, Mr. Abernethie.«
»Ich habe nichts gehört. Unten ist doch die Putzfrau, oder nicht? Die soll aufmachen.«
»Jawohl, Mr. Abernethie. Welches Buch wollten Sie?«
Der Kranke schloß die Augen.
»Ich kann mich nicht mehr erinnern, Sie haben mich in meinen Gedanken gestört. Gehen Sie jetzt!«
Anne nahm das Tablett, eilte damit in die Küche, stellte es dort ab und lief dann zur Haustür.
Maude telefonierte immer noch.
Gleich darauf kam Anne zurück und sagte leise: »Entschuldigen Sie, bitte, daß ich Sie störe. Es ist eine Nonne da, sie sammelt für die ›Herz-Mariä-Stiftung‹, sagt sie. Sie hat eine Liste dabei. Die meisten Leute scheinen zwei bis fünf Shilling gegeben zu haben.«

Maude sagte: »Einen Augenblick, Helen«, und erwiderte scharf: »Dafür gebe ich nichts. Wir haben hier unsere eigenen Wohlfahrtsvereine.«
Anne eilte wieder davon; sie machte auf Maude einen merkwürdig verstörten Eindruck.
Nach ein paar Minuten beendete Maude das Gespräch mit den Worten: »Ich werde mit Timothy darüber reden.«
Nachdem sie den Hörer aufgelegt hatte, sah sie Anne, die wie versteinert an der Wohnzimmertür stand und zusammenzuckte, als Maude sie fragte:
»Was ist denn los? Fehlt Ihnen etwas, Miss Gilchrist?«
»O nein, Mrs. Abernethie. Ich habe nur etwas überlegt. Sehr dumm von mir, wo es so viel zu tun gibt.«
Anne widmete sich mit Bienenfleiß wieder ihrer Arbeit, und Maude ging mühsam die Treppe hinauf in das Zimmer ihres Mannes.
»Helen war am Telefon. Anscheinend ist das Haus nun verkauft worden ... an eine ausländische Hilfsorganisation für Flüchtlinge.«
Sie hielt inne, während Timothy sich in kräftigen Ausdrücken darüber ausließ, daß das Haus, in dem er geboren und aufgewachsen war, von ausländischem Flüchtlingspack »besetzt« werden sollte.
»Es gibt keinen Anstand mehr in unserem Land! Mein altes Heim! Ich darf gar nicht daran denken!«
Maude berichtete weiter: »Helen kann dir nachfühlen, wie dir zumute ist, und schlägt vor, daß wir vorher noch einmal hinkommen. Sie macht sich Sorgen um deine Gesundheit. Sie fürchtet, daß dich die Renovierung hier stark belästigt, und denkt, es wäre vielleicht besser für dich, nach Enderby zu gehen als in ein Hotel. Das Personal ist noch dort, so daß du deine gewohnte Bequemlichkeit hättest.«
Timothy, der den Mund bereits halb geöffnet hatte, um zu widersprechen, schloß ihn wieder. Er blickte auf einmal schlau drein und nickte zustimmend.

»Sehr rücksichtsvoll von Helen«, sagte er, »sehr rücksichtsvoll. Ich will es mir überlegen. Kein Zweifel, daß diese Farben mich vergiften ... alle Farben enthalten Arsenik, soviel ich weiß. Ich glaube, ich habe das einmal gelesen. Andrerseits könnten die Anstrengungen der Reise mir schaden. Es ist schwer zu entscheiden, was das beste ist.«

»Vielleicht gehst du lieber in ein Hotel, Liebling«, entgegnete Maude. »Ein gutes Hotel ist zwar recht teuer, aber wenn es sich um deine Gesundheit handelt ...«

Er unterbrach sie: »Ich wollte, ich könnte dir klarmachen, Maude, daß wir *keine Millionäre* sind. Warum sollten wir in ein Hotel gehen, wenn Helen uns freundlicherweise vorschlägt, nach Enderby zu kommen? Nicht, daß es ihr eigentlich zusteht, uns das vorzuschlagen – das Haus gehört ja schließlich nicht ihr. Ich kenne mich in juristischen Spitzfindigkeiten nicht aus, aber ich nehme an, es gehört uns allen gemeinsam, bis es verkauft und der Erlös geteilt ist. Ausländische Flüchtlinge! Mein Großvater würde sich im Grabe umdrehen! Ja«, seufzte er, »ich würde vor meinem Tod das alte Haus gerne noch einmal sehen.«

Maude spielte geschickt ihren letzten Trumpf aus: »Und Mr. Entwhistle hat vorgeschlagen, daß sich alle Familienmitglieder Möbel, Porzellan oder was sie sonst wollen, aussuchen, bevor die Einrichtung versteigert wird.«

Timothy richtete sich mit einem kraftvollen Ruck auf.

»Selbstverständlich müssen wir hinfahren! Es muß genau festgestellt werden, was sich jeder aussucht. Diese Männer, die die Mädchen da geheiratet haben ... nach allem, was ich von ihnen gehört habe, traue ich beiden nicht. Sie könnten versuchen, sich einen ungerechtfertigten Vorteil zu verschaffen; Helen ist viel zu nachsichtig. Als Familienoberhaupt ist es meine Pflicht, dabeizusein.«

Er stand auf und ging mit energischen, rüstigen Schritten im Zimmer auf und ab.

»Ja, eine ausgezeichnete Idee! Schreib Helen, daß wir

kommen. Vor allem denke ich dabei an dich, mein Kind. Es wird eine angenehme Abwechslung für dich sein, und du kannst dich ein wenig ausruhen. Du hast in der letzten Zeit viel zuviel getan. Die Maler können, während wir fort sind, ihre Arbeit fertigmachen, und diese Person, die Gillespie, soll hierbleiben und aufs Haus aufpassen.«
»Gilchrist«, verbesserte Maude.
Timothy winkte mit der Hand ab und sagte: »Ist ja ganz egal, wie sie heißt.«

Entsetzt rief Anne Gilchrist: »Nein, das kann ich nicht!«
Maude blickte sie erstaunt an. Am ganzen Leib zitternd erklärte Anne: »Es ist albern von mir, ich weiß... aber ich kann einfach nicht allein hier im Haus bleiben. Könnte nicht sonst noch jemand hier schlafen? Ich bleibe nicht allein im Haus!«
Sie sah Maude flehend an, die den Kopf schüttelte, da sie wußte, daß keine der Frauen aus dem Dorf außer Haus übernachten würde.
Anne jammerte verzweifelt weiter: »Sie halten mich bestimmt für hysterisch, und ich hätte mir auch nie träumen lassen, daß ich mich je so aufführen würde. Ich war nie empfindlich, aber jetzt ist alles irgendwie anders. Schon bei dem Gedanken, hier allein im Haus bleiben zu müssen, läuft es mir eiskalt den Rücken hinunter.«
»Ich verstehe Sie«, redete Maude ihr beruhigend zu, »nach allem, was Sie in Lytchett St. Mary durchgemacht haben.«
»Das wird es sein... Dabei hat es mir zunächst überhaupt nichts ausgemacht, allein in Mrs. Lansquenets Häuschen zu bleiben, nachdem... der Mord geschehen war. Es ist ganz allmählich gekommen. Sie werden es für lächerlich halten, Mrs. Abernethie, aber erst seit ich hier bin, habe ich dieses Gefühl, diese Angst, meine ich. Ich fürchte mich nicht vor etwas Bestimmtem, ich habe einfach Angst. Es ist dumm, und ich schäme mich auch. Ich

fürchte die ganze Zeit, daß etwas Entsetzliches geschehen wird ... Sogar diese Nonne jagte mir einen Schrecken ein. Oh, mein Gott, ich bin in einem schlimmen Zustand ...«

»Es wird wohl ein sogenannter nachträglicher Schock sein«, sagte Maude ohne besonderes Interesse.

»Vielleicht! Ich weiß es nicht. Oh, es ist mir höchst peinlich, undankbar zu erscheinen, nachdem Sie so gut zu mir waren ...«

Maude beruhigte sie: »Wir werden schon einen Ausweg finden.«

16

George Crossfield blieb einen Augenblick unentschlossen stehen, als er auf der anderen Straßenseite eine Frau, von der er nur den Rücken erblickte, in der Tür eines Ladens mit zwei Schaufenstern verschwinden sah. Dann nickte er vor sich hin und ging hinüber.

Der bewußte Laden stand leer, hinter den Schaufenstern gähnte eine trostlose Leere. Da die Tür bereits wieder verschlossen war, bis George hinkam, klopfte er heftig. Ein bebrillter junger Mann mit ausdruckslosem Gesicht öffnete und starrte ihn an.

»Entschuldigen Sie bitte«, sagte George, »aber ich glaube, daß meine Cousine gerade hier hereingegangen ist.«

Der junge Mann trat einen Schritt zurück, und George rief: »Guten Tag, Susan.«

Susan, die auf einer Kiste stand und mit einem Zollstab hantierte, wandte sich überrascht um.

»Hallo, George, wie kommst denn du hierher?«

»Ich sah nur deinen Rücken, war aber sicher, daß du es seist.«

»Wie klug du bist! Auch ein Rücken hat wahrscheinlich seine besonderen Merkmale.«

»Noch mehr als ein Gesicht«, stimmte er zu. »Man kann sich einen Bart ankleben und die Backen ausstopfen und das Haar färben, aber man hüte sich davor, jemandem den Rücken zu kehren.«
»Ich will es mir merken. Kannst du dir zwei Meter einundvierzig merken, bis ich es aufschreibe?«
»Natürlich. Wofür? Ein Büchergestell?«
»Nein, das sind die Raummaße... zwei Meter siebenundfünfzig hoch....«
Der bebrillte junge Mann, der von einem Fuß auf den andern getreten war, hüstelte jetzt und bemerkte schüchtern: »Entschuldigen Sie bitte, Mrs. Banks, aber wenn Sie länger hierbleiben wollen...«
»Das will ich«, entgegnete sie. »Lassen Sie mir den Schlüssel da, ich schließe nachher zu und gebe ihn im Büro ab, wenn ich fertig bin. Ist das recht?«
»Ja, vielen Dank, Mrs. Banks. Wir sind heute morgen nämlich etwas knapp an Personal, sonst würde ich...«
Susan schenkte ihm den Rest der Entschuldigungsrede, und der junge Mann verließ den Laden.
»Ich bin froh, daß wir ihn los sind«, erklärte sie. »Solche Menschen sind eine Plage. Sie reden immer gerade dann, wenn man etwas ausrechnen will...«
»Hm«, sagte George. »Mord in einem leeren Laden. Wie aufregend müßte es für die Vorübergehenden sein, die Leiche einer schönen Frau durch das Schaufenster zu sehen. Die würden glotzen wie Goldfische.«
»Was solltest du für einen Grund haben, mich zu ermorden, George?«
»Nun, ich würde den vierten Teil deiner Erbschaft kriegen. Wenn man auf Geld aus ist, wäre das Grund genug.«
Susan unterbrach ihre Arbeit, wandte sich um und betrachtete ihn prüfend; ihre Augen weiteten sich.
»Du siehst verändert aus, George. Es ist wirklich... erstaunlich.«
»Verändert? Wieso?«

Sie setzte sich auf eine Kiste und zündete sich eine Zigarette an.
»Hast du die Erbschaft von Onkel Richard so dringend nötig gehabt, George?«
»Kein Mensch wird heutzutage behaupten, er hätte Geld nicht nötig«, erwiderte er kühl.
»Du hast in der Tinte gesessen, nicht wahr?«
»Geht dich das etwas an, Susan?«
»Es interessiert mich nur.«
»Willst du hier ein Geschäft einrichten?« fragte er.
»Ich kaufe das ganze Haus.«
»Angenehm, so viel Geld zu haben, nicht wahr, Susan?«
Trotz seines boshaften Tons entgegnete sie, tief Atem holend:
»Ich muß offen gestehen, daß ich es herrlich finde. Meine Gebete sind erhört worden.«
»Töten Gebete ältere Verwandte?«
Susan schenkte seiner Bemerkung keine Beachtung.
»Dieses Haus ist geradezu ideal für uns. Im ersten Stock werde ich eine fabelhafte Wohnung einrichten.«
»Und was willst du hier unten machen? Haute Couture?«
»Nein, einen Schönheitssalon. Pflanzenpräparate, Gesichtscreme!«
»Das ganze Arsenal!«
»Es gehört eben dazu. Und macht sich bezahlt. Man muß der Sache nur einen persönlichen Anstrich geben!«
George musterte seine Cousine. Er bewunderte ihre etwas unregelmäßigen Züge, den schön geschwungenen Mund, die blühenden Farben. Alles in allem ein ungewöhnliches, ein lebendiges, energisches Gesicht. Susan würde bestimmt Erfolg haben!
»Ja«, sagte er, »ich glaube, du hast die nötigen Qualitäten. Hattest du so etwas schon lange im Sinn?«
»Über ein Jahr.«

»Warum hast du es nicht dem guten alten Onkel gesagt? Er hätte dich vielleicht finanziert.«
»Ich habe es ihm vorgeschlagen.«
»Und er hat nicht angebissen? Das wundert mich. Er hätte doch merken müssen, daß du aus seinem Holz geschnitzt bist.«
Vor Georges innerem Auge tauchte ein Bild eines anderen Menschen auf, er sah einen dünnen, nervösen, mißtrauisch dreinblickenden jungen Mann – Susans Gatten.
»Und was wird dein Greg dabei machen?« fragte er. »Will er die Pillendreherei aufgeben?«
»Natürlich. Auf der hinteren Seite des Hauses werden wir ein Laboratorium anbauen. Wir machen unsere eigenen Schönheitspräparate.«
George unterdrückte ein Grinsen. Gern hätte er gesagt: »Also Kindchen soll ein Spielzeug haben«, schluckte es aber hinunter. Er unterdrückte die Bemerkung nicht aus verwandtschaftlicher Rücksicht, sondern weil er das Gefühl hatte, Susans Liebe zu ihrem Mann sei etwas, das vorsichtig behandelt werden mußte. Er hatte sich schon immer über diesen Gregory gewundert. Ein merkwürdiger Kauz, so unscheinbar – und doch mußte irgend etwas an ihm sein ...
Er betrachtete Susan, die ruhig lächelte.
»Du bist eine echte Abernethie«, sagte er, »die einzige von der Familie. Für Onkel Richard war es bestimmt eine große Enttäuschung, daß du eine Frau bist. Ich würde wetten, daß du den ganzen Kram geerbt hättest, wenn du ein Junge gewesen wärst.«
Susan entgegnete langsam: »Ja, das glaube ich auch – aber jetzt ist ja alles in bester Ordnung, alles ist so gekommen, wie ich wollte.«
Diese Worte riefen in ihm ein ungemütliches Gefühl hervor. Er mochte Frauen nicht, deren Tüchtigkeit mit so viel Kaltblütigkeit gepaart war.
Das Thema wechselnd, fragte er: »Hat dich übrigens

Helen zum Wochenende nach Enderby eingeladen?«
»Ja, es scheint, daß sie die ganze Sippschaft versammeln will.«
George lachte boshaft.
»Vielleicht, weil jemand ein kostbareres Möbelstück wählen könnte als der andere?«
Auch Susan lachte.
»Ach, ich glaube, das wird alles genau taxiert werden. Ich hätte ganz gern ein paar Andenken an den Begründer des Familienvermögens. Außerdem fände ich es ganz amüsant, ein paar echte viktorianische Prunkstücke in unserer Wohnung zu haben. Da war zum Beispiel ein grüner Malachittisch im Wohnzimmer. Um den herum könnte man eine ganze Farbensymphonie aufbauen. Du kommst doch auch?«
»Natürlich – allein schon, um aufzupassen, daß alles mit rechten Dingen zugeht. Rosamund wird vielleicht deinen grünen Malachittisch für ein Bühnenbild haben wollen.«
Susan lachte nicht, sondern runzelte die Stirn.
»Hast du Rosamund in letzter Zeit gesehen?«
»Seit wir zusammen dritter Klasse vom Begräbnis heimfuhren, habe ich die schöne Cousine nicht mehr gesehen.«
»Ich war ein- oder zweimal mit ihr zusammen – sie – sie kam mir ziemlich merkwürdig vor.«
»Vielleicht war sie überwältigt davon, genügend Geld für eine schauerliche Aufführung zu haben, in der sich ihr Michael lächerlich machen kann.«
»Michael ist immerhin ein guter Schauspieler, der die Leute zu packen versteht. Im Gegensatz zu Rosamund, die schön, aber hoffnungslos unbegabt ist.«
»Arme, schöne, unbegabte Rosamund.«
»So dumm, wie man meinen könnte, ist Rosamund auch wieder nicht. Manchmal sagt sie Dinge, die ausgesprochen scharfsinnig sind und die man ihr nie zugetraut hätte. Sie ist geradezu ein Rätsel.«

»So wie unsere selige Tante Cora...«
»Ja...«
Beide überfiel plötzlich ein unbehagliches Gefühl, heraufbeschworen durch die Erinnerung an Cora Lansquenet.
Dann sagte George mit schlecht gespielter Gelassenheit:
»Da wir gerade von Cora reden – was ist eigentlich aus ihrer Gesellschafterin geworden? Ich finde, man sollte etwas für sie tun.«
»Etwas für sie tun? Was meinst du damit?«
»Meiner Ansicht nach ist es die Pflicht der Familie. Cora war schließlich unsere Tante – und ich habe mir gedacht, daß es für diese Frau schwer sein wird, eine neue Stellung zu finden.«
»Hast du dir gedacht? Wie nett!«
»Ja, jeder fürchtet schließlich um seine Haut. Ich will nicht sagen, die Brotgeber hätten Angst, daß diese Miss Gilchrist mit einem Beil auf sie losginge – aber irgendwie wird jeder sie mit dieser Mordgeschichte in Verbindung bringen. Die Leute sind nun mal mißtrauisch.«
»Wie merkwürdig, daß du dir darüber Gedanken gemacht hast, George.«
»Merkwürdig? Was ist daran merkwürdig? Ich finde, wir sollten etwas für sie tun, ihr eine kleine Rente aussetzen oder so etwas, um sie über Wasser zu halten. Wir sollten sie nicht ganz aus den Augen verlieren.«
»Da brauchst du dir keine Sorgen zu machen«, erwiderte Susan trocken. »Ich habe mich bereits darum gekümmert; sie ist bei Timothy und Maude in Stellung.«
George blickte erstaunt drein.
»Ist das – ist das klug, Susan?«
»Es war das Beste, was mir im Augenblick einfiel.«
Er betrachtete sie forschend.
»Du bist deiner Sache wohl sehr sicher, Susan? Du weißt, was du tust, und du hast keine – Gewissensbisse?«
Leichthin antwortete sie: »Das wäre Zeitverschwendung – sich Gewissensbisse zu machen.«

17

Michael schob den Brief über den Tisch und fragte: »Was sollen wir tun?«

»Hingehen. Meinst du nicht?« antwortete Rosamund.

Nachdenklich erwiderte er: »Ja, gut. Ich möchte nämlich ein paar Skizzen von Enderby machen – vor allem im Wohnzimmer; vom Kamin zum Beispiel und diesem geschwungenen Sofa. Sie wären gerade die richtigen Requisiten für ›Die Fortschritte Seiner Lordschaft‹ – falls wir es wieder aufführen.«

Er stand auf und schaute auf seine Uhr.

»Oh, jetzt muß ich aber gehen, Rosenheim erwartet mich. Es wird spät werden, ich esse mit Oscar zu Abend.«

»Der liebe Oscar. Er wird sich freuen, dich nach so langer Zeit wiederzusehen. Grüß ihn schön von mir.«

Michael blickte sie scharf an.

»Was soll das heißen – ›nach so langer Zeit‹? Es hört sich an, als hätte ich ihn seit Monaten nicht mehr gesehen.«

»Das stimmt doch auch, oder?« murmelte Rosamund.

»Nein. Wir haben ja erst vor einer Woche zusammen zu Mittag gegessen.«

»Wie merkwürdig, das muß er völlig vergessen haben. Er rief gestern an und sagte, er habe dich seit der Premiere von ›Tilly‹ nicht mehr gesehen.«

»Der alte Trottel ist nicht mehr recht bei Sinnen«, entgegnete Michael lachend.

Rosamund, die ihre blauen Augen weit aufriß, sah ihn ironisch an.

»Du hältst mich wohl für sehr blöd, Mick?«

»Aber, Liebling, bestimmt nicht.«

»Doch. Ich weiß, daß du neulich nicht mit Oscar zusammen warst. Ich weiß auch, mit wem du zusammen warst. Es war dumm von dir, mich zu belügen.«

»Aber, Rosamund ...«, rief er aufbrausend, hielt jedoch inne, als seine Frau sanft sagte: »Wir wollen doch dieses Stück aufführen, nicht wahr?«

»Wollen? Es ist die Rolle meines Lebens.«
»Ja – das meine ich auch, es ist eine wunderbare Rolle für dich. Aber man darf nicht zu viele Risiken eingehen.«
Er starrte sie an und sagte langsam:
»Es ist dein Geld – ich weiß. Wenn du es nicht riskieren willst ...«
»Es ist unser Geld, Liebling!« korrigierte Rosamund. »Das wollen wir auf keinen Fall vergessen.«
»Hör zu, Liebling. Die Rolle der Eileen ist doch genau richtig für dich.«
Sie lächelte.
»Ich will sie nicht spielen.«
»Mein liebes Kind!« Michael war bestürzt. »Was ist in dich gefahren?«
»Nichts.«
»Doch. Du bist seit einiger Zeit verändert – bist niedergeschlagen, nervös. Was ist los?«
»Nichts. Ich möchte dir nur dringend raten – vorsichtig zu sein, Mick. Du denkst immer, du kannst alles durchsetzen, und jeder glaubt, was du sagst. Es war dumm von dir, letzthin zu behaupten, du wärst mit Oscar zusammengewesen.«
Michael errötete vor Unwillen.
»Und du? Du hast gesagt, du hättest mit Jane Besorgungen gemacht. Das stimmt auch nicht. Jane ist in Amerika – seit Wochen.«
»Ja, das war dumm von mir«, gab sie zu. »Ich machte nur einen Spaziergang – im Regent's Park.«
»Im Regent's Park? Noch nie in deinem Leben bist du im Regent's Park spazierengegangen. Was soll das heißen? Hast du einen Freund? Du kannst sagen, was du willst, Rosamund, aber irgend etwas ist los mit dir. Nur was?«
»Ich habe über vieles nachgedacht. Was wir tun sollen – unsere Lage hat sich doch entscheidend verändert. Wir müssen überlegen und Pläne schmieden. Wir sind noch nicht übern Berg, wir sind erst am Anfang ...«
»Rosamund ...«

Rosamund saß wie geistesabwesend da; mit weitgeöffneten Augen starrte sie Michael an, schien ihn aber nicht zu sehen. Erst als er zum drittenmal ihren Namen nannte, schreckte sie leicht zusammmen und wachte aus ihrer Versunkenheit auf.

»Ich überlegte«, murmelte sie, »ob ich in dieses Nest fahren soll – nach Lytchett St. Mary, um mit dieser Miss – wie heißt sie schon? – zu sprechen, mit der Gesellschafterin von Tante Cora.«

»Warum denn?«

»Sie wird doch bald fortgehen, zu Verwandten, oder eine neue Stelle antreten, und ich bin der Ansicht, wir sollten sie nicht gehenlassen, ehe wir sie gefragt haben.«

»Was gefragt?«

»Wer Tante Cora ermordet hat.«

Michael starrte sie entgeistert an.

»Du meinst – sie weiß es?«

»Ich nehme es an – sie war schließlich im Haus«, antwortete Rosamund.

»Aber dann hätte sie es doch der Polizei gesagt.«

»Ich meine nicht, daß sie es bestimmt weiß, aber sicherlich wird sie ihre Vermutungen haben. Vor allem wird sie wissen, was Onkel Richard gesagt hat, als er dort war.«

»Aber das kann sie doch kaum gehört haben.«

»Doch, Liebling.«

Rosamund sprach so sanft, als wolle sie einem unvernünftigen Kind etwas erklären.

»Ich vermute, daß sie an der Tür gelauscht hat.«

»Meinst du wirklich?«

»Ich bin sogar sicher. Es muß ziemlich langweilig sein – zwei so alte Frauen in einem kleinen Haus, und nichts passiert jemals außer abwaschen, spazierengehen, die Katze füttern und dergleichen spannende Dinge mehr. Natürlich hat sie gehorcht und heimlich Tante Coras Briefe gelesen. Jeder in ihrer Situation würde das tun.«

Michael betrachtete sie mit einem ganz seltsamen Blick – so als sähe er seine Rosamund zum erstenmal.

»Würdest du so etwas tun?« fragte er verwirrt.
»Ich würde gar nicht erst in so ein einsames Haus aufs Land ziehen.«
Rosamund schauderte.
»Ich würde sterben vor Langeweile.«
»Ich meine – würdest du fremde Briefe lesen ... und so was.«
Rosamund antwortete ganz ruhig:
»Wenn ich etwas Bestimmtes wissen will – ja. Jeder würde das tun, meinst du nicht?«
Ihre Blicke trafen sich.
»Der Mensch ist eben neugierig«, erklärte sie. »Er will immer alles wissen. Dagegen ist kein Kraut gewachsen. Miss Gilchrist wird es nicht anders ergangen sein. Ich bin sicher, sie weiß, wer es getan hat.«
Michael fragte dumpf:
»Rosamund, wer, glaubst du, hat Cora ermordet? Und den alten Richard?«
Wieder blickte sie ihn durchdringend an.
»Liebling – sei nicht so dumm –, du weißt es so gut wie ich. Aber es ist viel, viel besser, nicht darüber zu reden. Also lassen wir es.«

18

Hercule Poirot saß in der Bibliothek am Kamin und betrachtete die im Raum Versammelten. Er hatte gewünscht, daß sie hier zusammenkämen, und so war es geschehen. Aber nun fragte er sich, was er mit ihnen anfangen sollte.
Seine Augen glitten nachdenklich über Susan, die aufmerksam um sich blickte und offensichtlich gespannt der Dinge harrte, die da kommen sollten; gingen über zu ihrem Mann, der mit leerem Blick dasaß und eine Schnur um die Finger drehte. Dann kam George Crossfield,

gutaussehend und offensichtlich rundum zufrieden mit sich. Er erzählte der nicht sehr interessierten Rosamund irgend etwas über Atlantik-Kreuzfahrten... Der charmante Michael, die leicht beunruhigt wirkende Helen, Timothy im besten Lehnstuhl des Hauses, versehen mit einem Extrakissen, Maude, immer auf dem Sprung, ihrem Mann irgend etwas zu holen, und schließlich Miss Gilchrist.
Seufzend trank er seinen Kaffee. Es gab für ihn keinen direkten Weg zur Wahrheit. Er wußte, daß er nur eine umständliche, aber sichere Methode anwenden konnte. Er würde Gespräche führen müssen, viele Gespräche. Und schließlich, entweder durch eine Lüge oder durch eine Wahrheit, würde sich einer verraten.
Helen hatte ihn den Anwesenden vorgestellt, und er hatte gegen den allgemeinen Unwillen kämpfen müssen, den seine Anwesenheit – die Anwesenheit eines Fremden, noch dazu eines Ausländers – bei diesem Familientreffen auslöste.
Geschickt hatte er es gedeichselt, mit jedem einzelnen ein Tête-à-tête auf der Terrasse zu haben, um Feststellungen machen zu können und daraus seine Folgerungen zu ziehen.
Es war eine Überraschung für ihn gewesen, Anne Gilchrist hier vorzufinden, und er hatte mit ihr über die verschwundene Herrlichkeit ihrer Teestube geplaudert und über die richtige Zubereitung von Brioches und Schokolade-Eclairs. Er war sogar mit ihr in den Gemüsegarten gegangen, um die Verwendung der verschiedenen Kräuter zu erörtern.
Dann hatte er mindestens eine Stunde lang Timothys Gejammere über seinen Gesundheitszustand angehört und seine Klagen über den Farben-»Gestank«, der durch die Renovierung des Hauses entstanden war.
Farben? Malerei? Poirot runzelte die Stirn. Irgend jemand anders hatte doch auch etwas von Malerei gesagt – war es Mr. Entwhistle?

Es war verschiedentlich von Malerei gesprochen worden. Über Pierre Lansquenet als Maler. Über Coras künstlerische Produkte, von denen Miss Gilchrist hingerissen war und die Susan geringschätzig abgetan hatte.
»Genau wie Postkarten«, sagte sie. »Ich bin sicher, daß sie einfach Ansichtskarten kopiert hat.«
Anne Gilchrist war empört gewesen und hatte scharf erwidert, daß die liebe Mrs. Lansquenet immer nur nach der Natur gemalt habe.
»Das stimmt nicht, Cora hat geschwindelt«, sagte Susan zu Poirot, nachdem Anne das Zimmer verlassen hatte.
»Woher wissen Sie das?« Poirot betrachtete Susans energisches Kinn. ›Sie wird ihrer Sache immer sicher sein‹, dachte er, ›vielleicht aber wird sie eines Tages zu sicher sein ...‹
Susan fuhr fort: »Ich will es Ihnen sagen, aber verraten Sie es nicht der Gilchrist. Eine dieser Landschaften stellt Polflexan dar, die Bucht, den Leuchtturm und den Quai – das übliche Bild, das alle Amateure malen. Aber der Quai wurde im Krieg völlig zerbombt, und da Tante Cora die Skizze erst vor zwei Jahren gemacht hat, kann sie einfach nicht nach der Natur sein. Die Ansichtskarten, die dort verkauft werden, zeigen heute noch immer den Quai, wie er vor dem Krieg war. Ich fand eine in ihrem Schlafzimmer in der Kommode. Es ist zu amüsant, wenn man seinen lieben Mitmenschen auf die Schliche kommt.«
»Ja, das ist wirklich amüsant.«
Er überlegte einen Moment und beschloß dann, sie in die Enge zu treiben.
»Sie erinnern sich nicht an mich, Madame«, begann er, »aber ich mich an Sie. Wir sehen uns nicht zum erstenmal!«
Sie sah ihn erstaunt an, und er nickte ihr freundlich zu.
»Ja, ja, das stimmt. Ich saß in einem Automobil, gut vermummt. Sie sprachen mit dem Mechaniker einer Garage. Sie nahmen keine Notiz von mir – was verständlich ist. Also, ich saß in einem Wagen – ein älterer,

vermummter Ausländer. Aber ich bemerkte Sie, denn Sie sind jung und hübsch, ein herzerfrischender Anblick, und Sie standen in der Sonne. Als ich hierherkam und Sie sah, dachte ich: ›*Tiens!* Was für ein Zufall!‹«

»In einer Garage? Wo? Wann?«

»Kürzlich – vielleicht vor einer Woche. Im Augenblick kann ich mich nicht entsinnen, wo es war, ich bin so viel im Land umhergereist«, log er; er sah im Geiste die Garage von »King's Arms« deutlich vor sich.

»Um ein passendes Haus für Ihre Flüchtlinge zu suchen?«

»Ja. Man muß dabei so vieles in Betracht ziehen: Preis, Gegend, Umbaumöglichkeiten und so weiter.«

»Ich vermute, Sie werden das Haus stark verändern müssen. Eine Menge schrecklicher Teilungen – also große Räume in kleine etc.«

»Was die Schlafzimmer angeht, schon. Aber die meisten der unten gelegenen Räume wollen wir nicht antasten.«

Er machte eine kurze Pause, bevor er fortfuhr.

»Stimmt es Sie traurig, Madame, daß dieser alte Familiensitz nun von – Fremden bewohnt werden soll?«

»Nein, gewiß nicht.«

Susan blickte ein wenig belustigt.

»Ich denke, es ist eine ausgezeichnete Idee. Ich bin kein bißchen sentimental. Außerdem ist es nicht *mein* Heim. Meine Eltern lebten in London. Nur zu Weihnachten kamen wir immer her. Ich fand es von jeher ziemlich protzig – ein indezenter Tempel des Reichtums.«

Poirot wechselte das Thema und fragte Susan nach ihren Zukunftsplänen. Sie ging ausführlich darauf ein, wobei sie unbewußt viel von sich selbst enthüllte.

»Was für ein Glück«, sagte er, »daß Sie sich keine Einschränkungen auferlegen müssen wie so viele ärmere Menschen. Ohne Kapital kommt man heutzutage nicht weit. Schöpferische Ideen zu haben und sie aus Mangel an Mitteln nicht ausführen zu können – das muß beinahe unerträglich sein.«

»Ich hätte es auch nicht ertragen. Aber ich hätte das Geld

irgendwie aufgetrieben – irgend jemand hätte es mir schon vorgestreckt. Man muß jede Gelegenheit beim Schopf packen!« Sie holte tief Atem. »Ja, das muß man.«
Poirot, der über sie hinweggeblickt hatte, sagte vergnügt: »Oh, da kommt Ihr Mann – wir sprachen gerade von Gelegenheiten, Mr. Banks. Die goldenen Gelegenheiten, die mit beiden Händen gepackt werden müssen. Wie weit kann man mit gutem Gewissen gehen? Sagen Sie uns Ihre Meinung.«
Aber es war ihm nicht beschieden, Gregory Banks' Ansicht über Gelegenheiten oder über sonst etwas zu erfahren. Er sah sich außerstande, überhaupt ein Gespräch mit Gregory Banks zu führen. Banks hatte eine merkwürdige Art, auszuweichen. Entweder auf eigenen Wunsch hin oder auf den seiner Frau schien er keinerlei Lust zu einem Tête-à-tête oder zu einer ruhigen Unterhaltung zu haben.
Aber mit Maude Abernethie hatte er gesprochen – auch über Farben und deren Geruch, und was für ein Glück es sei, daß Timothy nach Enderby habe kommen können, und wie nett es von Helen gewesen sei, die Einladung auch auf Anne Gilchrist auszudehnen.
»Sie ist wirklich höchst nützlich«, erklärte Maude. »Ich halte es direkt für ein Geschenk der Vorsehung, daß sie die Nerven verlor und nicht allein in unserem Haus bleiben wollte, obwohl es mich, wie ich zugeben muß, zuerst ein wenig ärgerte.«
»Sie verlor die Nerven?« fragte Poirot interessiert.
Er hörte aufmerksam zu, als Maude ihm erzählte, wie Anne Gilchrist plötzlich die Fassung verlor.
»Sie hatte Angst, sagen Sie? Und sie konnte nicht genau sagen, wovor? Das ist interessant, höchst interessant. War an diesem Tag etwas Besonderes vorgefallen?«
»Nein, nicht daß ich wüßte. Die Angst scheint sie erst überkommen zu haben, nachdem sie Lytchett St. Mary verlassen hatte, sagte sie. Solange sie dort war, habe sie nichts dergleichen gespürt.«

Und weil sie so furchtlos war, hatte man ihr ein Stück vergiftete Hochzeitstorte geschickt, dachte Poirot. Daß sie sich von da an ängstigte, war allerdings keineswegs erstaunlich... Und als sie in die ruhige Gegend von Stansfield Grange übersiedelte, war die Angst auch nicht verschwunden, im Gegenteil, sie hatte sich verstärkt. Warum? Hätte vielleicht die Pflege eines anspruchsvollen Hypochonders, wie Timothy einer war, die Angst verscheuchen oder in bloßen Ärger verwandeln sollen? Aber etwas in Timothys Haus hatte Anne Angst eingejagt. Was? Wußte sie es überhaupt selbst?
Als Poirot vor dem Abendessen kurz mit Anne allein war, lenkte er das Gespräch mit der hemmungslosen Neugier des Ausländers auf dieses Thema.
»Es ist unmöglich, verstehen Sie, mit den Angehörigen über den Mord zu sprechen. Doch es beschäftigt mich, das ist wohl begreiflich. Ein grauenvoller Mord – eine sensible Künstlerin in ihrem einsamen Häuschen erschlagen. Entsetzlich für die Familie. Aber auch entsetzlich für Sie, stelle ich mir vor, denn wie mir Mrs. Maude Abernethie sagte, waren Sie zu der Zeit dort?«
»Ja, ich war dort, aber, entschuldigen Sie bitte, Monsieur Pontarlier, ich möchte nicht darüber sprechen.«
»Ah, das verstehe ich – das verstehe ich nur zu gut.«
Nachdem er das gesagt hatte, wartete Poirot. Wie er vorausgesehen hatte, begann Anne auch sofort »darüber« zu sprechen. Und erst, nachdem sie erschöpfend geschildert hatte, wie ihr selbst zumute war, was der Arzt gesagt hatte, wie freundlich Mr. Entwhistle zu ihr gewesen sei, ging Poirot vorsichtig zum nächsten Punkt über.
»Es war klug von Ihnen, finde ich, daß Sie nicht allein in Mrs. Lansquenets Haus geblieben sind.«
»Oh, das wäre mir unmöglich gewesen, Monsieur Pontarlier, ich hätte es nicht ertragen.«
»Ich verstehe. Ich verstehe auch, daß Sie sogar im Haus von Mr. Timothy Abernethie nicht allein bleiben wollten.«

Anne blickte beschämt drein.
»Es ist mir schrecklich peinlich. Es ist so töricht. Ich wurde plötzlich von einer Art Panik befallen, ich weiß gar nicht warum.«
»Aber das ist doch nur natürlich. Sie hatten sich gerade etwas von einem niederträchtigen Giftmordversuch erholt...«
Nun seufzte Anne und erklärte, sie verstehe es einfach nicht. Warum hatte jemand sie vergiften wollen?
»Aber das ist doch klar: Weil dieser Verbrecher, dieser Mörder, dachte, daß Sie etwas wissen, was zu seiner Verhaftung durch die Polizei führen könnte.«
»Aber was sollte ich wissen? Irgendein gräßlicher Vagabund oder ein bösartiger Halbirrer wird den Mord verübt haben.«
»Ob es ein Vagabund war? Mir kommt es nicht so vor...«
»Aber, Monsieur Pontarlier«, entgegnete Anne auf einmal sichtlich unruhig. »So etwas dürfen Sie nicht sagen, das kann ich nicht glauben.«
»Was können Sie nicht glauben?«
»Ich kann nicht glauben, daß es nicht ein – ich meine – daß es ein...«
Verwirrt hielt sie inne.
»Und dennoch«, erwiderte Poirot scharf, »glauben Sie es.«
»Nein, ich glaube es nicht. Ich glaube es nicht!«
»Sie glauben es! Und darum haben Sie auch Angst. Sie haben immer noch Angst, nicht wahr?«
»Nein, nein, seit ich hier bin, nicht mehr. Hier sind so viele Menschen, und es herrscht eine so reizende, gemütliche Atmosphäre. O nein, hier fühle ich mich ganz wohl.«
»Mir kommt es vor – Sie müssen mein Interesse entschuldigen, aber ich bin ein alter Mann, schon etwas hinfällig, und ich verwende viel Zeit darauf, eitle Überlegungen über Dinge anzustellen, die mich gerade fesseln –, also

mir kommt es so vor, als ob in Stansfield Grange ein bestimmter Vorfall, irgend etwas Banales vielleicht, Ihre Angst noch gesteigert hat. Können Sie sich gar nicht erinnern, was es gewesen ist?«
Einen Augenblick überlegte Anne, dann sagte sie überraschend: »Wissen Sie, Monsieur Pontarlier, ich glaube, es war die Nonne.«
Bevor Poirot ihre Worte richtig begreifen konnte, traten Susan und ihr Mann ins Zimmer, gefolgt von Helen.
Eine Nonne?, dachte Poirot. Wo habe ich in diesem Zusammenhang schon etwas von einer Nonne gehört?

19

Die Familie war sehr nett zu Monsieur Pontarlier, dem Vertreter der UNARCO. Und wie recht er gehabt hatte, sich dieser Initialen zu bedienen! Alle hatten sie sie als einen feststehenden Begriff hingenommen, hatten sogar vorgegeben, darüber Bescheid zu wissen. Er war gewissermaßen eine fremdländische Sehenswürdigkeit geworden. Es herrschte zwar die Meinung vor, daß Helen es hätte vermeiden sollen, ihn gerade an diesem Wochenende ins Haus zu bringen, doch da er nun einmal da war, mußte man sich damit abfinden.
Zum Glück schien dieser komische kleine Ausländer nicht viel Englisch zu können. Oft verstand er nicht, was man zu ihm sagte, und wenn sie durcheinandersprachen, schien er wie ein Fisch auf dem Trockenen zu zappeln.
Mehr oder weniger von allen vergessen, saß Hercule Poirot gemütlich in seinen Sessel zurückgelehnt, schlürfte seinen Kaffee und betrachtete die Anwesenden, wie eine Katze das Flattern und das Hin und Her eines Vogelschwarms beobachtet. Die Katze war noch nicht zum Sprung bereit...
Nachdem Richard Abernethies Erben vierundzwanzig

Stunden lang das Haus durchstöbert und alles genau inspiziert hatten, wußte jeder, was er haben wollte, und war bereit, dafür zu kämpfen.
Zunächst drehte sich die Unterhaltung um ein Spode-Dessert-Service, das sie gerade benutzt hatten.
»Ich werde wohl nicht mehr lange zu leben haben«, verkündete Timothy mit schwacher, melancholischer Stimme, »und Maude und ich haben keine Kinder. Daher lohnt es sich kaum, uns mit unnützem Besitz zu beschweren, aber aus sentimentalen Gründen möchte ich sehr gern dieses Dessert-Service haben; es erinnert mich an die guten alten Tage. Damit wäre ich völlig zufrieden – dazu vielleicht noch den Louis-quatorze-Sekretär im Weißen Boudoir.«
»Da kommst du leider zu spät, Onkel«, sagte George mit freundlicher Nonchalance. »Ich habe heute morgen Helen gebeten, das Service für mich vorzunotieren.«
Timothy wurde puterrot.
»Vornotieren – vornotieren? Was soll das heißen? Bisher ist doch noch nichts festgelegt. Und was willst du mit einem Dessert-Service? Du bist doch nicht verheiratet?«
»Ich sammle Spode. Und das hier ist ein besonders schönes Service. Aber den Sekretär kannst du gern haben, Onkel, den würde ich nicht einmal geschenkt nehmen.«
Mit einer Handbewegung lehnte Timothy den Sekretär ab.
»Also hör mal, junger Mann, du kannst doch nicht mit dem Kopf durch die Wand rennen! Ich bin älter als du – und ich bin Richards einziger überlebender Bruder. Das Dessert-Service gehört mir!«
»Warum nimmst du nicht das Dresdner Porzellan, Onkel? Wirklich schöne Stücke – und, ich bin sicher, auch voller sentimentaler Erinnerungen. Wer zuerst kommt, mahlt zuerst.«
»Unsinn – nichts dergleichen!«

Timothy spuckte Gift und Galle.
»Bitte, George, reg deinen Onkel nicht unnötig auf«, bemerkte jetzt Maude scharf. »Das ist sehr schlecht für ihn. Natürlich wird er sich das Spode-Service nehmen, wenn er es will! *Er* hat die erste Wahl, dann könnt ihr jungen Leute euch was raussuchen. Er war Richards Bruder, wie er schon sagte, und du nur sein Neffe.«
»Und ich will dir noch was sagen« – Timothy wurde zusehends wütender –, »wenn Richard ein korrektes Testament gemacht hätte, wäre die Verfügungsgewalt über dieses Haus und alles, was darin ist, ganz und gar in meiner Hand. Das wäre der richtige Weg gewesen, diesen Besitz zu vererben. Und da das nicht geschehen ist, kann ich nur fragwürdige, unrechtmäßige Einflüsse vermuten. Ja – und ich möchte das ausdrücklich wiederholen – *fragwürdige, unrechtmäßige* Einflüsse.«
Timothy faßte seinen Neffen starr ins Auge.
»Ein unnatürliches, lächerliches Testament«, stieß er hervor. »Einfach lächerlich.«
Er lehnte sich zurück und griff sich ans Herz.
»Diese ganze Aufregung schadet mir sehr. Könnte ich wohl einen kleinen Brandy haben?«
Miss Gilchrist huschte davon und kam mit einem Glas voll des belebenden Elixiers zurück.
»Hier, Mr. Abernethie. Bitte, trinken Sie. Und regen Sie sich bloß nicht auf. Glauben Sie nicht, es wäre besser, Sie gingen zu Bett?«
»Sie sind wohl verrückt?«
Timothy kippte den Brandy.
»Zu Bett gehen! Hier bleibe ich und vertrete meine Interessen!«
»Wirklich, George, ich muß mich wundern über dich«, sagte Maude indigniert. »Was dein Onkel sagt, ist völlig wahr. Seine Wünsche stehen an erster Stelle. Wenn er das Spode-Service haben will, bekommt er es auch!«
»Es ist sowieso ziemlich häßlich«, ließ Susan sich vernehmen.

»Halt du nur den Mund, Susan«, fuhr Timothy sie an.
Der schmale junge Mann, der neben Susan saß, hob jetzt den Kopf. Mit einer Stimme, die etwas schriller klang als gewöhnlich, sagte er:
»Sprich nicht so mit meiner Frau!«
Er erhob sich halb von seinem Sitz.
»Ist schon gut«, sagte Susan rasch. »Ich kümmere mich gar nicht drum, Greg.«
»Aber ich!«
Helen mischte sich ein.
»Ich denke, George, es wäre sehr entgegenkommend von dir, wenn du deinem Onkel das Service überlassen würdest.«
»Von ›überlassen‹ kann gar keine Rede sein«, fauchte Timothy sofort dazwischen.
Aber George sagte, mit einer leichten Verbeugung in Richtung Helen:
»Dein Wunsch ist mir Befehl, liebe Tante. Ich verzichte.«
»Du hast es gar nicht wirklich gewollt, nicht wahr?« stellte Helen fest.
Er warf ihr einen raschen Blick zu und sagte dann grinsend: »Das Schlimme mit dir ist, daß du zu gut kombinierst. Du siehst mehr, als du sehen solltest.«
Dann wandte er sich an Timothy.
»Reg dich bloß nicht auf, Onkel. Das Service gehört dir. Ich habe ja nur Spaß gemacht.«
»Ein schöner Spaß!«
Maude war zutiefst empört.
»Dein Onkel hätte eine Herzattacke bekommen können.«
»Glaub doch das nicht«, entgegnete George vergnügt. »Onkel Timothy wird uns wahrscheinlich alle überleben. Auf ihn trifft das Sprichwort zu: ›Wer lange hustet, lebt lange!‹«
Timothy beugte sich drohend vor.
»Ich wundere mich nicht, daß Richard von *dir* enttäuscht

war.«
»Was soll das heißen?«
Die gute Laune verschwand aus Georges Gesicht.
»Du bist hergekommen nach Mortimers Tod, glaubtest, seinen Platz einnehmen zu können – hofftest, daß Richard dich zu seinem Erben macht, nicht? Aber mein armer Bruder hatte dich bald durchschaut. Er wußte, wo das Geld landen würde, wenn du es in die Finger bekämst. Ich bin überrascht, daß er dir überhaupt etwas hinterlassen hat. Er wußte schließlich Bescheid über dich: Pferderennen, Kasinos, Monte Carlo...«
George, etwas blaß um die Nase, antwortete ruhig:
»Solltest du nicht etwas besser auf deine Worte achten?«
»Leider konnte ich am Begräbnis nicht teilnehmen bei meiner angeschlagenen Gesundheit«, fuhr Timothy langsam fort, »aber Maude hat mir erzählt, was Cora gesagt hat. Cora war immer eine Närrin – aber diesmal könnte etwas dran sein an der Sache. Und wenn dem so ist – ich wüßte, wen ich in Verdacht hätte...«
»Timothy!«
Maude stand auf – unerschütterlich, ruhig, ein Fels in der Brandung. »Du hast einen anstrengenden Abend hinter dir, du mußt auf deine Gesundheit achten. Du darfst mir nicht wieder krank werden. Komm mit hinauf, nimm ein Beruhigungsmittel und leg dich sofort ins Bett. Also, Helen, Timothy und ich werden zum Andenken an Richard das Dessert-Service und den Louis-quatorze-Sekretär nehmen. Ich hoffe, daß es keine Einwände dagegen gibt!«
Sie blickte die Anwesenden herausfordernd an. Da niemand widersprach, marschierte sie, Timothy stützend, aus dem Zimmer und winkte Anne, die unschlüssig an der Tür stand, zu sich.
George brach nach diesem Abgang als erster das Schweigen: »*Femme formidable!* Das charakterisiert Tante Maude am besten. Ich würde mich hüten, ihren Siegesmarsch zu

stören.«
Anne hatte, sich sichtlich unbehaglich fühlend, wieder Platz genommen und murmelte: »Mrs. Abernethie ist immer so gütig.« Aber diese Bemerkung fand keine Beachtung.
Michael Shane lachte plötzlich und sagte: »Mir macht das alles einen Mordsspaß. Übrigens möchte ich euch bei der Gelegenheit darauf aufmerksam machen, daß Rosamund und ich den Malachittisch aus dem Salon beanspruchen.«
»Nein«, rief Susan, »den will ich haben!«
»Da haben wir es wieder«, sagte George und schaute zur Decke.
»Wir werden uns nicht darüber streiten«, erklärte Susan, »ich brauche ihn für meinen Schönheitssalon. Er wird eine hübsche farbige Note hineinbringen – ich werde einen großen Wachsblumenstrauß daraufstellen, das wird wunderschön aussehen. Wachsblumen kann ich leicht auftreiben, doch ein grüner Malachittisch ist nicht so einfach zu bekommen.«
»Aber, liebe Susan«, erwiderte Rosamund, »gerade darum wollen wir ihn ja auch haben. Für das neue Stück. Wie du sagst, eine farbige Note – und er ist aus der Zeit...«
»Ich verstehe dich, Rosamund«, entgegnete Susan, »doch dein Grund ist nicht so stichhaltig wie der meine. Für die Bühne kannst du einen gemalten Malachittisch nehmen – der sieht dann genauso aus wie der hier, aber für meinen Salon brauche ich den echten.«
Anne hielt sich für verpflichtet, vermittelnd einzugreifen.
»Dieses Haus ist so voll von schönen Sachen«, erklärte sie. »Der grüne Tisch wird sich überall wunderbar ausnehmen. Ich habe noch nie einen ähnlichen gesehen, er muß viel wert sein.«
»Der Wert wird natürlich von meinem Erbteil abgezogen«, sagte Susan.

»Oh – entschuldigen Sie, bitte – das – das habe ich nicht so gemeint...«, stammelte Anne völlig verwirrt.
»Er kann von unserem Erbteil abgezogen werden«, erklärte Michael, »mitsamt den Wachsblumen.«
»Sie wirken so hübsch und passend auf dem Tisch«, bemerkte Anne, »wirklich künstlerisch, einfach süß.«
Niemand achtete auf Annes wohlgemeinte Trivialitäten.
Da rief Greg plötzlich mit hoher, nervöser Stimme:
»Aber Susan *muß* diesen Tisch haben. Sie will ihn haben!«
Alle zuckten zusammen, als habe er einen falschen Ton erwischt.
Helen sagte schnell:
»Und du, George, was willst du wirklich? Abgesehen vom Spode-Service...«
George grinste, und die Spannung wich.
»Es macht einfach Spaß, Onkel Timothy zu ärgern. Er glaubt, alles müsse immer nach seinem Kopf gehen – das hat bei ihm schon pathologische Dimensionen angenommen.«
»Sie müßten mehr Achtung vor einem Kranken haben, Mr. Crossfield«, wagte Miss Gilchrist zu äußern.
»Krank – ein alter Hypochonder, das ist er«, sagte George.
»Das glaube ich auch«, stimmte Susan zu. »Wahrscheinlich fehlt ihm gar nichts. Was meinst du, Rosamund?«
»Wie bitte?«
»Meinst du nicht auch, daß Onkel Timothy überhaupt nichts fehlt?«
»Ja – ich weiß nicht recht«, sagte Rosamund vage. »Tut mir leid. Ich war mit meinen Gedanken gerade woanders. Ich überlegte, in welchem Licht der Tisch am besten zur Geltung kommen würde.«
»Was sagt man dazu – eine Frau, eine Idee, gefährlich, gefährlich... Nun, entscheide du, Tante Helen: Wer soll den Tisch haben?«

Helen lächelte.
»Vielleicht will ich ihn selbst, George.«
Dann wechselte sie das Thema, indem sie sich an den ausländischen Gast wandte.
»Es tut mir leid, Monsieur Pontarlier, das muß sehr langweilig sein für Sie.«
»Ganz und gar nicht, Madame. Ich fühle mich geehrt, daß ich an Ihrem Familienleben teilhaben darf.« Er verneigte sich. »Ich möchte sagen – ich kann das, was ich empfinde, nicht so gut ausdrücken –, ich möchte mein Bedauern darüber aussprechen, daß das Haus nun in fremde Hände übergehen soll. Ich hörte, daß man auch erwogen hat, hier eine Schule unterzubringen. Eine Klosterschule – von Nonnen geleitet. Das hätten Sie vielleicht vorgezogen?«
»Ach, was denken Sie!« warf George ein.
»Die Herz-Mariä-Stiftung«, fuhr Poirot fort. »Zum Glück können wir dank der Güte eines unbekannten Spenders ein höheres Angebot machen.«
Er wandte sich nun direkt an Anne.
»Sie haben nicht viel übrig für Nonnen, nicht wahr?«
Anne errötete und schwieg verlegen.
»Ich kann mir überhaupt nicht vorstellen, wie man Nonne werden kann«, rief Susan.
»Die Tracht ist sehr kleidsam«, meinte Rosamund. »Erinnert ihr euch an die Aufführung von ›Mirakel‹ im vorigen Jahr? Sonia Wells sah unbeschreiblich schön aus als Nonne.«
»Mich wundert nur«, warf George ein, »daß der Allmächtige Wert auf mittelalterliche Kleidung legen soll – schwer, unhygienisch und unpraktisch.«
»Und sie sehen alle so gleich aus«, sagte Anne. »Es ist töricht, aber ich bekam einen Schreck, als neulich bei Mrs. Abernethie eine Nonne an die Tür kam, um zu sammeln. Mir war, als sei es dieselbe, die am Tag der Leichenschau ins Haus der armen Mrs. Lansquenet in Lytchett St. Mary kam. Ich hatte das Gefühl, als würde sie mich verfolgen!

Aber es konnte natürlich nicht dieselbe Nonne sein, weil die eine für eine Orgel in der St.-Barnabas-Kirche sammelte, glaube ich, und diese für die Herz-Mariä-Stiftung.«
»Aber beide sahen sich ähnlich?« fragte Hercule Poirot. Es klang interessiert. Anne wandte sich ihm zu.
»Ich glaube, ja«, antwortete sie. »Die gleiche Oberlippe – fast als hätte sie einen Schnurrbart. Ich denke, wissen Sie, daß mich das wahrscheinlich beunruhigte, da ich sowieso schon mit den Nerven herunter war. Ich erinnerte mich an die Geschichten aus dem Krieg, wo Fallschirmspringer als Nonnen verkleidet landeten. Es war natürlich sehr dumm von mir. Jetzt weiß ich das.«
»Sich als Nonne zu verkleiden, ist eine glänzende Idee«, sagte Susan nachdenklich, »man kann dabei so gut die Füße verstecken.«
»Im allgemeinen sieht man sich die Menschen nicht besonders genau an«, mischte George sich ein. »Darum weichen Zeugenaussagen vor Gericht auch immer so unverhältnismäßig voneinander ab. Meist gibt es einen glaubwürdigen Beobachter, aber es ist schwer, den herauszufinden.«
»Sehr merkwürdig ist auch«, erklärte Susan, »wenn man sich selbst unerwartet im Spiegel sieht und nicht weiß, wer es ist; das Gesicht kommt einem nur irgendwie bekannt vor. Und man sagt zu sich selbst: ›Das ist jemand, den ich sehr gut kenne ...‹ Bis einem plötzlich klar wird, daß man es selbst ist.«
»Schwieriger wäre noch«, spann George den Faden fort, »wenn man sich in Wirklichkeit und nicht im Spiegel sehen könnte.«
»Wieso?« fragte Rosamund.
»Weil man sich nie so sieht, wie einen die Mitmenschen sehen, man sieht sich immer nur seitenverkehrt.«
»Aber, sieht man denn da anders aus?«
»Und wie!« antwortete Susan. »Das ist doch klar. Weil kein Mensch zwei gleiche Gesichtshälften hat. Die Brau-

en sind verschieden, der Mund ist auf der einen Seite höher, und es gibt keine ganz gerade Nase. Das kann man mit Hilfe eines Bleistifts feststellen. Wer hat einen Bleistift?«

Ein Bleistift wurde gebracht, und sie belustigten sich damit, sich ihn nacheinander an beide Nasenseiten zu legen.

Die Stimmung hatte sich gehoben, alle waren gut gelaunt. Nur Helen Abernethie blieb ruhig, wie geistesabwesend.

Mit einem Seufzer erhob Hercule Poirot sich und sagte seiner Gastgeberin höflich gute Nacht.

»Am besten, Madame, verabschiede ich mich jetzt gleich von Ihnen. Mein Zug geht morgen in aller Frühe, um neun Uhr, das ist sehr zeitig für mich. So möchte ich Ihnen schon jetzt für Ihre Liebenswürdigkeit und Gastfreundschaft danken. Den Tag der Übernahme vereinbaren wir mit dem trefflichen Mr. Entwhistle. Ich richte mich natürlich ganz nach Ihren Wünschen.«

»Es kann jederzeit sein, Monsieur Pontarlier – ich – ich bin mit allem hier fertig.«

»Sie werden nach Cypern in Ihr Haus zurückkehren?«

»Ja.«

Ein leichtes Lächeln umspielte Helens Lippen.

»Sie freuen sich darauf?« fragte Poirot. »Es tut Ihnen nicht leid?«

»England zu verlassen? Oder das Haus hier, meinen Sie?«

»Ich meinte – das Haus hier.«

»Nein – nein. Es ist nicht gut, zu sehr an der Vergangenheit zu kleben. Man muß sie einmal hinter sich lassen.«

»Wenn man es kann.« Poirot lächelte den höflichen Gesichtern zu, die ihn umgaben. »Zuweilen läßt es sich die Vergangenheit nicht gefallen, in Vergessenheit zu geraten. Sie stößt einen in die Rippen und sagt: ›Ich bin noch nicht erledigt.‹«

Susan lachte zweifelnd.

»Sie meinen«, sagte Michael, »daß Ihre Flüchtlinge, wenn sie hierherkommen, nicht imstande sein werden, ihre früheren Leiden völlig zu vergessen?«
»Ich meine nicht meine Flüchtlinge.«
»Er meint uns, Liebling«, erklärte Rosamund, »er meint Onkel Richard und Tante Cora und das Beil und all das.«
Sie wandte sich zu Poirot. »Nicht wahr?«
Poirot blickte sie ruhig an und fragte: »Warum sagen Sie das, Madame?«
»Weil Sie ein Detektiv sind. Das sind Sie doch? Darum sind Sie hier. UNARCO, oder wie Sie das nennen, ist doch ein glatter Unsinn.«

20

Die Spannung, die nun im Zimmer herrschte, war fast mit Händen greifbar. Poirot spürte sie, obwohl er seine Blicke nicht von Rosamunds süßem, gelassenem Gesicht abwandte. Mit einer leichten Verbeugung sagte er: »Sie besitzen einen außergewöhlichen Scharfblick, Madame.«
»Gar nicht«, widersprach Rosamund. »Man hat Sie mir einmal in einem Restaurant gezeigt. Und auf einmal erinnerte ich mich.«
Michael sagte mit nur mühsam kontrollierter Stimme: »Rosamund – was soll das...?«
Nun wandte Poirot seinen Blick ihm zu.
Michael war wütend. Wütend oder ängstlich?
Poirots Blicke wanderten weiter um den Tisch: Susan, ebenfalls wütend, war sichtlich auf der Hut; Gregory machte ein undurchdringliches Gesicht; Anne Gilchrist sah leicht blöde aus und hatte den Mund weit aufgerissen; George blickte lauernd drein; Helen war nervös, bestürzt.

All das war in dieser Situation völlig normal. Poirot wünschte, er hätte die Gesichter um den Bruchteil einer Sekunde früher sehen können, als das Wort »Detektiv« von Rosamunds Lippen kam. Denn jetzt war es selbstverständlich nicht mehr dasselbe...

Die Schultern hochziehend, verbeugte er sich. Sein Akzent klang auf einmal weniger fremdländisch.

»Ja«, antwortete er, »ich bin ein Detektiv.«

»Wer hat Sie hergeschickt?« fragte George Crossfield barsch.

»Ich bin beauftragt, die Umstände beim Tod von Mr. Richard Abernethie zu untersuchen.«

»Er starb eines natürlichen Todes. Wer behauptet etwas anderes?«

»Mrs. Cora Lansquenet sagte es. Und Mrs. Lansquenet ist ebenfalls tot.«

»Sie sagte es hier – in diesem Zimmer«, rief Susan, »aber ich dachte nicht, daß sie wirklich...«

»Du dachtest nicht, Susan?« George blickte sie hämisch lächelnd an. »Warum sollen wir uns noch länger etwas vormachen? Bei Monsieur Pontarlier wird das ohnehin nicht verfangen.«

»Sein richtiger Name ist nicht Pontarlier«, ließ sich wieder Rosamund vernehmen, »er heißt Herkules oder so ähnlich.«

»Hercule Poirot, wenn Sie gestatten«, berichtigte Poirot mit einer Verbeugung.

Schweigen herrschte.

»Darf ich fragen, zu welchen Schlüssen Sie gelangt sind?« fragte George.

»Er wird es dir nicht verraten, mein Lieber«, meinte Rosamund, »und wenn er dir etwas sagt, wird es nicht stimmen.«

Sie schien die einzige zu sein, die sich amüsierte. Hercule Poirot betrachtete sie nachdenklich...

Hercule Poirot schlief nicht gut in dieser Nacht.

Er war verwirrt und beunruhigt, aber er wußte nicht, warum.
Gesprächsfetzen, Blicke, seltsame Bewegungen – alles schien irgend etwas zu bedeuten, quälte ihn in der Einsamkeit dieser Stunden.
Der Schlaf wollte einfach nicht kommen. Gerade wenn er am Hinübergleiten war, schoß ihm ein Gedanke durch den Kopf, und sofort war er wieder hellwach.
Farbe – Timothy und Farbe.
Ölfarbe – der Geruch von Ölfarbe – irgendwie verbunden mit Mr. Entwhistle.
Farbe und Cora.
Coras Malereien – Bildpostkarten...
Irgend etwas stimmte nicht mit Coras Bildern...
Nein, zurück zu Mr. Entwhistle – was hatte Mr. Entwhistle gesagt... oder war es Lanscombe?
Eine Nonne war im Haus gewesen, an dem Tag, da Richard Abernethie starb. Eine Nonne mit einem Schurrbart. Eine Nonne in Stansfield Grange – und eine in Lytchett St. Mary.
Ein bißchen viel Nonnen.
Rosamund gibt eine prächtige Nonne auf der Bühne ab.
Rosamund, die sagt, daß er ein Detektiv ist – und alle starren sie an.
So müssen sie an jenem bewußten Tag Cora angestarrt haben, als sie sagte: »Aber er ist doch ermordet worden, oder nicht?«
Was war es, was Helen Abernethie bei dieser Gelegenheit als »falsch« empfunden hatte?
Helen Abernethie – die die Vergangenheit hinter sich läßt und nach Cypern geht... Helen, die die Wachsblumen fallen läßt, als er sagt – ja, *was* nur?
Er konnte sich nicht mehr erinnern.
Endlich schlief er ein, schlief und träumte...
Er träumte von dem grünen Malachittisch, über und über vollgestellt mit Wachsblumen und dick bemalt mit Ölfarbe. Ölfarbe – Blut.

Er konnte die Farbe riechen und hörte Timothy stöhnen: »Ich sterbe, sterbe... das ist das Ende.«
Und Maude, mit einem langen Messer in der Hand neben ihm stehend, groß und streng, echote: »Ja, das ist das Ende...«
Das Ende – ein Totenbett, Kerzen und eine betende Nonne.
Wenn er nur das Gesicht der Nonne erkennen könnte, dann würde er wissen...
Hercule Poirot wachte auf – und wußte, was er wissen wollte!
Ja, das *war* das Ende...
Aber noch mußte er einen weiten Weg zurücklegen. Mußte die einzelnen Mosaiksteinchen zusammenfügen.
Mr. Entwhistle, der Farbgeruch, Timothys Haus und etwas, das in dem Haus sein mußte... die Wachsblumen... Helen... zerbrochenes Glas...

Helen Abernethie ging lange nicht zu Bett.
Grübelnd saß sie vor ihrem Toilettentisch und starrte in den Spiegel, ohne sich zu sehen. Sie war gezwungen worden, Hercule Poirot zu empfangen. Sie wollte zuerst nichts davon wissen, doch Mr. Entwhistle hatte nicht lockergelassen, bis sie einwilligte. Und nun war die ganze Geschichte herausgekommen. Niemand bestand mehr darauf, daß die Grabesruhe Richard Abernethies ungestört blieb. Und alles hatten jene paar Worte Coras heraufbeschworen.
Nach der Beerdigung – wie hatten sie alle ausgesehen? Wie hatten sie Cora angeschaut? Wie hatte sie selbst ausgesehen? Was hatte George über die Art, wie man sich selbst sah, gesagt? Und war nicht ein Zitat angeführt worden? »Man müßte sich selbst sehen, wie andere uns sehen...!«
Ihre Augen, die bisher, ohne etwas zu sehen, in den Spiegel gestarrt hatten, sahen plötzlich klar. Sie sah sich

selbst – aber nicht so, wie andere sie sahen. Nicht, wie Cora sie an jenem Tag gesehen hatte.
Ihre rechte – nein, ihre linke Braue war etwas höher als die rechte. Der Mund? Nein, ihr Mund war symmetrisch geschwungen. Wenn sie sich selbst gegenüberstände, würde sie bestimmt keinen großen Unterschied zu diesem Spiegelbild feststellen. Im Gegensatz zu Cora.
Cora – das Bild trat klar vor ihre Augen. Cora, am Tag der Beerdigung, den Kopf zur Seite geneigt, die bewußte Frage stellend, Helen ansehend...
Plötzlich hob Helen die Hände zur Stirn und sagte zu sich: »Es stimmt einfach nicht – es kann unmöglich stimmen...«

Mr. Entwhistle wurde durch das Klingeln des Telefons aus tiefem Schlaf geschreckt. Es war noch nicht sieben Uhr. Wütend zog er den Morgenrock über und ging hinunter.
»Ja, es tut mir schrecklich leid, daß ich Sie aus dem Bett geholt habe. Aber Sie haben mir gesagt, daß ich Sie anrufen soll, sowie mir einfalle, was mir damals falsch vorgekommen sei – am Tag der Beerdigung, als Cora fragte, ob Richard ermordet worden sei...«
»Ja, und ist es Ihnen eingefallen?«
Helen sagte unsicher: »Ja, aber es stimmt irgendwie nicht.«
»Das zu entscheiden, müssen Sie mir überlassen. Ist Ihnen etwas bei einem der Anwesenden aufgefallen?«
»Ja. Es scheint völlig unsinnig zu sein.«
Ihre Stimme klang so, als wolle sie sich entschuldigen.
»Es fiel mir ein, als ich mich gestern abend im Spiegel betrachtete. Oh...«
Dem leisen Schreckensruf folgte ein Laut im Apparat – ein dumpfes, schweres Geräusch, das Mr. Entwhistle sich nicht zu erklären vermochte.
Er rief ungeduldig: »Hallo! Hallo! Sind Sie noch da? – Helen...! Sind Sie noch da...? Helen...!«

21

Es dauerte fast eine Stunde, bis Mr. Entwhistle nach endlosen Reklamationen beim Fernamt eine Verbindung von Monsieur Poirot erhielt.
»Endlich! Gott sei Dank!« rief der Anwalt mit begreiflicher Verbitterung. »Das Amt konnte Ihre Nummer nur unter den größten Schwierigkeiten erreichen.«
»Das ist kein Wunder, der Hörer war ausgehängt.« Poirots Stimme klang so grimmig, daß Mr. Entwhistle erschrocken fragte: »Ist etwas passiert?«
»Vor zwanzig Minuten hat das Dienstmädchen Mrs. Helen Abernethie in der Bibliothek neben dem Telefon liegend gefunden. Sie ist bewußtlos und hat eine schwere Gehirnerschütterung.«
»Was? Wurde sie niedergeschlagen?«
»Wahrscheinlich. Es könnte auch sein, daß sie gestürzt ist und den Kopf an der marmornen Türschwelle angeschlagen hat, doch das glaube ich nicht, und der Arzt glaubt es auch nicht.«
»Sie rief mich in aller Herrgottsfrühe an, und plötzlich wurde das Gespräch unterbrochen«, berichtete Mr. Entwhistle.
»Was wollte sie?«
»Sie hatte mir vor einiger Zeit gesagt, daß sie, als Cora Lansquenet andeutete, ihr Bruder sei ermordet worden, das Gefühl gehabt habe, irgend etwas sei nicht in Ordnung – es stimme irgend etwas nicht. Sie konnte es nicht genau ausdrücken. Und leider konnte sie sich auch nicht erinnern, warum sie dieses Gefühl hatte.«
»Und plötzlich erinnerte sie sich und rief Sie an?«
»Ja.«
»Was hat sie Ihnen gesagt?«
»Ihr sei plötzlich etwas eingefallen, als sie sich im Spiegel betrachtet habe – etwas über einen der seinerzeit in Enderby Anwesenden.«
»Sie sagte nicht über wen?«

»Wenn Sie mir das gesagt hätte, würde ich es Ihnen wohl kaum verschweigen«, antwortete Mr. Entwhistle mit bitterem Unterton.
»Entschuldigen Sie bitte, *mon ami*, Sie haben natürlich recht.«
»Wir werden warten müssen, bis sie wieder zu sich kommt, ehe wir es erfahren können. Ist sie noch in Enderby?«
»Nein, ich hielt es für sicherer, sie mit einem Krankenwagen in ein Spital bringen zu lassen; dort erhält sie die richtige Pflege, und niemand, weder ein Familienmitglied noch sonst jemand, darf sie besuchen.«
Erleichtert seufzend sagte Mr. Entwhistle: »Da fällt mir aber ein Stein vom Herzen. Ich schätze Helen Abernethie außerordentlich, sie ist eine höchst charaktervolle Frau.«
»Das finde ich auch«, stimmte Monsieur Poirot zu. »Nun habe ich eine Bitte an Sie. Sie müssen eine kleine Reise unternehmen, Sie brauchen aber keine Angst zu haben, es ist nicht weit, nur nach Bury St. Edmunds – *ma foi!*, was für Namen Ihre englischen Städte haben! –, dort mieten Sie einen Wagen und fahren nach Forsdyke House. Das ist eine Nervenheilanstalt. Erkundigen Sie sich dort beim Oberarzt, Dr. Penrith, nach einem vor kurzem entlassenen Patienten namens Gregory Banks. Stellen Sie fest, weswegen er in der Anstalt gewesen ist.«
»Ist er denn geisteskrank?«
»Pst! Seien Sie vorsichtig, *mon ami*. Hören Sie gut zu. Es gibt um zwölf Uhr einen ausgezeichneten Zug nach Bury St. Edmunds. Wenn ich vorher etwas Neues erfahren sollte, rufe ich Sie noch einmal an. Haben Sie verstanden? *Bien!* Und jetzt – auf Wiedersehen – bis später!«
Poirot hörte, wie der Hörer am anderen Ende aufgelegt wurde, und dann ertönte noch ein zweites leichtes Klikken – er lächelte. Jemand hatte den Hörer in der Halle aufgelegt. Er ging hinaus. Niemand war da. Auf Zehen-

spitzen schlich er zum Schrank unter der Treppe und blickte hinein: Er war leer.
Fünf Minuten später, nachdem er das Haus durch die Hintertür verlassen hatte, ging er rasch zu der einen halben Kilometer entfernten Post, wo er ein Ferngespräch anmeldete. Bald darauf meldete sich Mr. Entwhistle.
»Ja, hier Poirot. Das, was ich Ihnen vorhin sagte, gilt nicht. *C'était une blague!* Jemand hatte zugehört. Jetzt, *mon vieux*, kommt der richtige Auftrag. Sie müssen zwar einen Zug nehmen, aber nicht den nach Bury St. Edmunds, sondern ich möchte, daß Sie zum Haus von Mr. Timothy Abernethie fahren.«
»Aber Timothy und Maude sind doch in Enderby.«
»Eben. Es ist niemand da außer der Putzfrau, Mrs. Jones, die das Haus hütet. Ich möchte, daß Sie etwas von dort holen.«
»Mein lieber Poirot! Ich kann doch keinen Einbruch verüben.«
»Es wird nicht nach Einbruch aussehen. Sie werden der trefflichen Mrs. Jones sagen, daß Mr. oder Mrs. Abernethie Sie gebeten hätte, einen bestimmten Gegenstand zu holen und nach London zu bringen. Sie wird nichts dagegen einzuwenden haben.«
Mit gequälter Stimme fragte Mr. Entwhistle: »Und was ist das für ein Gegenstand?«
Poirot erklärte es ihm.
»Aber wirklich, Poirot, ich verstehe nicht...«
Poirot unterbrach den alten Anwalt: »Sie brauchen es nicht zu verstehen, Hauptsache, ich verstehe es.«
»Und was soll ich mit dem verdammten Ding anfangen?«
»Sie werden es in London jemandem in Elm Park Gardens bringen. Nehmen Sie bitte einen Bleistift und schreiben Sie sich die Adresse auf.«
Nachdem er das getan hatte, sagte Mr. Entwhistle: »Ich hoffe, Sie wissen, was Sie tun, Poirot.«
Es klang zweifelnd, aber Poirot antwortete fest und seiner

Sache völlig sicher: »Natürlich weiß ich das. Bald ist alles geklärt.«
Mr. Entwhistle seufzte: »Wenn wir nur eine Ahnung hätten, was Helen sagen wollte.«
»Ich weiß es!«
»Sie wissen es? Aber mein lieber Poirot...«
»Jetzt ist keine Zeit für Erklärungen. Aber ich kann Ihnen versichern, daß ich weiß, was sie entdeckte, als sie sich im Spiegel betrachtete.«

Das Frühstück war ziemlich ungemütlich gewesen; weder Rosamund noch Timothy waren erschienen, und die anderen hatten nur halblaut miteinander gesprochen und weniger gegessen als sonst.
»Ich verstehe nicht«, sagte Susan, »warum Helen mitten in der Nacht telefonieren mußte und mit wem.«
»Ihr ist schlecht geworden«, erklärte Maude entschieden. »Wahrscheinlich ist sie aufgewacht, hat sich krank gefühlt und wollte den Arzt anrufen. Dabei ist ihr schwindlig geworden, und sie ist gestürzt. So muß es gewesen sein.«
»Aber was für ein Pech, mit dem Kopf auf die Türschwelle aufzuschlagen«, meinte Michael Shane. »Wenn sie auf den dicken Veloursteppich daneben gefallen wäre, wäre ihr nichts passiert.«
Die Tür öffnete sich, und Rosamund trat ein.
»Ich kann diese Wachsblumen nicht finden«, sagte sie stirnrunzelnd. »Die, die am Tag von Onkel Richards Beerdigung auf dem Malachittisch standen.«
Sie blickte Susan anklagend an.
»Hast du sie genommen?«
»Wie kommst du denn auf die Idee, Rosamund...«
Sie hielt inne, da Lanscombe in der Tür erschien, um nachzusehen, ob alle mit dem Frühstück fertig seien.
»Sie können abräumen, Lanscombe«, rief George und stand auf. »Was ist denn mit unserem ausländischen Freund?«

»Er hat sich Kaffee und Toast auf sein Zimmer bringen lassen.«
»*Petit déjeuner* für die UNARCO«, bemerkte Rosamund spitz und fragte Lanscombe: »Wissen Sie, wo die Wachsblumen sind, die immer auf dem grünen Tisch im Wohnzimmer gestanden haben?«
»Sie sind kürzlich Mrs. Helen aus den Händen geglitten, und dabei ist die Glashaube zerbrochen. Sie wollte eine neue Haube machen lassen, aber ich glaube nicht, daß sie schon dazu gekommen ist.«
»Und wo sind die Blumen?«
»Wahrscheinlich im Schrank unter der Treppe, Madam. Da werden immer alle Sachen abgestellt, die repariert werden müssen. Soll ich nachsehen?«
»Danke, das kann ich selbst tun. Komm mit, mein lieber Michael, es ist dort dunkel, und nach dem, was Tante Helen zugestoßen ist, gehe ich nicht mehr allein in finstere Winkel.«
Alle blickten sie verblüfft an.
»Was willst du damit sagen, Rosamund?« fragte Maude mit ihrer tiefen Stimme.
»Sie ist doch vermutlich niedergeschlagen worden.«
Gregory Banks erwiderte scharf: »Sie ist plötzlich ohnmächtig geworden und gestürzt.«
Rosamund lachte. »Hat sie dir das gesagt? Sei doch nicht albern, Greg, natürlich ist sie niedergeschlagen worden.«
George wies sie zurecht: »Du solltest so etwas nicht sagen, Rosamund.«
»Unsinn«, entgegnete Rosamund. »Es muß so gewesen sein. Alles paßt zusammen. Ein Detektiv im Haus, der Nachforschungen anstellt. Onkel Richard wurde vergiftet, Tante Cora mit einem Beil ermordet, Miss Gilchrist wird eine Hochzeitstorte mit Arsen geschickt, und Tante Helen wird niedergeschlagen. Ihr werdet sehen, so geht's weiter. Wir alle werden einer nach dem andern umgebracht, und der, der übrigbleibt, ist es gewesen – das

heißt, der ist der Mörder. Aber ich werde es nicht sein – die ermordet wird, meine ich.«
»Warum sollte dich jemand morden wollen, schöne Rosamund?« fragte George leichthin.
Rosamund sah ihn starr an.
»Weil ich zuviel weiß, natürlich.«
»Was weißt du denn?« Maude Abernethie und Gregory Banks stellten die Frage gleichzeitig.
Rosamund lächelte gedankenverloren.
»Das möchtet ihr gerne wissen, nicht wahr?« fragte sie sanft. »Komm, Michael.«

22

Um elf Uhr fanden sich auf Ersuchen Hercule Poirots alle zu einer Besprechung in der Bibliothek ein. Nachdenklich betrachtete Poirot die Anwesenden.
»Gestern abend«, begann er, »verriet Ihnen Mrs. Shane, daß ich ein Privatdetektiv bin. Ich hatte zwar gehofft, mein Inkognito noch länger wahren zu können, aber es macht nichts, heute – oder spätestens morgen – hätte ich Ihnen auf jeden Fall die Wahrheit mitgeteilt. Hören Sie mir jetzt bitte gut zu.«
Er räusperte sich und blickte selbstsicher in die Runde.
»Ich bin seit vielen Jahren mit Mr. Entwhistle befreundet...«
»Aha, also *er* steckt dahinter!«
»Wenn Sie es so ausdrücken wollen, Mr. Crossfield! Wie ich also sagte, sind Mr. Entwhistle und ich befreundet, und er beauftragte mich, die näheren Umstände von Mr. Abernethies Tod aufzuklären.«
Eine Pause entstand.
»Dies habe ich getan...«
Wieder folgte eine Pause; alle schwiegen. Poirot warf den Kopf zurück.

»*Eh bien*, Sie werden mit Freuden vernehmen, daß ich auf Grund meiner Erhebungen zu der Überzeugung gelangt bin, daß Mr. Richard Abernethie eines natürlichen Todes gestorben ist. Die Vermutung, er sei ermordet worden, ist völlig unbegründet.«
Er lächelte und hob triumphierend die Hände.
»Das ist eine gute Nachricht, nicht wahr?«
Nach der Art, wie sie aufgenommen wurde, schien dies allerdings nicht der Fall zu sein. Alle starrten ihn an, und in aller Augen, abgesehen von einem seiner Zuhörer, las er Zweifel und Mißtrauen. Die Ausnahme war Timothy Abernethie, der heftig zustimmend nickte.
»Natürlich ist Richard nicht ermordet worden«, meinte er gereizt. »Ich bin froh, daß Sie so viel Vernunft haben und zu der einzig richtigen Feststellung gelangt sind, Mr.... wie heißen Sie noch gleich? Ich finde es aber eine Unverfrorenheit von Entwhistle, Sie herzuschicken, um uns auszuspionieren. Und wenn er glaubt, die Erbmasse mit Ihren Spesen belasten zu können, so hat er sich schwer getäuscht. Eine unglaubliche Unverfrorenheit! Wie kommt er überhaupt dazu? Was bildet er sich eigentlich ein? Wenn die Familie überzeugt ist...«
»Das war die Familie eben nicht, Onkel Timothy«, unterbrach Rosamund ihn.
»Wie? Was soll das heißen?« Timothy schaute seine Nichte empört an.
Wieder brach ein Familienstreit aus, und während die Wogen der Diskussion hoch gingen, schlüpfte Poirot aus dem Zimmer.

Poirot, der in dem viktorianischen Gartenhaus saß, zog seine große Uhr aus der Tasche und legte sie auf den Tisch.
Bevor er die Bibliothek verließ, hatte er beiläufig verkündet, er würde mit dem Zwölf-Uhr-Zug abfahren. Es blieb ihm also noch eine halbe Stunde.
Eine halbe Stunde, in der jemand einen Entschluß fassen

und zu ihm kommen könnte, vielleicht sogar mehrere...

Anne Gilchrist kam als erste. Sie war aufgeregt und so außer sich, daß sie kaum zusammenhängend zu sprechen vermochte.

»Oh, Monsieur Pontarlier... Ihren anderen Namen vergesse ich immer wieder«, begann sie. »Ich muß Ihnen etwas sagen, obgleich ich es nicht gern tue, aber ich habe das Gefühl, daß ich es tun muß. Ich meine, nach dem, was heute morgen der armen Mrs. Helen passiert ist – ich kann mir nicht vorstellen, daß es ein Schlaganfall war, denn mein Vater hat einen Schlaganfall gehabt, und das war ganz anders, und überhaupt sagte der Arzt, es sei eine Gehirnerschütterung.«

Sie hielt inne, holte tief Atem und blickte Poirot flehend an.

»Sie möchten mir etwas anvertrauen?« fragte er freundlich und ermutigend.

»Wie ich Ihnen schon sagte, tue ich es höchst ungern – weil sie so nett zu mir war. Sie hat mir die Stellung bei Mrs. Abernethie verschafft und alles.«

»Sie meinen Mrs. Banks?«

»Ja, sehen Sie...« Anne blickte zu Boden und drehte verlegen die Finger. Dann sah sie auf und sagte, wieder tief Atem holend: »Wissen Sie, ich habe an der Tür gehorcht.«

»Sie haben ein Gespräch mit angehört...«

»Nein!« Sie schüttelte mit heroischer Entschlossenheit den Kopf. »Ich will die Wahrheit sagen, ich horchte absichtlich an der Tür – damals, als Mr. Richard Abernethie Mrs. Lansquenet besuchte. Ich war neugierig, wissen Sie, weil er nach all den Jahren auf einmal so überraschend gekommen war. Und ich wollte wissen – wenn man selbst wenig erlebt und nicht viele Freunde hat, interessiert man sich – verstehen Sie – ich meine...«

»Das ist ganz natürlich«, ermutigte sie Poirot.

»Ja, es war natürlich – obwohl es nicht korrekt ist, aber ich habe es getan. Und ich hörte, was er sagte – so ungefähr jedenfalls: ›Mit Timothy kann man nicht reden. Alles, was ihm nicht paßt, tut er verächtlich ab und hört einem einfach nicht zu. Darum will ich bei dir mein Herz erleichtern. Wir drei sind doch die einzigen, die übriggebliebenen sind. Und obwohl du gern die Einfältige spielst, besitzt du einen gesunden Menschenverstand. Was also würdest du an meiner Stelle tun?‹
Ich konnte nicht genau hören, was Mrs. Lansquenet antwortete, aber ich verstand das Wort ›Polizei‹, und darauf sagte Mr. Abernethie ganz laut: ›Das kann ich nicht tun, sie ist schließlich meine Nichte.‹ Und dann mußte ich in die Küche laufen, etwas kochte über, und als ich zurückkam, sagte Mr. Abernethie: ›Selbst wenn ich eines unnatürlichen Todes sterben sollte, möchte ich nicht, daß die Polizei gerufen wird, wenn es irgendwie zu vermeiden ist. Du verstehst das doch, nicht wahr, mein liebes Kind? Aber sei nicht traurig. Jetzt, da ich es weiß, werde ich alle nötigen Vorsichtsmaßnahmen treffen.‹ Und dann erwähnte er noch, er habe ein neues Testament aufgesetzt und sie, Mrs. Cora, brauche sich keine Sorgen mehr zu machen.«
Anne hielt inne, und Poirot murmelte: »Ich verstehe – ich verstehe ...«
»Aber ich habe es eigentlich nie sagen wollen. Ich glaube nicht, daß es Mrs. Lansquenet recht gewesen wäre. Doch jetzt – nachdem heute morgen Mrs. Helen überfallen wurde und nachdem Sie erklärt haben, Mr. Abernethie sei eines natürlichen Todes gestorben ...«
Poirot lächelte.
»Ich danke Ihnen, Miss Gilchrist, es ist sehr wichtig, daß Sie mit mir gesprochen haben.«

Es fiel ihm nicht leicht, sie wieder loszuwerden, aber es war dringend nötig, denn er erwartete noch weitere vertrauliche Mitteilungen.

Und er hatte recht. Kaum war Anne gegangen, stürmte Gregory Banks über den Rasen direkt aufs Gartenhaus zu. Er war leichenblaß, Schweißtropfen standen ihm auf der Stirn, seine Augen flackerten erregt.
»Endlich!« rief er. »Ich fürchtete schon, diese dumme Person würde ewig bei Ihnen bleiben. Alles, was Sie heute morgen sagten, ist falsch. Richard Abernethie ist ermordet worden – ich habe ihn ermordet!«
Hercule Poirot musterte den aufgeregten jungen Mann ruhig und gelassen von oben bis unten. »So, Sie haben ihn ermordet? Wie haben Sie das denn gemacht?«
Gregory Banks lächelte.
»Das war nicht weiter schwierig für mich. Das können Sie sich wahrscheinlich denken. Fünfzehn bis zwanzig geeignete Medikamente konnte ich mir ohne weiteres beschaffen. Wesentlich schwieriger war es, sie richtig anzuwenden, aber schließlich hatte ich eine geniale Idee. Und das Beste dabei war, daß ich mich zu der betreffenden Zeit nicht in seiner Nähe aufzuhalten brauchte.«
»Sehr geschickt«, sagte Poirot.
»Ja.« Gregory Banks blickte bescheiden zu Boden. Er war sichtlich zufrieden mit sich. »Ja – es war wirklich genial, das kann man wohl sagen.«
Interessiert fragte Poirot: »Warum haben Sie ihn ermordet? Wegen des Geldes, das Ihre Frau erben würde?«
»Nein, nein, was denken Sie?«
Greg schien ehrlich entrüstet.
»Ich bin nicht geldgierig, ich habe Susan nicht wegen ihres Geldes geheiratet.«
»Nicht, Mr. Banks?«
»Er hat das geglaubt«, entgegnete Greg erbittert. »Richard Abernethie! Er liebte Susan, er hielt viel von ihr, er war stolz auf sie als eine echte Abernethie! Aber er fand, sie habe unter ihrem Stand geheiratet – er fand, ich sei nicht gut genug für sie – er verachtete mich, er fand mich ungebildet – fand, daß ich mich unmöglich

anziehe. Er war ein Snob – ein ekelhafter Snob! Und darum habe ich ihn umgebracht!«
»Ein gelungener Mord«, gratulierte Poirot trocken. »Aber warum zeigen Sie sich nun selbst an?«
»Weil Sie behauptet haben, Sie hätten alles aufgedeckt. Sie sagten, er sei nicht ermordet worden. Und ich wollte Ihnen beweisen, daß Sie nicht so klug sind, wie Sie denken – und außerdem – außerdem ...«
»Ja?« fragte Poirot. »Und außerdem?«
Greg ließ sich plötzlich auf die Bank fallen, sein Gesicht strahlte, er schien in Ekstase geraten zu sein.
»Es war schlecht, es war verwerflich von mir. Ich muß bestraft werden – ich muß zurück an den Ort der Vergeltung. Um zu büßen! Buße tun! Vergeltung!«
Prüfend betrachtete Poirot ihn einige Augenblicke, dann fragte er: »Sie wollen wohl unbedingt von Susan fortkommen?«
Gregorys Gesicht verwandelte sich. »Susan? Susan ist wunderbar – wunderbar!«
»Ja, Susan ist wunderbar; Susan liebt Sie aufopfernd. Aber ist das nicht auch eine große Belastung für Sie?«
Gregory starrte vor sich hin. Dann sagte er wie ein trotziges Kind: »Warum läßt sie mich nicht in Ruhe?« Er sprang auf. »Da kommt sie – ich gehe jetzt. Aber sagen Sie ihr, was ich Ihnen mitgeteilt habe. Sagen Sie, daß ich zur Polizei gegangen sei – um zu gestehen.«

Atemlos kam Susan herein. »Wo ist Greg? Er war hier! Ich habe ihn gesehen.«
»Ja.« Poirot machte eine kleine Pause, ehe er weitersprach: »Er hat mir erklärt, daß er Richard Abernethie vergiftet ...«
»So ein fürchterlicher Unsinn! Ich hoffe, daß Sie ihm nicht glauben. Er war meilenweit von hier entfernt, als Onkel Richard starb.«
»Vielleicht. Wo war er, als Cora Lansquenet umgebracht wurde?«

»In London. Wir waren beide dort.«
Poirot schüttelte den Kopf.
»Mir können Sie das nicht erzählen. Sie zum Beispiel waren den ganzen Nachmittag mit Ihrem Wagen unterwegs. Ich weiß, wo Sie waren: Sie waren in Lytchett St. Mary.«
»Das ist nicht wahr.«
Er lächelte.
»Als ich Sie hier kennenlernte, Madame, sah ich Sie, wie ich Ihnen sagte, nicht zum erstenmal. Nach der Leichenschau von Mrs. Lansquenet waren Sie in der Nähe der Garage von ›King's Arms‹. Sie sprachen dort mit einem Mechaniker und standen neben einem Wagen, in dem ein älterer Ausländer saß. Sie bemerkten mich nicht, aber ich sah Sie.«
»Ich verstehe Sie nicht. Das war doch am Tag der Leichenschau.«
»Ja, aber wissen Sie noch, was der Mechaniker zu Ihnen sagte? Er fragte Sie, ob Sie eine Verwandte der Ermordeten wären, und Sie antworteten, Sie wären ihre Nichte.«
»Das war doch pure Neugier. Es sind alles Klatschmäuler!«
»Und dann sagte er: ›Ich habe Sie schon einmal gesehen, es fällt mir nur nicht ein, wo.‹ Wo hatte er Sie schon einmal gesehen, Madame? Es muß in Lytchett St. Mary gewesen sein, denn er brachte Sie irgendwie mit Ihrer Tante in Zusammenhang. Hatte er Sie in der Nähe ihres Hauses gesehen? Und wann?«
Susan starrte ihn an. Ihr Atem ging schnell, aber sie zeigte keinerlei Nervosität. »Das ist doch Unsinn, Monsieur Poirot. Ich habe Ihnen schon gesagt...«
»Ja, Madame, Sie sagten mir, daß Gregory an dem Tag London nicht verlassen habe – das können Sie aber nicht wissen, da Sie selbst nicht dort waren. Warum sind Sie damals nach Lytchett St. Mary gefahren, Mrs. Banks?«
Susan holte tief Atem. »Gut, wenn Sie es durchaus wissen

wollen: Die Bemerkung Coras nach der Beerdigung hatte mich beunruhigt und wollte mir nicht aus dem Kopf. So beschloß ich, zu ihr zu fahren und sie zu fragen, wieso sie das gesagt hatte. Ich kam gegen drei Uhr zu ihrem Haus, klopfte und klingelte, und da niemand aufmachte, dachte ich, sie sei ausgegangen oder verreist, und fuhr direkt wieder nach London zurück. Das ist alles.«
Ohne eine Miene zu verziehen, fragte Poirot: »Wieso bezichtigt sich Ihr Mann des Mordes?«
»Weil er...«, ein Wort lag ihr auf der Zunge, aber sie sprach es nicht aus.
»Sie wollten sagen, ›weil er nicht ganz bei Trost ist‹. So sagt man im Scherz – aber der Scherz kommt in diesem Fall der Wahrheit sehr nahe. Er war, bevor Sie ihn kennenlernten, einige Monate in der Nervenheilanstalt Forsdyke House, nicht wahr?«
»Er war nicht eingeliefert worden, er ließ sich dort freiwillig behandeln.«
»Das stimmt. Man kann ihn nicht gerade als verrückt bezeichnen, aber er ist, sagen wir, psychisch aus dem Gleichgewicht geraten, er hat einen Schuldkomplex, wahrscheinlich seit seiner Kindheit.«
Susan stimmte eifrig zu: »Er möchte gern etwas Großes sein – nicht nur ein Apothekergehilfe, den man herumdirigiert. Jetzt wird das alles anders werden, er wird sein eigenes Laboratorium haben, er kann seine eigenen Rezepte ausarbeiten.«
»Ja, ja, Sie werden ihn auf den Boden der Wirklichkeit zurückbringen – weil Sie ihn lieben –, aber trotzdem wird er etwas sein, das er nicht sein will...«
»Was?«
»Susans Gatte!«
»Wie grausam Sie sind! Und was für Unsinn Sie reden!«
Wütend wandte sie sich um und stürmte davon.

Monsieur Poirot lächelte vor sich hin. Alles lief nach

Wunsch. Als der nächste Besucher erschien, blickte er wieder ernst drein.
»Ich wollte mich im Vorbeigehen von Ihnen verabschieden«, erklärte Michael Shane leichthin.
Poirot empfand den Charme, der von dem Schauspieler ausging, und betrachtete ihn einige Augenblicke schweigend. Er merkte, daß er diesen Mann von allen im Hause Anwesenden am wenigsten kannte, denn Michael Shane zeigte immer nur jene Seite, die er selbst zeigen wollte.
»Ihre Frau«, begann Poirot, »ist eine ausgeprägte Persönlichkeit. Sie weiß, was sie will.« Er seufzte. »Und das wissen so wenige Menschen.«
»Aha!« Michael lächelte. »Sie denken an den Malachittisch?«
»Vielleicht.« Poirot machte eine Pause und fügte dann hinzu: »Und an das, was daraufstand.«
»Die Wachsblumen, meinen Sie?«
»Ja, die Wachsblumen.«
Michael runzelte die Stirn. »Ich verstehe Sie nicht immer ganz, Monsieur Poirot. Aber dennoch bin ich Ihnen« – wieder wurde das Lächeln hervorgeholt – »ungemein dankbar dafür, daß Sie uns aus dem Schlamassel geholfen haben. Es war, gelinde gesagt, unangenehm, sich vorzustellen, daß einer von uns Onkel Richard ermordet habe. Der gute Onkel – ich glaube, er hat für mich nicht sehr viel übrig gehabt.«
»Er hielt Sie vielleicht für nicht treu?«
Michael lachte. »Wie altmodisch!«
»Aber es stimmt doch?«
»Was wollen Sie damit sagen?«
Poirot legte seine Fingerspitzen aneinander.
»Es sind verschiedene Nachforschungen angestellt worden, wie Sie wissen«, murmelte er. »Zum Beispiel interessiert sich die Polizei sehr dafür, was Mrs. Lansquenets Verwandte an ihrem Todestag gemacht haben.«
»Das ist höchst unangenehm.« Michael sagte das char-

mant, vertraulich, fast reuig. »Ich habe nämlich Rosamund an dem Tag gesagt, ich hätte mit einem gewissen Oscar Lewis zu Mittag gegessen. In Wirklichkeit bin ich aber zu Sorrel Dainton gefahren – einer bekannten Schauspielerin. Ich bin vor einiger Zeit mit ihr zusammen aufgetreten.«
»Ja, ich verstehe, daß das unangenehm sein kann – und diese Miss Dainton, würde sie es bezeugen?«
»Nicht gern, aber da es sich um einen Mord handelt, wird sie es wohl tun müssen.«
»Sie würde es vielleicht auch tun, wenn Sie nicht bei ihr gewesen wären.«
»Was soll das heißen?« Michael sah plötzlich wie ein drohendes Gewitter aus. »Wollen Sie damit sagen, daß Sie mir nicht glauben?«
»Es handelt sich nicht darum, ob ich Ihnen glaube oder nicht. Nicht ich muß mich mit der Erklärung zufriedengeben.«
»Wer denn?«
Poirot lächelte. »Inspektor Morton, der gerade auf die Terrasse gekommen ist.«

23

Etwas später gingen Monsieur Poirot und Inspektor Morton zusammen auf der Terrasse auf und ab.
»Ich hörte, daß Sie hier sind, Monsieur Poirot«, sagte der Inspektor. »Ich bin mit Oberinspektor Parwell aus Matchfield gekommen. Dr. Larraby rief ihn wegen Mrs. Helen Abernethie an, und er ist hergefahren, um Nachforschungen anzustellen. Der Arzt glaubt, daß etwas nicht stimmt.«
»Und Sie, mein Freund«, fragte Poirot, »wieso kommen Sie her? Es ist eine weite Reise von Ihrem heimatlichen Berkshire bis hier heraus.«

»Ich wollte einige Fragen stellen – und alle Leute, die ich befragen will, scheinen praktischerweise alle hier versammelt zu sein.« Er hielt kurz inne und fragte dann: »Haben Sie das eingefädelt?«
»Ja.«
»Und als Folge davon wurde Mrs. Helen Abernethie niedergeschlagen...«
»Das dürfen Sie mir nicht zum Vorwurf machen. Wenn sie zu mir gekommen wäre – aber das tat sie nicht, statt dessen rief sie ihren Anwalt in London an.«
»Sie war drauf und dran, ihm etwas Wichtiges mitzuteilen, als – bums! Hatte sie ihm bereits einen Teil davon sagen können?«
»Nicht viel. Sie war nur so weit gekommen, um ihm zu sagen, daß sie sich im Spiegel betrachtet habe.«
»Ja, ja«, bemerkte der Inspektor, »das liegt den Frauen eben im Blut.«
Er blickte Poirot scharf an.
»Und sagt Ihnen das etwas?«
»Ja, ich kann mir denken, was sie ihm mitteilen wollte. Aber...«, er wehrte die Frage des Inspektors mit einer Handbewegung ab, »...ich möchte Sie bitten, mein Freund, mir noch ein paar Stunden Zeit zu lassen. Wenn ich recht habe, werde ich Ihnen dann einen konkreten Beweis liefern können.«
»Das wäre uns natürlich sehr angenehm«, erwiderte Morton hoffnungsvoll. »Übrigens haben wir von der Priorin eines Klosters eine sehr merkwürdige Mitteilung erhalten: Zwei ihrer Nonnen führten eine Haussammlung durch. Anscheinend waren sie an dem Tag, bevor Mrs. Lansquenet ermordet wurde, vor deren Haus gewesen, aber niemand öffnete, obwohl sie klopften und klingelten. Das wäre an sich nicht erstaunlich – denn sie war ja an dem Tag zur Beerdigung von Mr. Abernethie gefahren, und die Gilchrist hatte ihren freien Tag und daher einen Ausflug nach Bornemouth gemacht. Das Merkwürdige ist aber, daß die Nonnen behaupten, es sei

jemand im Haus gewesen, sie hätten deutlich Seufzen und Stöhnen gehört. Und wenn das stimmt, wer war es? Die gesamte Familie Abernethie war doch bei der Beerdigung.«

Poirot stellte eine scheinbar nicht zur Sache gehörende Frage: »Haben die Nonnen, die dort in der Gegend sammeln, an einem andern Tag noch einmal bei Mrs. Lansquenet ihr Glück versucht?«

»Ja, ungefähr eine Woche später, am Tag der Leichenschau, glaube ich.«

»Das paßt«, sagte Hercule Poirot, »das paßt ausgezeichnet.«

Morton sah ihn überrascht an. »Warum interessieren Sie sich auf einmal für Nonnen?«

»Die haben mich einfach gezwungen, ihnen Beachtung zu schenken, ob ich will oder nicht. Es wird Ihrer Aufmerksamkeit nicht entgangen sein, Herr Inspektor, daß der zweite Besuch dieser Nonnen an dem Tag stattfand, an dem der vergiftete Hochzeitskuchen ins Haus gekommen ist.«

»Sie denken doch nicht etwa – nein, wirklich, das ist doch absurd!«

»Meine Gedanken sind nie absurd«, widersprach Poirot streng. »Und nun, *mon cher*, muß ich Sie Ihren Fragen und Ihren Nachforschungen im Falle Mrs. Abernethie überlassen. Ich werde mich auf die Suche nach der schönen Rosamund machen.«

Poirot fand Rosamund auf einer Bank am Bach sitzend, der dort einen kleinen Wasserfall bildete. In Gedanken versunken starrte sie ins Wasser.

»Ich hoffe, daß ich nicht eine Ophelia störe«, sagte er und setzte sich neben sie. »Studieren Sie vielleicht gerade die Rolle ein?«

»Ich habe nur einmal Shakespeare gespielt«, entgegnete sie, »die Jessica, im *Kaufmann von Venedig*. Eine lausige Rolle. Ich dachte, Sie wären abgereist«, sagte sie mit

leichtem Vorwurf und schaute auf ihre Armbanduhr. »Es ist schon zwölf Uhr vorbei.«
»Ich habe meinen Zug versäumt. Wissen Sie, Madame, ich saß im kleinen Gartenhaus und hatte gehofft, daß Sie vielleicht vorbeikommen würden.«
Nachdenklich sah sie ihn an.
»Ich mußte über vieles nachdenken, über wichtige Dinge. Ich muß einen Entschluß fassen.«
»Wegen Ihres Mannes?«
»Ja – gewissermaßen. Der arme Michael. Er glaubt, ich wüßte nicht, daß er an dem Tag mit der Frau zusammen war.«
»An welchem Tag?«
»An dem Cora ermordet wurde.«
»Woher wissen Sie es?«
»Ich merkte es an der Art, wie er sagte, er würde mit Oscar essen gehen. Es sollte so beiläufig klingen, wissen Sie, und dabei zuckte er ein bißchen mit der Nase, wie er es immer tut, wenn er lügt.«
»Er ist vermutlich kein sehr treuer Gatte«, sagte Poirot vorsichtig.
»Nein.«
»Sie haben Angst, daß ihn eine andere Frau Ihnen wegnehmen könnte?«
»Nein«, antwortete sie bestimmt, »jetzt nicht mehr. Für Michael kommt immer zuerst die Bühne. Und von nun an hat er alle Möglichkeiten – kann seine eigenen Stücke herausbringen, kann sie leiten und selbst die Hauptrolle spielen. Nein, wegen Michael mache ich mir keine Sorgen mehr – es ist ja mein Geld.«
Sie blickte Poirot ruhig an. Er dachte, wie merkwürdig es sei, daß beide Nichten von Richard Abernethie sich so heftig in Männer verliebt hatten, die ihre Liebe nicht zu erwidern vermochten.
»Die Sache ist die«, fuhr Rosamund fort, »daß ich einen schwerwiegenden Entschluß fassen muß – für die Zukunft. Michael weiß es noch nicht.« Sie lächelte. »Er hat

herausgekriegt, daß ich an dem bewußten Tag keine Einkäufe gemacht habe, und ist furchtbar mißtrauisch wegen Regent's Park.«
»Wieso wegen Regent's Park?« fragte Poirot erstaunt.
»Ich bin dort spazierengegangen, nachdem ich in der Harley Street gewesen war. Ich wollte nur in Ruhe nachdenken. Michael glaubt aber, daß ich ein Rendezvous gehabt habe.« Vergnügt lächelnd fügte sie hinzu: »Und das gefällt ihm gar nicht.«
Poirot betrachtete sie eine Weile schweigend und sagte schließlich: »Ich glaube, Madame, daß Sie den grünen Malachittisch Ihrer Cousine Susan überlassen sollten.«
Sie blickte ihn groß an. »Warum? Ich brauche ihn doch.«
»Ich weiß, ich weiß. Aber Sie werden Ihren Mann behalten, und die arme Susan wird ihren Mann verlieren.«
»Ihn verlieren? Sie meinen, daß Greg mit einer anderen auf und davon geht? Das hätte ich ihm nicht zugetraut, er sieht gar nicht danach aus.«
»Man kann einen Mann auch auf andere Art als durch Untreue verlieren, Madame.«
»Sie glauben doch nicht...« Sie starrte ihn verblüfft an. »Sie glauben doch nicht etwa, daß Greg Onkel Richard vergiftet, Tante Cora ermordet und Tante Helen beinahe den Schädel eingeschlagen hat? Das ist doch lächerlich, da weiß ich besser Bescheid.«
»Wer hat es denn getan?«
»George natürlich. George ist ein finsterer Geselle. Er ist in eine üble Devisenschieberei verwickelt – das weiß ich von Freunden aus Monte Carlo. Ich nehme an, daß auch Onkel Richard das erfahren hat und ihn enterben wollte.« Selbstgefällig fügte sie hinzu: »Ich weiß schon lange, daß es George war.«

24

Poirot riß das Telegramm, das gegen sechs Uhr abends ankam, ganz gegen seine gewohnte Pedanterie, mit einem Ruck auf – es umfaßte nur fünf Worte und eine Unterschrift. Er stieß einen tiefen Seufzer der Erleichterung aus, zog eine Pfundnote aus der Tasche und gab sie dem wie vom Donner gerührten Boten.

»Es gibt Momente«, erklärte er Lanscombe, »in denen man nicht sparen soll.«

»Sehr wohl, Sir«, pflichtete der würdige Alte höflich bei.

»Wo ist Inspektor Morton?« fragte Poirot.

»Einer der Herren von der Polizei« – Lanscombe sprach leicht herablassend, diskret andeutend, daß er sich unmöglich an so etwas wie Namen von Polizisten erinnern könnte – »ist fortgegangen. Der andere ist, glaube ich, in der Bibliothek.«

»Ausgezeichnet«, sagte Poirot, »ich gehe sofort zu ihm.«

Er begab sich in die Bibliothek und reichte Inspektor Morton wortlos das Telegramm.

Morton las es erstaunt.

»Ich verstehe kein Wort.«

»Jetzt ist der Zeitpunkt gekommen, da ich Ihnen alles erklären kann.«

Morton grinste.

»Sie sprechen wie ein junges Mädchen in einem viktorianischen Rührstück. Aber es ist höchste Zeit, daß Sie mit Ihren Geheimnissen herausrücken. Das Durcheinander geht mir allmählich auf die Nerven. Dieser Banks behauptet noch immer steif und fest, er habe Richard Abernethie vergiftet, und prahlt damit, daß wir nicht herausfinden würden, wie er es gemacht hat. Also, um Himmels willen, schießen Sie los!«

Diesmal versammelte Hercule Poirot die ganze Gesell-

schaft im großen Salon; man betrachtete ihn mehr amüsiert als gespannt. Da nun die Staatsgewalt, die Polizei, in Gestalt von Inspektor Morton und Oberinspektor Parwell, offensichtlich Herr der Lage war, sah man in Monsieur Poirot, dem Privatdetektiv, nicht mehr als eine amüsante Nebenfigur.
Timothy verlieh der allgemeinen Stimmung Ausdruck, indem er seiner Frau hörbar zuflüsterte: »Lächerlicher kleiner Wichtigtuer! Entwhistle muß völlig vertrottelt sein ...«
Es sah aus, als würde es Hercule Poirot schwerfallen, den gewünschten Effekt zu erzielen.
Er begann, sich in die Brust werfend: »Zum zweitenmal kündige ich heute meine Abreise an. Am Morgen hatte ich sie für den Zwölf-Uhr-Zug angekündigt, jetzt kündige ich sie für den Neun-Uhr-dreißig-Zug an – sofort nach dem Essen. Ich fahre ab, weil mir hier nichts mehr zu tun übrigbleibt.«
»Das hätte ich Ihnen schon lange sagen können«, höhnte Timothy. »Er hatte hier nie etwas zu suchen. Es war eine Unverfrorenheit von dem Burschen.«
Poirot beobachtete sein Publikum. Dramatisch verkündete er: »Ich kam her, um ein Rätsel zu lösen – das Rätsel ist nun gelöst! Ich möchte zunächst noch einmal die verschiedenen Punkte anführen, auf die mich der vortreffliche Mr. Entwhistle aufmerksam gemacht hatte.
Erstens: Mr. Richard Abernethie starb plötzlich. Zweitens: Nach dem Begräbnis sagte seine Schwester, Cora Lansquenet: ›Er ist doch ermordet worden, oder nicht?‹ Drittens: Mrs. Lansquenet wurde ermordet. Die Frage stellte sich, ob zwischen diesen drei Ereignissen ein Zusammenhang besteht.
Lassen Sie uns sehen, was sich als nächstes ereignete: Miss Gilchrist, die Gesellschafterin der Toten, wird krank, nachdem sie ein Stück von einem Hochzeitskuchen gegessen hat, der Arsen enthielt. Das ist das nächste Glied der Kette.

Nun erklärte ich Ihnen bereits heute morgen, daß ich keinen Beweis dafür finden konnte, daß Mr. Abernethie vergiftet worden sei. Ich muß allerdings zugeben, daß ich auch das Gegenteil nicht beweisen kann. Doch wenn wir die Ereignisse weiterverfolgen, wird die Aufklärung leichter.

Mrs. Cora Lansquenet hatte zweifellos die sensationelle Frage gestellt. Und sie wurde, zweifellos, am nächsten Tag ermordet. Nun wollen wir Punkt vier untersuchen.

Der Briefträger behauptet ziemlich bestimmt – er kann es aber nicht beschwören –, daß er das Paket mit dem Hochzeitskuchen nicht mit der normalen Post gebracht habe. Wenn das stimmt, muß ein anderer das Paket hingelegt haben. Wir können eine ›unbekannte Person‹ nicht ausschließen, aber wir müssen vor allem jene Personen untersuchen, die an Ort und Stelle waren und die Möglichkeit hatten, das Paket dort hinzulegen, wo es gefunden wurde.

Das wären: natürlich Miss Gilchrist selbst; Mrs. Susan Banks, die am Tag der Leichenschau ins Haus kam; Mr. Entwhistle – ja, wir müssen auch ihn in Betracht ziehen, denn er war zugegen, als Cora ihre beunruhigende Bemerkung machte – und noch zwei weitere Personen: ein alter Herr, der sich als Mr. Guthrie vorstellte, ein Kunstkritiker, und eine Nonne oder mehrere, die am Morgen des betreffenden Tages mit einer Sammelliste ins Haus kamen.«

Er machte eine kurze Pause und sprach dann weiter: »Miss Gilchrist hatte in keiner Weise Nutzen von Richard Abernethies Tod und nur in sehr geringem Maße von demjenigen Mrs. Lansquenets. Außerdem mußte sie in ein Krankenhaus gebracht werden, da sie eine Arsenvergiftung erlitten hatte.

Mrs. Susan Banks hatte Nutzen durch Richard Abernethies Tod und in bescheidenem Umfang durch Mrs. Lansquenets Tod – obgleich ihr Motiv vor allem darin bestanden haben könnte, für ihre Sicherheit zu sorgen.

Sie hatte berechtigten Grund zu der Annahme, daß Miss Gilchrist eine Unterhaltung zwischen Mrs. Cora Lansquenet und deren Bruder belauscht hatte, die sich auf sie, Mrs. Banks, bezog, und könnte daher beschlossen haben, Miss Gilchrist zu beseitigen. Sie selber weigerte sich, wie Sie sich erinnern werden, von dem Hochzeitskuchen zu essen, und wollte, als Miss Gilchrist in der Nacht krank wurde, erst am nächsten Morgen den Arzt rufen.
Mr. Entwhistle hatte weder durch den einen noch den anderen Tod direkten Nutzen – aber er war Mr. Abernethies Testamentsvollstrecker, mußte seine Geschäfte abwickeln und war der Treuhänder jener Vermögensteile, von denen einige Erben nur die Nutznießung hatten. Also ein recht fetter Brocken für ihn. Er könnte daher Mr. Abernethies baldigen Tod gewünscht haben. Aber Sie werden einwenden, daß Mr. Entwhistle, wenn er der Schuldige wäre, kaum mich mit der Aufklärung des Falles betraut hätte. Doch auch darauf gibt es eine Erwiderung: Es wäre nicht das erste Mal, daß ein Mörder sich zu sicher fühlt.
Nun kommen wir zu denen, die ich als Außenseiter bezeichnen möchte, zu Mr. Guthrie und einer Nonne. Wenn Mr. Guthrie wirklich der bekannte Kunstkritiker Guthrie ist, so ist er unverdächtig, ebenso die Nonne, wenn sie wirklich eine Nonne ist.
Merkwürdig ist allerdings, daß im Laufe dieser Ereignisse immer wieder Nonnen auftauchen: eine Nonne kommt bei Mrs. Timothy Abernethie an die Tür, und Miss Gilchrist glaubt, es sei dieselbe, die sie in Lytchett St. Mary gesehen hat. Und wieder eine Nonne, oder mehrere, sprechen am Tag von Mr. Abernethies Tod hier in Enderby vor...«
George Crossfield murmelte: »Ich setze zehn zu eins auf die Nonne.«
Poirot ließ sich nicht beirren: »So haben wir also die Glieder unserer Kette – der Tod von Mr. Abernethie, die

Ermordung von Mrs. Cora Lansquenet, der vergiftete Hochzeitskuchen, die Nonne.
In diesem Zusammenhang möchte ich noch auf einige Punkte hinweisen, die meine Aufmerksamkeit erweckten: der Besuch eines Kunstkritikers, Farbengeruch, eine Ansichtskarte des Hafens von Polflexan, und schließlich ein Wachsblumenstrauß, der auf dem Malachittisch stand, auf dem sich jetzt eine Porzellanvase befindet. Als ich über diese Punkte eingehend nachdachte, gelang mir die Lösung des Rätsels – die ich Ihnen nicht vorenthalten möchte.«
Er strich sich über den Schnurrbart.
»Mein erstes Ergebnis unterbreitete ich Ihnen schon heute morgen: Richard Abernethie starb plötzlich. Dennoch wäre nicht der geringste Verdacht aufgekommen, wenn nicht seine Schwester Cora nach der Beerdigung jene verhängnisvolle Bemerkung gemacht hätte. Der Verdacht, daß Richard Abernethie ermordet worden sein könnte, beruht lediglich auf diesen Worten. Auf diese Worte hin glaubten Sie alle, daß ein Mord stattgefunden habe, und Sie glaubten es nicht nur wegen der Worte selbst, sondern weil Sie Cora Lansquenets Wesen kannten.
Und nun komme ich zu der Frage, die ich mir sehr bald selbst stellte: ›Wie gut kannten Sie alle Cora Lansquenet?‹«
Er schwieg einen Augenblick, und Susan fragte scharf: »Was soll das heißen?«
Poirot fuhr fort: »Sie kannten sie kaum – das ist die Antwort. Die jüngeren Familienmitglieder hatten sie überhaupt noch nie gesehen – und wenn, dann nur, als sie ganz klein waren. An jenem Tag waren hier nur drei Personen anwesend, die Cora tatsächlich gekannt hatten: Lanscombe, der Butler, der halb blind ist, Mrs. Maude Abernethie, die sie nur ein paarmal zur Zeit ihrer eigenen Hochzeit gesehen hatte, und Mrs. Helen Abernethie, die sie zwar gut kannte, ihr aber seit über zwanzig Jahren nicht mehr begegnet war.

Ich fragte mich also: ›Wenn nicht Cora Lansquenet zur Beerdigung gekommen war, wer war an ihrer Stelle hier gewesen?‹«

»Sie meinen, daß Tante Cora – nicht Tante Cora gewesen wäre?« fragte Susan ungläubig. »Und meinen Sie, daß auch nicht Tante Cora ermordet wurde, sondern ... eine andere Frau?«

»O nein, Mrs. Cora Lansquenet wurde ermordet; aber es war nicht Cora Lansquenet, die am Tag zuvor zur Beerdigung ihres Bruders gekommen war. Die Frau, die an dem Tag hier war, kam nur, um den Umstand auszunutzen, daß Richard so plötzlich verstorben war, und um bei seinen Angehörigen den Verdacht zu erwecken, er sei ermordet worden. Und das ist der Betreffenden ja auch ausgezeichnet gelungen!«

»Unsinn! Warum? Was für einen Sinn sollte das haben?« rief Maude schroff dazwischen.

»Warum? Um die Aufmerksamkeit von dem andern Mord abzulenken. Vom Mord an Cora Lansquenet. Denn wenn Cora behauptet, Richard sei ermordet worden, und am nächsten Tag selbst ermordet wird, können die beiden Todesfälle als Ursache und Wirkung miteinander in Verbindung gebracht werden. Doch wenn in Coras Haus eingebrochen und sie dabei ermordet wird, die Polizei aber daran zweifelt, daß ein Raubüberfall vorliegt, auf wen wird sich ihr Verdacht konzentrieren? Natürlich auf Coras nächste Umgebung, also auf die Frau, die mit ihr zusammenwohnte.«

Anne Gilchrist widersprach in einem fast munter klingenden Tonfall: »Aber – Monsieur Pontarlier – Sie wollen doch nicht behaupten, daß ich einen Mord begehen würde, um eine Amethystbrosche und ein paar wertlose Skizzen zu erben?«

»Nein«, antwortete Poirot, »aber für etwas mehr als das. Eine dieser Skizzen, Miss Gilchrist, die, die den Hafen von Polflexan darstellt, wurde, wie Mrs. Banks klugerweise feststellte, nach einer Ansichtskarte gemalt, die den

alten Quai vor dem Krieg zeigt. Aber Mrs. Lansquenet malte immer nach der Natur. Mir fiel dann ein, daß Mr. Entwhistle mir erzählt hatte, es habe nach Ölfarbe gerochen, als er das erstemal in ihr Haus kam. Sie können doch malen, nicht wahr, Miss Gilchrist? Ihr Vater war Maler, und Sie verstehen viel von Malerei. Wenn nun eines der Bilder, die Cora auf einer Auktion billig erworben hatte, wertvoll war? Wenn sie selbst es nicht gewußt hatte, Sie es aber feststellten? Sie wußten, daß Cora in allernächster Zeit den Besuch eines alten Freundes erwartete, eines bekannten Kunstkritikers; da starb plötzlich Coras Bruder – und ein Plan nahm in Ihren Gedanken Gestalt an. Es war leicht für Sie, in Coras Morgentee ein starkes Schlafmittel zu schütten, so daß sie am Beerdigungstag bewußtlos war, während Sie selbst bei der Beerdigung die Rolle von Cora Lansquenet spielten ...
Sie kannten Enderby aus Coras Erzählungen. Wie ältere Leute es gerne tun, hat sie Ihnen viel von ihrer Kindheit erzählt. So konnten Sie leicht ihre Rolle spielen. Niemand hegte den leisesten Verdacht, Sie könnten nicht Cora sein. Sie zogen Coras Kleider an, stopften sich ein bißchen aus, und da sie falsche Stirnfransen trug, konnten Sie das ohne weiteres ebenfalls tun. Seit zwanzig Jahren hatte kein Familienmitglied Cora mehr gesehen, und in zwanzig Jahren verändern sich Menschen oft so sehr, daß man häufig den Ausspruch hört: ›Sie hätte ich aber nie wiedererkannt!‹ Aber an gewisse Eigenheiten erinnert man sich, und Cora hatte solche, die Sie alle sorgfältig vor dem Spiegel einstudierten.
Dabei unterlief Ihnen aber merkwürdigerweise Ihr erster Fehler: Sie hatten übersehen, daß ein Spiegel jedes Bild ›spiegelverkehrt‹ wiedergibt. Als Sie vor dem Spiegel Coras schiefe Kopfhaltung einübten, dachten Sie nicht daran, daß Sie den Kopf auf die falsche Seite neigten. Sie hatten wohl beobachtet, daß Cora ihren Kopf nach rechts zu neigen pflegte, und sahen im Spiegel Ihren Kopf auch nach rechts geneigt, vergaßen aber, daß Sie ihn in Wirk-

lichkeit nach links, also in die falsche Richtung bewegten.
Und das befremdete und beunruhigte Mrs. Helen Abernethie, als Sie Ihr famoses Schauspiel vorführten. Sie fand, daß etwas ›nicht stimmte‹. Mir wurde das klar, als Mrs. Rosamund Shane neulich abends davon sprach, daß das Spiegelbild den Menschen verändert erscheinen läßt. Als nach der Beerdigung die angebliche Cora die bewußte Bemerkung machte, starrten alle Anwesenden unwillkürlich die Sprecherin an. Da Mrs. Helen in dem Moment die erwähnte Empfindung hatte, mußte also etwas mit Cora Lansquenet ›nicht stimmen‹.
Nach der Unterhaltung über die Spiegelbilder hatte sich Mrs. Helen vor dem Schlafengehen vermutlich im Spiegel betrachtet. Da ihr Gesicht ziemlich symmetrisch ist, kam ihr wohl Cora in den Sinn, und es fiel ihr auf einmal ein, daß Cora den Kopf nach rechts zu neigen pflegte; das tat sie nun auch und erkannte blitzartig, was ihr an Cora als falsch aufgefallen war.
Sie grübelte über diese Entdeckung nach: Entweder hatte Cora mittlerweile ihre Gewohnheit geändert und neigte nun den Kopf auf die andere Seite – was höchst unwahrscheinlich war –, oder Cora war nicht Cora gewesen. Weder das eine noch das andere schien ihr möglich zu sein, trotzdem beschloß sie, Mr. Entwhistle ihre Entdeckung sofort mitzuteilen.
Jemand, der gewohnt ist, früh aufzustehen, schlich ihr in die Bibliothek nach und schlug sie aus Furcht vor der Enthüllung, die sie machen würde, mit einem hinter der Haustür liegenden Holzklotz nieder.«
Poirot machte eine Pause und fuhr dann fort: »Es wird Sie interessieren, Miss Gilchrist, daß Mrs. Abernethies Gehirnerschütterung nicht ernsthaft ist. Sie wird bald imstande sein, uns den Vorfall selbst zu schildern.«
»Ich habe das nicht getan«, rief Anne, »das ist eine niederträchtige Lüge!«
»Doch, Sie waren an jenem Tag hier«, mischte sich nun

Michael Shane plötzlich ein, nachdem er Anne genau betrachtet hatte. »Ich hätte es schon früher merken müssen. Ich hatte das unbestimmte Gefühl, Sie schon einmal gesehen zu haben – aber man achtet natürlich nicht auf...« Er stockte.

»Nein, das tut man nicht, man nimmt sich nicht die Mühe, eine Hausangestellte näher anzusehen«, ergänzte Anne seine Worte mit zitternder Stimme. »Ein Packesel, ein dienstbarer Geist!«

»Die Andeutung am Beerdigungstag, daß ein Mord verübt worden sein könnte, war nur Ihr erster Schachzug, Miss Gilchrist. Sie hatten noch mehr in Reserve. Zum Beispiel waren Sie bereit, im geeigneten Augenblick zuzugeben, daß Sie eine Unterhaltung zwischen Richard und seiner Schwester belauscht hatten. Vermutlich sagte er ihr tatsächlich, daß er nicht mehr lange zu leben habe, was auch eine rätselhafte Bemerkung in dem Brief erklärt, den er ihr schrieb, nachdem er nach Hause zurückgekehrt war. Die Geschichte mit der Nonne war eines Ihrer weiteren Manöver. Die Nonne – oder die Nonnen –, die am Tag der Leichenschau in Coras Haus vorsprachen, brachten Sie auf den Gedanken, von einer Nonne zu erzählen, die ›Sie verfolge‹, und Sie nutzten das aus, um das Telefongespräch zwischen Mrs. Timothy Abernethie und ihrer Schwägerin Helen in Enderby zu belauschen. Auch wollten Sie Ihre neue Herrin unbedingt begleiten, um festzustellen, wen man verdächtigte. Sich selbst zu vergiften, ist nicht lebensgefährlich, es ist ein alter Trick – nebenbei bemerkt, hat Sie das in den Augen Inspektor Mortons verdächtig gemacht.«

»Aber das Bild«, fragte Rosamund, »was ist mit dem Bild?«

Langsam entfaltete Poirot ein Telegramm: »Heute morgen rief ich Mr. Entwhistle an und bat ihn, nach Stansfield Grange zu fahren und dort, angeblich im Auftrag von Mr. Abernethie« – Poirot blickte Timothy durchdringend an –, »aus Miss Gilchrists Zimmer ein bestimmtes Bild zu holen, eine Skizze des Hafens von Polflexan, damit es – eine kleine Aufmerksamkeit für Miss Gilchrist – neu gerahmt werden könne. Mr. Entwhistle brachte das Bild nach London zu Mr. Guthrie, den ich bereits telegrafisch verständigt hatte. Die Skizze, mit der das ursprüngliche Gemälde hastig übermalt worden war, wurde entfernt, so daß das Original zum Vorschein kam.«

Er hielt das Telegramm hoch und las vor:

»Ohne Zweifel ein echter Vermeer. Guthrie.«

Wie elektrisiert sprang Anne auf, und ein nicht enden wollender Redestrom entquoll dem Gehege ihrer Zähne: »Ich wußte, daß es ein Vermeer war. Ich wußte es! Sie wußte es nicht. Sie sprach immer über Rembrandts und italienische Primitive und war dabei nicht imstande, einen Vermeer zu erkennen, wenn er vor ihrer Nase hing. Sie quatschte dauernd über Kunst und hatte keine Ahnung davon. Sie war eine maßlos dumme Person. Sie wissen nicht, wie langweilig es ist, sich Stunde für Stunde, Tag für Tag, das gleiche Gewäsch anhören zu müssen, sagen zu müssen: ›O ja, Mrs. Lansquenet‹, und ›Wirklich, Mrs. Lansquenet?‹ Immer vortäuschen zu müssen, interessiert zu sein, und sich dabei zu langweilen – tödlich zu langweilen. Und nicht die geringste Aussicht, daß sich das ändern könnte, nichts, was eine bessere Zukunft verspricht... Und dann – ein Vermeer! Ich las in der Zeitung, daß vor kurzem ein Vermeer für über zehntausend Pfund verkauft worden war.«

»Sie haben sie – auf diese grauenhafte Art umgebracht – für zehntausend Pfund?«

Susans Stimme klang ungläubig.

»Für zehntausend Pfund«, sagte Monsieur Poirot, »kann man eine wunderschöne Teestube kaufen und einrichten...«

Anne wandte sich ihm zu.

»Wenigstens Sie verstehen mich. Es war die einzige Gelegenheit, die sich mir bot. Ich brauchte Kapital.« Ihre Stimme zitterte vor unterdrückter Begeisterung. »Ich wollte sie ›Zur Palme‹ nennen. Ich wollte die Speisekarten auf kleine Kamelfiguren stecken. Die Stube hätte ich in einem reizenden Städtchen eröffnet, wo ich wirklich nette Gäste hätte erwarten können. Ich hatte an den alten Künstlerort Rye gedacht oder vielleicht an Chichester...«

Inspektor Morton zerstörte den Zauber.

Anne antwortete höflich und liebenswürdig: »Selbstverständlich komme ich sofort mit Ihnen. Ich möchte keine Schwierigkeiten machen. Da ich die ›Palme‹ nicht haben kann, ist mir ohnehin alles egal...«

Ruhig verließ sie mit ihm das Zimmer, und Susan sagte erschüttert: »Es ist unvorstellbar – eine biedere Mörderin!«

25

Rosamund blickte Poirot aus ihren großen blauen Augen vorwurfsvoll an und sagte: »Ich verstehe nur nicht, was Sie mit den Wachsblumen gemeint haben?«

Sie saßen in Helens Londoner Wohnung zusammen. Helen lag auf dem Sofa, und Rosamund und Poirot tranken Tee mit ihr.

»Ich verstehe nicht, was die Wachsblumen damit zu tun hatten«, wiederholte Rosamund, »und der Malachittisch.«

»Der Malachittisch hatte nichts damit zu tun, aber die Wachsblumen waren Anne Gilchrists zweiter Fehler. Sie sagte, wie hübsch sie auf dem Malachttisch ausgesehen hätten. Sie konnte sie aber nicht gesehen haben, denn sie waren bereits weggestellt worden, bevor sie mit Mr. und Mrs. Timothy Abernethie nach Enderby kam. Sie konnte sie also nur gesehen haben, als – Cora Lansquenet.«

»Das war sehr dumm von ihr«, murmelte Rosamund.

Poirot hob drohend den Zeigefinger. »Das zeigt Ihnen, Madame, wie gefährlich Gespräche sein können.«
»Ich werd's mir merken«, sagte sie nachdenklich und fragte dann strahlend: »Wissen Sie es schon? Ich erwarte ein Kind.«
»Aha. Daher der Spaziergang im Regent's Park?«
»Ja. Ich war so erstaunt und überrascht, daß ich irgendwo hingehen mußte, wo ich nachdenken konnte. Ich mußte eine Entscheidung für die Zukunft treffen. Und ich habe mich entschlossen, die Bühne zu verlassen und nur Mutter zu sein.«
»Eine Rolle, die Ihnen ausgezeichnet stehen wird. Ich sehe bereits entzückende Bilder von Mutter und Kind im *Sketch* und im *Tatler*.«
Rosamund lächelte glücklich.
»Ja, es ist herrlich. Und Michael ist begeistert; das hatte ich gar nicht von ihm erwartet.«
Sie machte eine Pause und fügte dann hinzu: »Susan kann den Malachittisch haben. Ich dachte, da ich ein Kind bekomme ...« Sie vollendete den Satz nicht.
»Susans Schönheitssalon soll prächtig werden«, sagte Helen. »Ich glaube, sie wird großen Erfolg haben.«
»Ja, sie ist zum Erfolg geboren. Und ihr Mann?«
»Greg macht irgendwo eine Kur, hat sie mir gesagt«, antwortete Rosamund.
Poirot nickte, nahm noch ein Eclair von der vor ihm stehenden Platte und fragte Helen: »Und Sie, Madame, gehen Sie nach Cypern?«
»Ja, in ungefähr vierzehn Tagen.«
»Dann darf ich Ihnen eine gute Reise wünschen.«
Als er sich verabschiedete, begleitete Helen ihn hinaus und erklärte unvermittelt: »Ich möchte Ihnen noch sagen, Monsieur Poirot, daß das Geld, das Richard mir hinterläßt, für mich mehr bedeutet als für die andern.«
»Wieso, Madame?«
»Auf Cypern wartet ein Kind auf mich. Mein Mann und ich liebten uns sehr, und wir waren sehr traurig, daß wir

keine Kinder hatten. Nach seinem Tod fühlte ich mich entsetzlich einsam. Bei Kriegsende arbeitete ich als Krankenschwester in einem Lazarett in London und lernte einen Mann kennen – er war jünger als ich und verheiratet, wenn auch nicht sehr glücklich. Wir waren nur kurze Zeit zusammen, dann ging er zurück nach Kanada zu seiner Frau und seinen Kindern. Er weiß nichts von – unserem Sohn. Mit dem Geld von Richard kann ich meinen sogenannten Neffen auf eine gute Schule und auf die Universität schicken ...« Sie hielt inne. »Sie wissen so viel von uns allen, daß Sie auch das von mir wissen sollen.«
Poirot neigte sich tief über ihre Hand.

Als er nach Hause kam, fand er den Sessel links vom Kamin besetzt.
»Guten Abend, Poirot«, begrüßte ihn Mr. Entwhistle. »Ich komme gerade von der Gerichtsverhandlung. Man hat sie natürlich verurteilt. Aber ich nehme an, daß sie ihr Leben in einer Anstalt beschließen wird. Im Gefängnis hat sie den Verstand verloren. Sie ist völlig glücklich und sehr freundlich und brütet die ganze Zeit über Plänen zur Gründung eines Teestuben-Konzerns mit zahllosen Filialen aus. Eine davon soll ›Zum Fliederbusch‹ heißen und demnächst eröffnet werden.«
»Man könnte meinen, sie sei schon damals verrückt gewesen, aber ich glaube es nicht.«
»Auf keinen Fall! Sie war so normal wie Sie und ich, als sie den Mord plante und ihn kaltblütig verübte.«
Poirot schauderte.
»Ich muß gerade an die Bemerkung von Susan Banks denken: ›Eine biedere Mörderin – das ist unvorstellbar.‹«
»Warum?« erwiderte Mr. Entwhistle. »Es gibt alle Sorten.« Sie schwiegen, und Poirot dachte an Mörder, die er gekannt hatte ...